# O PLANO PERFEITO
## PARA PARA DAR ERRADO

# CAMERON LUND

# O PLANO PERFEITO
## PARA PARA DAR ERRADO

*Tradução*
Carlos Szlak

**COPYRIGHT © 2020 BY CAMERON LUND**
**PUBLISHED IN AGREEMENT WITH THE AUTHOR, C/O BAROR INTERNATIONAL, INC., ARMONK, NEW YORK, U.S.A.**
**COPYRIGHT © FARO EDITORIAL, 2020**

Todos os direitos reservados.
Nenhuma parte deste livro pode ser reproduzida sob quaisquer meios existentes sem autorização por escrito do editor.

Dirctor editorial **PEDRO ALMEIDA**

Coordenação editorial **CARLA SACRATO**

Preparação **TUCA FARIA**

Revisão **VALQUIRIA DELLA POZZA**

Capa e diagramação **OSMANE GARCIA FILHO**

Imagem de capa **NADIA GRAPES | SHUTTERSTOCK**

Imagens internas **NADIA GRAPES, SOULGIE, ISAXAR, EDGARDO ARIEL RODRIGUEZ, GOODSTUDIO, JULIA LEMBA, RVECTOR | SHUTTERSTOCK**

Dados Internacionais de Catalogação na Publicação (CIP)
Angélica Ilacqua CRB-8/7057

Lund, Cameron
    O plano perfeito para dar errado / Cameron Lund ; tradução de Carlos Szlak. — São Paulo : Faro Editorial, 2020.
    304 p.

    ISBN 978-65-86041-44-6
    Título original: The best laid plans

    1. Ficção norte-americana I. Título II. Szlak, Carlos

20-3561                                      CDD 813.6

Índice para catálogo sistemático:
1. Ficção norte-americana    813.6

1ª edição brasileira: 2020
Direitos de edição em língua portuguesa, para o Brasil, adquiridos por FARO EDITORIAL

Avenida Andrômeda, 885 — Sala 310
Alphaville — Barueri — SP — Brasil
CEP: 06473-000
www.faroeditorial.com.br

PARA QUEM NÃO ESTÁ PRONTO OU
SENTE QUE ESTÁ FICANDO PARA TRÁS.
LEMBRE-SE, NÃO É UMA CORRIDA.

# CAPÍTULO 1

**AO ABRIR A PORTA, A PRIMEIRA COISA QUE VEJO É O TRASEIRO DE** Chase Brosner. Então, noto a garota na cama com as mãos segurando as costas dele. Ao ver suas unhas, sei que é Danielle. Eu estava ao seu lado quando ela as pintou de *preto*. "Para combinar com o meu coração", Danielle disse.

Eles estão totalmente emaranhados na cama dos *pais* de Andrew, e eu não consigo me mexer. Minha mão fica paralisada na maçaneta. Não era o que eu esperava quando subi a escada, tentando escapar de todas as pessoas que nem se lembram de que é o meu aniversário e que só vieram a esta festa estúpida porque sabem que os pais de Andrew estão fora e há cerveja grátis. Mas agora, enquanto assimilo a imagem da bunda de Chase e das unhas de Danielle cravadas na pele dele, com o cabelo escuro dela espalhado no travesseiro, percebo que isso é muito pior do que a festa.

Danielle precisa de apenas três segundos para notar minha presença — ainda que pareçam três mil —, e então ela grita. Também grito e deixo cair o meu copo de plástico. A cerveja respinga nos meus pés. Nós nos encaramos, ao mesmo tempo que ela se mexe para pegar o lençol e puxá-lo para se cobrir. Chase cai no chão, enrolando-se no edredom como se fosse um burrito humano.

— Sinto muito. — Eu me curvo para pegar o meu copo e limpo o que posso do chão com a manga do moletom. — Não sabia que havia alguém.

— Sai! — Danielle ordena.

Eu obedeço, fechando a porta atrás de mim.

Sei que parece loucura, mas ali, piscando do outro lado da porta, tudo em que consigo pensar é: e se aquele for oficialmente o primeiro e último traseiro masculino que verei pelo resto da vida? Quando fecho os olhos, ainda posso vê-lo, branco e luminoso, como quando olhamos para o sol por muito tempo. Tenho medo de que fique gravado na minha memória para sempre. Não acho que seja uma bunda feia, mas não conheço outra para comparar. É simplesmente a bunda de um sujeito de quem eu nem sequer gosto; um tipo que conta piadas idiotas sobre seus peidos, que é fissurado por basquete e tem uma obsessão doentia pela palavra "cara". Mas com certeza não há outros homens nus em meu horizonte, não do jeito como as coisas têm rolado no colégio até aqui.

Ainda estou no mesmo lugar quando a porta se abre e Chase e Danielle saem do quarto, terminando de se vestir. Contraio-me ao ver Chase fechar o zíper da calça.

— Keely — Danielle diz, com a voz ofegante. Seus braços enlaçam o bíceps dele, e eu posso sentir o cheiro doce do perfume dela. Seu rosto está todo borrado de batom, e seu cabelo escuro bagunçado como uma cama desfeita. Preciso parar de pensar em camas bagunçadas. Eca!

— Ei, cara! — Chase ergue o braço para me cumprimentar com um soquinho, mas logo o baixa de novo, possivelmente lembrando que não sou, de fato, um cara. Um erro comum.

— Sinto muito — volto a dizer, e me afasto um pouco deles.

— Tudo bem. — Chase dá de ombros, como se não fosse nada de mais.

— Na verdade, podemos conversar? — Danielle aponta o banheiro do corredor à minha esquerda com um movimento de cabeça.

— Sozinhas?

— Claro — respondo, mas sinto um aperto no peito.

Para todo mundo, parece que Danielle e eu somos amigas; o que, segundo as regras do colégio, acho que somos. Estamos na mesma turma e sentamos à mesma mesa de almoço, mas, na verdade, nunca conversamos. Parece que as coisas mudam quando você, sem querer, vê alguém pelado.

— Te encontro lá embaixo — Chase diz a Danielle, e a beija de um modo que me faz sentir desconfortável, com a mão bem do lado do peito dela, prestes a apertá-lo.

Ela solta uma risadinha, e ele começa a se afastar, acenando com a cabeça para mim.

— Até mais, Keely. — Chase se move em direção à escada, e eu sinto o cheiro de cerveja quando ele passa por mim.

Assim que Chase desaparece, Danielle me puxa para o banheiro, fecha a porta e a tranca, depois se vira para o espelho, falando comigo enquanto se examina. Não a condeno; se eu me parecesse com Danielle Oliver, provavelmente também ficaria me olhando o tempo todo. Sua pele clara é como porcelana, suas maçãs do rosto perfeitas, e seus grandes olhos castanhos são puxadinhos para cima nos cantos externos como os de um gato.

— Promete que não vai contar?

— Não vou contar.

— Ótimo. — E parte da tensão de Danielle se esvai. — Ainda estou me fazendo de difícil.

Mordo o lábio para não rir. Danielle e Chase ainda não estão namorando, mas faz sentido os dois juntos: eles são bonitos como celebridades. Era só uma questão de tempo até eles namorarem. Então, não sei por que Danielle tem tanta vontade de manter isso em segredo. Até parece que ela foi discreta mais cedo, rindo, perseguindo Chase em círculos pela cozinha e tentando pintar o rosto dele com seu batom vermelho.

— Ele ainda não... pegou você? — Torço para que ela não me mate por causa da pergunta.

Mas é o seguinte: em Prescott, todos sabem que Danielle Oliver é... *era...* virgem, e não por ela ter divulgado publicamente o fato. É assim que as coisas funcionam por aqui. Nossa cidade perdida em Vermont é tão pequena que, mesmo que você não seja amigo de uma pessoa, ainda provavelmente sabe tudo a respeito dela. Quer dizer, estamos juntos — todos os sessenta estudantes do quarto e último ano do ensino médio — desde o ensino fundamental e, assim, os segredos tendem a saltar de aluno para aluno como uma brincadeira de telefone sem fio. E o fato de Danielle ter conseguido permanecer virgem por tanto tempo talvez seja a principal notícia de Prescott.

Eu também sou virgem, mas isso não é surpreendente o suficiente para ser notícia.

Consigo perceber o momento certo em que Danielle decide me contar. Ela sorri, e o sorriso se espalha pelo seu rosto. Danielle fica tão deslumbrante que sinto isso em meu peito. Seus olhos estão brilhando quando ela se vira para mim.

— Ok, então talvez ele tenha me pegado — ela diz. — Adivinha quem finalmente é uma mulher!

— Uau! — exclamo, subitamente incapaz de encontrar as palavras certas. — Quer dizer... Parabéns. Muito bem!

Não sei por que me transformei em um cartão de felicitações sem graça em vez de um ser humano real e em funcionamento. *Desejo-lhe tudo de melhor em sua jornada. Alcance as estrelas!* Provavelmente, Danielle não achou muito estranho o que eu disse, porque ela continua falando como se eu não tivesse aberto a boca.

— Nem doeu tanto assim. Ava me disse que desmaiou em sua primeira vez. Então, acho que eu estava esperando algo um pouco mais extremo. — Em seguida, Danielle lambe o dedo indicador e o passa sob os olhos para fixar o rímel. — Ava é *muito* dramática.

Se fosse Ava Adams neste banheiro, ela saberia exatamente o que dizer. Ava é a favorita de Danielle. Eu sou apenas aquela que Danielle tolera.

— Você gosta dele? — pergunto, bebendo as últimas gotas de cerveja que restavam no meu copo.

Danielle fica em silêncio por alguns instantes, provavelmente decidindo se vale a pena me dizer a verdade. Então, ela dá de ombros.

— Já era hora. Não acredito que fui virgem por tanto tempo. É vergonhoso.

Fico vermelha por causa da alfinetada. Ser virgem não deveria ser nada de mais — *eu sei disso* —, mas o fato de Danielle compartilhar o rótulo comigo sempre fez com que me sentisse um pouco melhor. Se Danielle Oliver faz alguma coisa, automaticamente corta cinco milhões de pontos da escala da vergonha.

Ava foi a primeira garota da nossa turma a perder a virgindade. Ela e Jason Ryder transaram no pátio de recreio, atrás do grande escorregador, na noite de formatura do ensino fundamental. Fiquei chocada quando soube. O sexo ainda era algo estranho para mim, uma coisa que as pessoas faziam nos filmes; e nem mesmo nos filmes a que eu assistia. Depois, outras garotas também começaram deixar de ser virgens: Molly Moye, com um dos melhores amigos do seu irmão mais velho; Jessica Rogers, com uma garota que conheceu nas férias de inverno; e minha amiga Hannah, com Charlie, seu namorado, no terceiro ano do ensino médio. Eles passaram a noite na casa do lago dos pais dele e acenderam um monte de velas.

Ao ouvir essas histórias, as garotas que permaneciam virgens tinham muitas perguntas para as experientes. "Transar foi bom? Doeu? Como você soube o que fazer?" E Danielle agora fazia parte do segundo grupo.

Estamos no último ano do ensino médio, e as perguntas vêm chegando ao fim.

Neste momento, sou a única que restou.

Consigo ouvir o som grave pulsante da música no andar de baixo, um grito feminino, uma gargalhada estrondosa e o barulho de algo caindo no chão; talvez um copo de água ou uma luminária. Contraio-me, torcendo para que a mãe de Andrew não nos mate, porque, embora seja a casa e a festa dele, ela vai saber que estive aqui. Sempre estou aqui.

Danielle pega uma toalha de mão e limpa as manchas de batom em seu rosto. Faço menção de detê-la — a mãe de Andrew vai pirar com uma toalha manchada, ainda mais depois de *algo* quebrado no andar de baixo —, mas não parece ser o momento. Ela se inclina para mais perto do espelho e se encara. Juro que a expressão dela é a de uma sábia; alguém que nunca mais se perguntará se um garoto gosta dela, nunca mais terá uma espinha enorme no meio do rosto. Danielle sempre foi uma garota muito confiante, mas agora parece que nada poderá detê-la.

Perto dela, ainda pareço ter doze anos, mesmo que a partir de hoje tenha oficialmente dezoito. Sempre fui ridiculamente baixa, mas pareço ainda menor neste momento, porque Danielle está usando esses saltos pretos e robustos, e eu estou de meias. Tirei minhas botas na porta de entrada, como deveríamos. Apalpo meu cabelo — loiro mais escuro do que o habitual porque não o lavei —, me xingando por pensar que um xampu a seco e um rabo de cavalo seriam adequados para uma festa. É como se eu estivesse me preparando para o fracasso.

Danielle franze os lábios.

— Será que pareço mais velha? — ela pergunta, movendo a cabeça de um lado para o outro para examinar seu reflexo de todos os ângulos. — Afinal, me tornei uma mulher, e estou me sentindo mesmo mais madura.

Não quero confessar para ela o que acabei de pensar. Assim, devolvo-lhe a pergunta:

— Eu pareço mais velha?

Sei que aniversários não mudam a gente por magia de um dia para o outro. No entanto, há uma parte de mim que quer se sentir como Danielle — como se nada pudesse me deter.

Ela me encara sem entender.

— Por que você pareceria mais velha, Keely?

Hoje Hannah levou para a escola *cupcakes* — de cuja receita Danielle reclamou que levava muito ovo — para comemorar o meu dia. Mas claro que ela não lembra.

— É meu aniversário.

De súbito, Danielle para de se mirar no espelho e se vira para mim.

— Opa, esqueci completamente! — Ela pega um emaranhado de cabelo. — Chase foi tão carinhoso esta noite... Ele sabia que era minha primeira vez e, então, não fez com pressa.

E assim voltamos a Chase. Acho que não posso culpá-la. Se eu tivesse acabado de perder a virgindade, talvez também não quisesse parar de falar sobre isso.

— Fico feliz por ter sido exatamente como você imaginou, Danielle. Há muitos idiotas na nossa escola. Que bom que você encontrou um cara legal.

— Eu sei. Chase Brosner... — Danielle toma a minha mão e me puxa até a porta, destrancando-a e a abrindo. — Não esqueça, isso nunca aconteceu.

Deixamos o banheiro juntas e descemos a escada. O ar está quente, apesar da neve que cai lá fora, e cheira a suor. Estamos quase ao pé da escadaria e aquilo começa.

*Os aplausos.*

Baixinhos inicialmente, acima do ruído da festa, da música que toca nos alto-falantes do celular de alguém. Mas aí, conforme mais pessoas nos notam, o volume aumenta. O pessoal para de falar, para de dançar, interrompe no meio beijos e amassos e passa a assobiar, a gritar e a aplaudir. Alguém pega o celular, e a música *Like a Virgin* de Madonna toma conta da sala.

Na escada, ao meu lado, Danielle não consegue se mexer.

Do outro lado da sala, Chase, com um sorriso sonolento, está esparramado no sofá com Jason Ryder e Simon Terst.

Simon se inclina para a frente, quase se contorcendo de animação.

— Nada mau, Brosner!

Jason Ryder toma um longo gole de cerveja e depois dá um tapa nas costas de Chase, tão forte que deve tê-lo machucado.

— Pelo jeito, ela não é *incomível* — ele diz, enrolando a língua.

Danielle permanece paralisada no lugar, um salto pairando acima do próximo passo.

— Danielle? — sussurro, agarrando seu braço. — Você está bem?

Como todos descobriram tão rápido? Não ficamos no banheiro por mais de dez minutos. Chase anunciou no instante em que desceu a escada? Talvez ele tenha dito para Jason Ryder, e o idiota abriu o bico.

— Estou bem — Danielle balbucia, mas sua mão agarra a minha e a aperta por apenas um instante antes de afastá-la. Ela respira fundo e estende os dedos trêmulos para alisar o cabelo. Em seguida, Danielle se curva em uma reverência.

O povo vai à loucura.

# CAPÍTULO 2

**DANIELLE SE RECOMPÕE, SORRINDO COMO SE FOSSE CHASE SENDO** saudado pela torcida em um jogo em casa e todos nós estivéssemos segurando cartazes com o nome dela. É como se a música de Madonna fosse apenas o tema de entrada dela em cena. Sigo atrás de Danielle descendo os degraus que faltam, esperando que ninguém tenha feito a ligação entre mim e a música, como se também fosse o meu tema de entrada.

Ao pé da escada, Ava se aproxima de nós e agarra Danielle possessivamente pelo braço. Ava é minúscula — mais peitos do que corpo —, com a pele sardenta e pálida, que ela mantém perfeitamente bronzeada mesmo no inverno graças à paixão por uma loção corporal de coco. Antigamente, seu cabelo era ruivo, mas, no ano passado, Ava começou a tingi-lo com cores diferentes para combinar com os feriados. Neste momento, está tingido de rosa desbotado por causa do Dia dos Namorados, e se parece com o algodão-doce que fazem junto ao lago no verão. Nos lábios ela está usando o mesmo batom vermelho brilhante de Danielle. As orelhas estão adornadas com *piercings* de prata iguais aos de Danielle. Ela segura um celular que tem uma capa roxa idêntica ao do celular de Danielle. Trata-se de um uniforme que deixa as coisas bem claras: mesmo que sejamos tecnicamente amigas, nunca serei capaz de ingressar naquele seu clube de duas pessoas. Às vezes, acho que Ava e Danielle estão tão acostumadas a ser exatamente iguais que tingir o cabelo foi a única maneira que Ava encontrou para se destacar: sua única e insignificante rebelião.

— É sério que você acabou de ficar com Chase? — Ava pergunta, puxando o braço de Danielle. — Todo mundo diz que você transou com ele.

— Todo mundo diz — Danielle repete, com a boca torta. — Então deve ser verdade.

Ava torna a puxar o braço de Danielle, com mais força.

— Eu assumo a partir daqui — ela me diz.

Então, elas se afastam, sussurrando entre si. Não consigo ouvir nada. De repente, volto a me sentir dominada pela vontade de me esconder. Finjo que tomo um gole de cerveja do meu copo vazio só para ter algo para fazer.

As festas sempre foram coisa do Andrew, não minha, e não sei como ele consegue me convencer a participar delas, não quando eu preferia fazer uma maratona de dez horas na Netflix. Percorro a sala com o olhar em busca dele, de Hannah ou de *alguém*, mas sou baixinha demais para enxergar por cima da turma.

Vou matar Andrew por ter me dado uma festa de aniversário e me largado para me virar sozinha.

"Vamos, Collins", ele reclamou mais cedo, quando insisti que era uma má ideia. "Passamos todos os seus aniversários juntos. Não podemos parar agora." É verdade. Andrew estava presente no dia em que nasci. Antes, na realidade. Nossas mães viraram amigas nas aulas da técnica Lamaze de preparação para o parto. Assim, eu e ele ficamos presos um ao outro para sempre. O aniversário de Andrew foi na semana passada, e seus pais nos levaram para jantar no Giovanni's. Não era bem a aventura de aniversário que ele tinha em mente. Desse modo, agora que eles estão fora da cidade, estou presa a isto.

Entro na cozinha, evitando Jarrod Price, que está vomitando na lata de lixo. Há copos e pratos sujos espalhados por todo o balcão. Andrew prometeu pedir pizzas se eu concordasse com a festa. Agora, as caixas estão por todo canto, cheias de bordas desgarradas e queijo congelado.

Recolho os pratos e os coloco na pia. Em seguida, molho a esponja com água e ponho detergente sobre ela.

— Você não vai lavar a louça agora, vai? — Andrew pergunta, passando um braço em volta do meu ombro e me puxando para um abraço rápido. Ele sempre me lembrou um pouco um golden retriever: uma bagunça sorridente e felpuda de pelos ruivos e sardas. Às vezes, juro que posso vê-lo abanando o rabo.

— Só um pouquinho — respondo.

Pego um copo de plástico vermelho e o coloco sob a torneira. Andrew o arranca da minha mão, espirrando água em nós dois. Sua camisa de flanela está tão amarrotada que acho que ele esteve dando uns amassos. E sem dúvida é esse o caso. *Nojento.*

— Nada de lavar louça no seu aniversário, Collins. Regras da casa. Além do que, esse copo é descartável.

— Não deixe que ele te ouça dizer isso, você pode ferir seus sentimentos — digo, brincando.

Olho na direção da sala e avisto Danielle parada, cercada por um bando ruidoso de garotas do penúltimo ano.

— Você acha que ela vai ficar bem?

Andrew segue o meu olhar.

— Aquela é Danielle Oliver, esqueceu? Ela adora chamar atenção. As coisas não poderiam ter funcionado melhor para Danielle nem se ela tivesse planejado.

Penso na minha conversa com ela no andar de cima, quando ela me fez prometer não contar.

— Sinto-me mal. Se fosse eu...

— Ela não é você. — E Andrew volta a passar o braço em torno das minhas costas. — Graças a Deus. Acha que eu teria ficado perto dela por dezoito anos? — Ele me conduz até a geladeira. — Comprei para você aquela bebida de melancia idiota de que gosta. Você viu? — Andrew apanha uma garrafa de vidro fosco rosa.

Eu a pego com alegria.

— E você só me diz agora? Tenho tentado beber cerveja que tem gosto de xixi a noite inteira. — Aponto para o barril posto sobre uma pilha de toalhas de praia sujas que está aqui graças ao primo de Andrew, que completou a maioridade alguns anos atrás e vem fornecendo as bebidas alcoólicas para nós desde então.

— Só estou tentando te fortalecer um pouco — Andrew afirma. — Algum dia, você vai se encontrar na selva, talvez em uma festa com um anfitrião que não é tão simpático nem atencioso, e não haverá nenhuma bebida de melancia idiota, e você vai pensar: "Graças a Deus por Andrew Reed ter me ensinado a beber cerveja". — Ele deu de ombros. — Mas você tem razão. Aquilo tem gosto de xixi.

No entanto, ele se serve de um copo. É quando uma das garotas do penúltimo ano se afasta rapidamente de Danielle e se aproxima de nós, tocando no ombro de Andrew de leve. Cecilia Brooks está sempre tocando de leve nos ombros das pessoas. É como se ela tivesse se tornado especialista em algum tipo de código secreto. Sei de fonte segura que Tim Schneider sempre faz o dever de casa de trigonometria de Cecília — que é o tipo de poderosa que eu gostaria de ser — quando ela pede.

— Oi, Drew. — Em seguida, ela enfia uma mecha de cabelo loiro encaracolado atrás de uma orelha e sorri, revelando duas fileiras de dentes perfeitamente brancos. Os pais de Cecilia são dentistas.

— Oi, Cecilia — Andrew cumprimenta. — Estava te procurando!

A frase habitual dele. O Andrew Baladeiro tem uma personalidade diferente do Andrew normal. Ele sempre fica bem mais bobo quando está perto das garotas e, de alguma forma, isso funciona. Andrew atualiza namoradas como se estivesse atualizando iPhones.

— Não, não esteve! — ela responde, rindo e dando um tapinha no peito dele. — Você é um mentiroso.

— Ele ficou falando de você a noite toda — improviso, tentando ajudá-lo. — Não consigo fazer Drew parar com isso.

Andrew pisa de leve no meu pé, indicando que talvez eu tenha exagerado um pouco.

Relutante, Cecilia se vira para mim.

— Ah, oi, Keely — ela enfim nota a minha presença.

Quero que Andrew fique acima disso. Mas nenhum cara hétero, ao que tudo indica, é imune ao toque mágico de Cecilia Brooks; e muito menos o Andrew Baladeiro.

— Quer uma bebida?

— Sério? Você é muito fofo!

*Toque no ombro.*

Encaro Andrew. Então, ele pega uma garrafa de vidro da geladeira, abre a tampa e a entrega para ela. Cecilia toma um gole, com os lábios brilhantes descansando da maneira certa na boca da garrafa.

— Então, Drew, eu vim para a festa de carona com Susie — Cecilia informa —, mas acho que ela está bêbada demais para dirigir. Ela tomou muita vodca. Você acha que... as pessoas vão ficar aqui esta noite? Será que poderíamos dormir aqui?

*Toque no ombro.*

— Claro que você pode dormir aqui — Andrew afirma, e Cecilia sorri para ele. Quase consigo ver coraçõezinhos nos olhos dela.

Sei que perdi Andrew esta noite. Já vi esse filme e conheço as minhas falas.

— Vou encontrar Hannah. Vejo vocês mais tarde. — Aceno e me dirijo para a sala de jantar.

Andrew corre atrás de mim, deixando Cecilia para trás.

— Ei, você pode usar minha cama hoje, tá?

— Vocês dois não vão precisar dela?

— É o seu aniversário, e você não está agindo de acordo. — Andrew sorri. — Além do que, podemos usar o quarto de hóspedes. Ou o chuveiro.

— Por favor, não coloque imagens horríveis na minha cabeça. — Dou um soquinho no braço dele de uma maneira não muito delicada.

— Qual é, não há nada de horrível em um chuveiro... Não é *Psicose*.

Descobrimos Hitchcock quando tínhamos doze anos, depois de toparmos com um DVD de *Pacto Sinistro* em uma locadora da cidade. Assistimos ao filme em uma tevê desfocada no porão da casa de Andrew, para onde levamos nossos sacos de dormir para passar a noite, fingindo que não estávamos com medo. Isso nos conduziu a uma série de maratonas cinematográficas no porão e ao momento infame em que fiz xixi na calça durante a exibição de *Os Pássaros*. Agora, sempre que vemos gaivotas na praia, ou gansos no céu, Andrew diz algo irritante sobre cheiro de xixi.

E então dá um sorriso diabólico, com o canto da boca torto.

— Esta noite, vou fazer um *pacto bem sinistro* com ela — ele sussurra, indicando Cecilia.

— Ah, pare...

— Mal posso esperar para ver a *janela indiscreta* de Cecilia, se é que você me entende.

— Tenho aqui estes *pássaros* pra você. — Dou risada, mostrando-lhe meus dois dedos do meio.

Andrew arqueia uma sobrancelha.

— Cecilia vai conhecer hoje o meu *jardim dos prazeres*.

— Meus queridos! — Hannah se aproxima mais e nos puxa para um abraço apertado. — É sério que estão fazendo trocadilhos com os nomes dos filmes do Hitchcock? Se eu não gostasse tanto de vocês, iria odiá-los neste momento.

O abraço de Hannah é incrivelmente forte porque ela joga hóquei sobre grama desde a sexta série, e tem os músculos para provar. Um abraço que quase dói é uma especialidade de Hannah Choi.

— Ah, não... — Andrew diz, escapando do seu abraço. — Se você não acha que somos engraçados, quem vai achar?

— É por isso que vocês têm um ao outro. — Rindo, ela afasta a longa franja dos olhos. Hannah tem um cabelo de comercial de xampu: preto, abundante e saltitante. É uma garota linda, o que não me favorece, considerando que passo a maior parte do tempo ao lado dela.

— Na verdade, ele está me abandonando — digo, baixinho, indicando a cozinha com um gesto de cabeça, onde Cecilia, com os braços cruzados, cochicha com Susie Palmer.

Hannah sorri maliciosamente para Andrew.

— Você e Cecilia Brooks vão transar, Drew?

— Sim, provavelmente no chuveiro — digo no lugar dele, fazendo careta. — Acabei de ouvir muito sobre isso.

Hannah gargalha.

— Se há alguém que consegue lidar com todos os detalhes sangrentos é você, Andrew.

— Não vamos transar, como você disse de maneira tão bonita. — Andrew fez pose de falso ofendido. — Além disso, é seu aniversário, Collins, então se você quiser dar uma volta...

Andrew para de falar, e percebo que ele está esperando que eu lhe dê permissão para se livrar de mim. Eu deveria ficar chateada, embora soubesse que isso aconteceria antes mesmo de a festa começar.

— Não quero afastar você do amor.

Ele torce o nariz.

— Tem certeza? Hannah e eu escrevemos para você um rap de aniversário e não tivemos a chance de...

— Isso me parece insuportável. — Dou uma risada, praticamente empurrando-o para longe. — Vai. Se você continuar ignorando Cecilia e conversando conosco, perderá sua chance. — Eu podia sentir o olhar de Cecilia como se fosse um toque físico. — Tenho Hannah. E sobras de pizza.

— Tá bom, legal — Andrew afirma. — E não estou ignorando a garota, sabe? Só dando um tempo pra ela sentir a minha falta.

Então, ele se volta para Cecilia, exibindo seu estúpido sorriso de Andrew Baladeiro. Como sempre, funciona. Ela vem até a sala de jantar e desliza um braço pela dobra do cotovelo dele.

— E aí, Andrew, que tal dançarmos um pouco? Vamos? — Cecilia começa a puxá-lo como se ele já tivesse respondido à sua pergunta.

— Vejo vocês duas mais tarde, ok? — ele diz, deixando que Cecilia o arraste consigo.

— Divirtam-se, crianças! — desejo, acenando.

— Meus lençóis têm estampas de pássaros, Collins. Então, procure não fazer xixi na cama! — ele ainda me provoca.

Mostro de novo meus dois dedos do meio para Andrew e ouço sua risada enquanto ele deixa a sala de jantar.

— Drew é asquerosamente bom nisso — Hannah afirma. — Não sei por que somos amigas desse cara.

— Nós facilitamos as coisas para ele — comento, concordando.

Sei que Andrew aprecia a nossa ajuda com as garotas e, se eu pedisse a ajuda dele com os garotos, ele faria o mesmo por mim; só que isso nunca aconteceu. Os rapazes não costumam fazer fila para se aproximar de mim nas festas.

Antes que eu possa evitar, uma imagem de Danielle e Chase nus e abraçados na cama passa pela minha cabeça, e me sinto um pouco enjoada. Percorro a festa com os olhos e tento imaginar quem eu abordaria se pudesse, quem eu deixaria que me levasse para o quarto como fez Danielle. De repente, me ocorre que eu poderia fazer isso, poderia tentar perder minha virgindade esta noite, agora mesmo, no meu aniversário de dezoito anos, e então estaria tudo terminado.

No entanto, não há ninguém aqui que eu queira para isso. Não quero Chase, que tem consciência de que é o cara mais bonito da nossa classe e age de acordo. Nem Jason Ryder, que age ainda pior. Muito menos Edwin Chang, que todos sabem que está apaixonado por Molly Moye; ou Jarrod Price, que é bonitinho, mas quase sempre está chapado. E Deus me livre de Andrew, que é basicamente meu irmão e, no momento, está enrolado em Cecilia como um cachecol, sussurrando no ouvido dela, que se contorce nos seus braços.

Conheço todos eles há muito tempo, desde que costumavam tirar meleca do nariz, disputar competições de peidos, comer lápis de cera derretido e cola. É difícil olhar além disso agora. Pela milionésima vez, penso em como a faculdade será diferente quando eu estiver fora deste fim de mundo, quando chegar à cidade e puder caminhar pela rua e ficar rodeada de estranhos pela primeira vez na vida — pessoas que não se parecem todas umas com as outras e não agem exatamente da mesma maneira, que não conhecem meus pais ou que não sabem como eu era quando tinha dez anos, que não pensam em mim como a melhor amiga de Andrew ou como a garota que Danielle tolera; a menos legal permitida à mesa de almoço.

Faço um gesto negativo com a cabeça e pego Hannah pelo braço.

— Andrew disse que tenho direitos sobre a cama dele. Quer dividir o quarto comigo?

— Sim. Graças a Deus. Procurei por um lugar para tirar um cochilo, mas todos estão querendo a mesma coisa. Tentei pegar o sofá no escritório, mas Sophie quase me matou.

Eis o lance de festas no meio do nada. Nenhum Uber vai até elas, e o convidado precisa ser muito idiota para não se importar em dirigir bêbado, ainda mais com neve. Assim, todos vão passar a noite. É como se fosse uma festa do pijama gigante regada a álcool.

Hannah e eu subimos a escada, passando por uma parede com fotos emolduradas da infância de Andrew; fotos que já vi um milhão de vezes e que estou em quase todas: Andrew e eu no Halloween, fantasiados como Caça-Fantasmas, com nossas mãozinhas cheias de doces; Andrew e eu no ensino fundamental, loiros e magrinhos, com aparelhos nos dentes e acne no rosto, o auge de nossa fase embaraçosa. Hannah bate o dedo em um retrato quando passamos: o aniversário de dez anos de Andrew, quando ele e eu lutamos na lama. Estamos sorrindo para a câmera, completamente enlameados.

— Você acha que todos já viram essas fotos ou ainda temos tempo para escondê-las? — Hannah pergunta, brincalhona.

— É tarde demais.

— Nem consigo dizer qual criança você é.

Sei que Hannah está zoando, mas ela tem razão. Pareço mesmo um menino nas fotos, mas é inútil esconder o passado. Se consigo me lembrar de todos limpando meleca do nariz, é provável que todos também se lembrem de mim assim.

Cursei todo o ensino fundamental ao lado de Andrew. Não vi necessidade de fazer outras amizades, não quando Andrew e eu andávamos de bicicleta no mesmo ritmo e podíamos citar de memória todos os filmes de *Guerra nas Estrelas*, até mesmo as pré-sequências. Minha mãe me alertou a respeito de uma possível e temida fase de aversão ao sexo oposto por parte de Andrew, em que ele mudaria e decidiria que não poderia ser mais meu amigo. Mas isso não aconteceu. A puberdade chegou e, de alguma maneira, nossa amizade continuou, firme e forte.

Sem dúvida foram anos desconfortáveis. Lembro-me de ser a única menina na festa na piscina no aniversário de treze anos de Andrew, e fiquei apavorada com a ideia de ter que usar traje de banho. Eu queria muito participar do concurso de salto do tipo bala de canhão, mas temia que o meu maiô saísse voando ou que minha menstruação começasse. Várias vezes posei para fotos com Andrew em reuniões de família, com nossos pais nos pedindo casualmente para "nos aproximarmos", e de não conseguir respirar por causa do constrangimento. Recordo da ocasião em que, na sétima série, Andrew me convidou e eu apareci de pijama, pois não poderia imaginar que haveria outros garotos ali — garotos *bonitinhos* da nossa classe —, e fiquei tão brava por ele não ter me avisado que não falei com Andrew por três dias.

E então Andrew trocou seu primeiro beijo, com Sophie Piznarski, no baile da oitava série. Ele me arrastou para fora do refeitório para me contar, com uma expressão que denotava uma mistura confusa de excitação e constrangimento. "Esse tipo de conversa é legal? Podemos conversar sobre essas coisas? Não é bizarro demais?"

Durante aqueles anos turbulentos e traumáticos de cabelos frisados e aparelhos nos dentes — quando Andrew e eu ainda sondávamos o terreno, tentando descobrir como nos relacionarmos; quando ele vivia cercado de outros garotos, e, sempre que eu tentava conversar com um deles, parecia que tinha argila na minha boca —, foi misericordioso conhecer Hannah. Ela era mais legal do que eu e era amiga de Danielle e Ava; garotas que, aos treze anos, já pareciam modelos do Instagram. Hannah me convidou para me sentar com ela no almoço, resgatando-me da obscuridade de menina com modos de rapaz e das conversas vulgares dos garotos do ensino fundamental.

Tive receio de que meu novo grupo de amigas tornasse as coisas diferentes com Andrew, que ele se sentisse mal ou excluído pelo fato de eu ter novas amizades além da dele, mas me enganei redondamente. Na primeira vez que saí com Andrew e Hannah, os dois se uniram mediante uma obsessão mútua por Harry Potter, e em pouco tempo nos tornamos inseparáveis. Ambos são da Grifinória, claro, e, ainda que eu seja uma Lufa-Lufa, eles dizem que me amam de qualquer maneira.

No alto da escada, vemos Molly Moye dando uns beijos em Edwin Chang, com os dois encostados na porta do armário do corredor, como se tentassem entrar nele. Edwin ainda segura uma garrafa de cerveja, e está muito perto de entorná-la, porque tenta segurá-la firme e apalpar o traseiro de Molly ao mesmo tempo. Hannah é amiga de Molly do hóquei, então saímos juntas o suficiente para eu saber que é uma ocasião importante Edwin e Molly ficarem juntos assim, mas por alguma razão não tenho vontade de comemorar.

— Todos nesta casa estão no cio? — murmuro, caminhando para pegar a garrafa da mão de Edwin e colocá-la na mesa do corredor, em cima de uma revista, para que não deixe uma marca.

Ele quase nem percebe; apenas faz um rápido sinal de positivo com o polegar, que retribuo, porque venho tentando agir como se estivesse numa boa com tudo. Passamos ao lado deles em direção ao quarto de Andrew e, assim que fecho a porta, relaxo. O lugar está uma bagunça, mas é uma bagunça que sou capaz de arrumar. No chão, várias roupas para lavar, e os lençóis — verdes com patos voadores — estão desarrumados e amarrotados. Encostado na parede, vejo o velho sofá no qual costumo dormir ao passar a noite com Andrew. Hannah afunda nele, e eu me sento na cama, jogando um cobertor extra para ela.

— Então, o que aconteceu, Keely? Eu estava no porão e ouvi aplausos.

Conto a ela sobre Danielle, a reação da turma e a música de Madonna, com a palavra *incomível* sobressaindo sobre todo o resto, tão afiada quanto uma lâmina.

— É bem típico — digo, tirando minhas meias de lã, e caio de volta na cama. — Este lugar é uma merda.

Vou estudar na Universidade do Sul da Califórnia. Todos acham isso uma loucura, mas preciso de um lugar completamente novo. Estou de saco cheio de Prescott: a neve, o gelo e um vento que, de tão glacial, parece que realmente devora a gente. Tudo o que sei é que quero fazer filmes, e Vermont é bastante desolador nessa área. Tudo o que temos são escritores, praticantes de snowboard e serial killers.

Hannah está indo para a Universidade de Nova York para estudar artes, e Andrew, para a Universidade Johns Hopkins, porque, ainda que esconda bem, ele é muito inteligente. A Johns Hopkins fica em Baltimore, que está a 4.258 quilômetros de Los Angeles e a 4.469 quilômetros de Nova York. Eu pesquisei. No próximo ano, seremos apenas três pontos distantes em um mapa. Essa é a parte mais assustadora. Estou pronta para cair fora de Prescott, mas nunca estarei pronta para deixá-los.

Portanto, precisamos fazer valer os próximos meses. Tudo o que restará serão os *momentos* — as grandes recordações para as quais olharemos um dia, aquelas que serão importantes quando falarmos sobre o colégio daqui a vinte anos. Quando as aulas terminarem, em junho, o nosso plano é fazer soar *Free Bird* dos alto-falantes da picape de Andrew e apontar nossos dedos do meio para o céu enquanto nos afastamos do estacionamento — um *foda-se* para todos e tudo o mais. Já tenho isso planejado na minha cabeça e posso imaginar o resto do ano letivo como as cenas de um filme.

— No ano que vem, tudo será diferente, até que enfim — Hannah diz. — Não vejo a hora de sair daqui.

Hannah é coreana — há apenas ela e outros dois jovens asiáticos em toda a escola —, e sei que isso é parte do motivo de ela estar animada para se mudar para Nova York. Seus pais se conheceram na Universidade de Nova York e depois se mudaram para cá quando ela tinha cinco anos. Desde então Hannah fala de voltar para lá e morar em algum loft de artistas boêmios. Enfim, eu entendo. Nova York é vibrante, estimulante e diversificada. Vermont é uma grande tigela de granola crocante.

— Prescott é o lugar mais deprimente da Terra — afirmo. — Mas ainda bem que você está presa aqui comigo.

— Que bom que você nasceu, aniversariante. — Hannah me dá um soquinho. — E ainda bem que Andrew também existe. O cara é um dos bons. Ele nos deu este quarto.

Dou risada.

— Só tenho usado Andrew todo esse tempo em troca da cama dele.

— Na verdade, acho que Andrew não se importaria de você usá-lo em troca da cama dele. — Hannah moveu as sobrancelhas sugestivamente.

— Você é nojenta. — E finjo estar com ânsia de vômito, como se eu estivesse no jardim de infância.

Hannah faz piada sobre um fictício namoro entre mim e Andrew desde o ensino fundamental, mas isso nunca vai rolar.

— Sabe, eu também achava que Chase era um cara legal. — Hannah franze a testa. — Aposto que ele não quis contar a todos sobre Danielle. Você sabe como Ryder é. Ele deve ter arrancado a informação de Chase ou algo assim.

Não tenho certeza se Hanna realmente acredita no que diz ou se está apenas tentando se convencer. Ela sempre procurou ver o melhor nas pessoas, mesmo quando elas não merecem.

Puxo os lençóis de Andrew e entro embaixo deles, sem me dar ao trabalho de trocá-los. Hannah se enfia sob o cobertor. Ficamos em silêncio por alguns instantes, olhando para as estrelas que brilham no escuro grudadas no teto. Então, ouço a voz de Hannah, baixinha e abafada:

— Isso meio que me faz lembrar do Charlie.

Viro-me para encará-la, apoiando o queixo na mão. Charlie, o sacana traidor, como é mais conhecido, terminou o namoro com Hannah somente alguns dias depois que eles transaram pela primeira vez. Acontece que ele também estava transando com Julie Spencer o tempo todo. Sei que ficar no quarto de Andrew às vezes faz Hannah pensar em Charlie, porque foi aqui que passamos a noite depois que eles terminaram. Andrew procurou tocar todas as melhores e mais poderosas músicas de separação em seu violão, e cantamos juntos fora de tom e a plenos pulmões. "Você é uma bruxa da Grifinória e ele é um aborto*", Andrew disse a ela. "Lembre-se disso." E Hannah respondeu: "Ele não é um aborto. É um maldito Comensal da Morte".

— O que Chase fez não foi legal, Hannah, mas não é a mesma coisa.
— Quero muito acreditar nisso, para o bem de Danielle. — Ela vai superar. Danielle vai ficar bem porque ela não...

Paro de falar, mas Hannah termina a frase para mim:

— ...ama Chase?
— Sim.
— Sexo e amor devem caminhar juntos, Keely. Mas qualquer pessoa que se apaixona está ferrada. — Ela estende o braço para apagar a luz. — Apaixonar-se por um garoto do ensino médio é a coisa mais estúpida que alguém pode fazer.

Acordo um pouco mais tarde e sinto um peso pressionando o colchão ao meu lado. Eu me viro, abro um olho e deparo com Andrew sentado na beira da cama, com o cabelo espetado em todas as direções. Ele segura a minha mochila e, quando me vê, deixa-a cair, e o conteúdo se espalha aos seus pés.

---

* Aborto é uma expressão usada nos livros da saga Harry Potter para descrever um bruxo que nasceu sem poderes.

— Desculpe — ele diz. — Tropecei nela.

Andrew estende o braço para enfiar tudo de volta e depois se deita ao meu lado.

— Que horas são? — sussurro, com a voz rouca de sono.

Ele consulta o celular, cuja luz da tela brilha no quarto escuro.

— Quatro e meia da manhã.

— Onde está Cecilia?

— No porão. Estávamos tentando dormir no sofá lá embaixo, mas não havia espaço suficiente. Fiquei caindo no chão. Machuquei o cotovelo. — E ele me mostra o machucado.

— Então, você a deixou lá?

— É seu aniversário — ele afirma, como se fosse uma explicação.

— Você é um babaca.

— Sem chance. — Andrew apoia seu braço pesado sobre mim. — Eu sou o máximo.

— Não, sai fora. — Rolo para longe dele, quase caindo no piso do outro lado da cama.

Ouvimos um barulho vindo do sofá, e Hannah dá as costas para nós, aconchegando-se mais fundo nas almofadas.

— Fica quieta! — E Andrew volta a apoiar o braço sobre mim.

— Não. Você estava se refestelando com Cecilia!

— Nós tomamos banho, Collins. Estou limpíssimo.

Suspiro, mas deixo que ele fique com o braço sobre mim. Estou muito cansada para protestar de verdade. O celular de Andrew zumbe, e ele o ergue do travesseiro. A luz da tela nos ofusca quando ele o desbloqueia.

— Poema de amor de Cecilia? — pergunto, baixinho. — "Ó querido Andrew. Ó capitão! Meu capitão! Por que você me deixou sozinha no sofá do porão?" — Não consigo ver o rosto dele muito bem, mas quase posso senti-lo olhando em volta, impaciente.

— Ela vai ficar bem, Collins.

Andrew enfia a mão no bolso e tira um par de óculos com uma grande e grossa armação cor de tartaruga, que sempre achei que o faziam parecer um vovô. Ele sempre os mantinha escondidos no bolso, colocando-os apenas quando era extremamente necessário, como se os considerasse embaraçosos.

Chego mais perto de Andrew para poder ler a mensagem de texto com ele. Afinal, não é de Cecilia, mas de Susie Palmer, amiga dela; aquela que *tomou muitas doses* e não era capaz de dirigir.

> Você está acordado? Estou sozinha no quarto de hóspedes, caso queira me encontrar. 😊

— Susie está sabendo que você acabou de transar com a melhor amiga dela, certo? — pergunto.
— Não vou responder para ela. — Andrew desliga o celular, e a tela fica preta.

Meus olhos levam um tempo para se adaptar ao escuro, e não consigo distinguir o formato do rosto de Andrew ao meu lado na cama. Então, lentamente, os óculos dele entram em foco.

— Sério?
— Você parece surpresa — ele diz, baixinho. — Não sou tão babaca.
— Ou você tem uma queda enorme por Cecilia e não quer estragar tudo. — Sorrio. — Já entendi.
— É porque a *conversa* dela é muito estimulante. — Andrew dá uma risadinha.

Eu o empurro, rolo para longe dele e cerro as pálpebras. Agora estou acostumada com esse seu lado Andrew Baladeiro, que "fica" com garotas como se não tivesse nenhuma importância, brincando sobre tomar banho juntos como se fosse algo muito corriqueiro.

Nas revistas em quadrinhos, os super-heróis têm esse grande momento — uma picada de aranha ou uma poça de gosma radioativa —, que os transforma de alguém normal em algo fora do normal. Mas Andrew mudou de Peter Parker para Homem-Aranha aos poucos — tão devagar que nem me dei conta. Os anos o transformaram de um garoto desengonçado e sardento em alguém que as meninas acham uma gracinha, um cara com poder sobre garotas como Cecilia Brooks e Susie Palmer. E com maior poder vem mais responsabilidade; então, faço o possível para mantê-lo sob controle, para impedi-lo de se tornar um superbabaca.

Ainda assim, não consigo deixar de pensar em como Andrew está muito mais à frente do que eu.

— Boa noite, otário — digo no escuro.

Mas Andrew já está dormindo e me responde com um ronco sonoro e bêbado.

# CAPÍTULO 3

— AGORA QUE SOU MULHER, VOU PEDIR UM *ESPRESSO*. — DANIELLE dirigia a caminho do Dunkin' Donuts, na tarde seguinte. — É o cafezinho sem leite e açúcar, certo?

— Sim, e tem gosto de gasolina — Ava responde do assento de passageiro. — Além disso, você coloca cinco gotas de adoçante em seu café desde a sétima série. Não acho que uma noite mágica possa mudar isso.

Passamos a manhã toda ajudando a arrumar a casa do Andrew. Limpamos as bancadas, os pisos e o acesso da garagem, para que as pegadas de todos e as marcas de pneus sumissem. A mãe dele é bastante sensível em relação à casa; ela se refere ao seu quarto como "o santuário", e passa tanto tempo em lojas de produtos para o lar que provavelmente recebe o desconto para funcionários. Por isso, sabemos que ela notará se algo não estiver em seu devido lugar. A manhã seguinte a uma festa é sempre um suplício de várias horas se você se sentir legal o suficiente para não cair fora. Caras como Jason Ryder nunca se sentem legais.

Acho que as coisas serão diferentes na Califórnia, que o pessoal de lá é elegante e bebe vinho segurando o copo com o dedo mindinho levantado, que os caras não ficam bêbados tomando cerveja light e depois tentam fumar maconha em uma lata vazia. Mas talvez as pessoas sejam iguais em todos os lugares.

Nós estamos indo até uma caçamba de lixo, já que o carro está cheio de sacos que devemos jogar fora — garrafas e latas vazias que não poderíamos deixar como prova dentro da casa. Estou no assento traseiro com Hannah, que parece um pouco pálida, na certa por causa do cheiro que escapa deles. Infelizmente, para todas nós, Ava adora musicais e, por isso, estamos ouvindo uma música de *Wicked*, cantada por uma cantora cuja voz ultrapassava três oitavas, ou seja, demasiado alta para o dia seguinte à festa.

— Pelo amor de Deus, posso desligar isso? — Danielle estende a mão na direção do som, mas Ava a impede.

— Não! *Defying Gravity* é realmente a melhor música de todos os tempos. Está me dizendo que ela não te faz sentir alguma coisa?

— Sim, faz — Danielle responde. — Sinto vontade de morrer.

— Cuidado, posso colocar uma música de *Cats* no lugar. As músicas de *Cats* são assustadoras.

Ava tem sido a estrela de todos os musicais da escola desde o primeiro ano do ensino médio. No próximo ano, ela vai para a Universidade de Nova York junto com Hannah, e, embora os cursos delas sejam diferentes, a imagem das duas conhecendo Nova York juntas fere o meu coração se eu pensar nisso por muito tempo.

— Existe algum musical em que todas as músicas sejam apenas sons relaxantes de mar? Vamos ouvir isso. — Hannah encosta a cabeça na janela.

Estamos em uma estrada secundária cheia de curvas, ladeada por pinheiros. Prescott está repleta de estradas assim, atravessando o meio do nada. O centro da cidade é apenas uma faixa de quatro quarteirões com muitas lojas e restaurantes. No verão, o lago próximo atrai milhares de turistas: famílias com boias de câmara de ar e frascos gigantes de protetor solar, ou caminhantes com mochilas e tranças rastafári atravessando a Trilha dos Apalaches. O outono traz os observadores de folhagens, gente de Nova York ou Boston que dirige tão devagar nas vias expressas que são um risco para o trânsito. No início de março, porém, somos uma cidade fantasma.

Ao pegarmos uma rua mais movimentada, o Dunkin' Donuts aparece à nossa esquerda, com seu glorioso símbolo rosa e laranja que anuncia todas as coisas boas do mundo. Danielle passa direto pela loja.

— O que você está fazendo?! — Ava grita. — Preciso de cafeína! Estou com dor de cabeça!

É difícil de acreditar pela potência de sua voz. Ava sempre projeta o som como se estivesse tentando alcançar as últimas fileiras de um

29

auditório. Às vezes, as pessoas se incomodam com Ava por ela ser muito dramática, mas eu gosto disso nela. Ela sempre sente tudo total e completamente. Certa vez, na nona série, na aula de inglês, ela chorou enquanto lia um poema em voz alta para a classe e nem ficou com vergonha disso.

— Vamos até a loja de Base Hill — Danielle informa, como se isso fosse óbvio.

As lojas do Dunkin' Donuts pontilham Vermont como confetes. Só em nosso município há três, mesmo que nem sequer tenhamos um cinema e precisemos dirigir quase uma hora para chegar a um shopping center.

— Acabaram de instalar uma bem ao lado daquela academia onde todos os caras da EVmU se exercitam.

A Eastern Vermont University, nossa faculdade local, é conhecida por seu departamento de fitoterapia, se é que vocês me entendem. Muita gente de Prescott vai lá nos fins de semana por causa das festas, mas eu nunca quis passar por isso; uma festa de faculdade parece uma tortura ao pé da letra.

— O que foi, Danielle? Agora que você é uma mulher, só quer transar com caras da faculdade? — pergunto, dando risada.

— Demos muitas chances para os garotos da nossa escola — ela responde.

— A propósito, odeio essa expressão. — Hannah faz uma careta. — O conceito de que você precisa ser penetrada por um pênis para se tornar uma mulher... Tipo, por que estamos dando tanto poder aos caras?

— E as lésbicas? — acrescento.

— Sim! — Ava apoia. — Chase Brosner não tem um pênis mágico.

— Graças a Deus! — Danielle exclama. — O ego dele já é bastante grande.

— Nenhum cara tem um pênis mágico. — Gargalho. — Mas todos eles acham que têm.

— Você falou com Chase? — Hannah pergunta. — Você sabe... desde...

Danielle entra rápido demais em uma curva, ignorando uma placa de preferencial.

— Nós dois conseguimos o que queríamos. Ele é um idiota se acha que isso vai acontecer de novo depois do show de ontem à noite.

— Chase é um puta idiota. — Ava concorda com um gesto de cabeça. — É como Charlie. — Ela olha para trás, na direção de Hannah.

— Esses caras agem como se tivéssemos alguma importância para eles, mas é tudo uma grande piada, não é? Eles só se importam com a gente até gozarem.

— Já tenho um saco de lixo ao meu lado, Ava — Hannah informa.

— Temos mesmo que falar de Charlie?

— Só estou sendo sincera. Não é deprimente que nenhuma de nós ainda esteja com o cara com quem perdeu a virgindade? Quando você se importa demais, isso apenas te magoa. — Ava se vira no assento e me olha significativamente. — Keely, você tem sorte de ainda ser virgem.

— Não estou nem aí. Não me arrependo. — Daniele entra no estacionamento e para o carro na frente da academia.

Observamos um cara musculoso, de vinte e poucos anos, abrir a porta da academia, segurando-a para uma garota atrás dele passar. Ela caminha pelo ar gelado e enlaça a cintura do rapaz como se pertencesse a ele.

— Só vai piorar na faculdade. — Danielle balança a cabeça e olha direto para mim. — Você devia ter acabado com a parte embaraçosa, Keely. Devia tirar isso do caminho no ensino médio. Ser virgem na faculdade é como ter uma doença.

Ava estava certa sobre o *espresso*, claro. A penetração não fez nada para mudar o paladar de Danielle e, depois de um gole, ela pede algo que é basicamente chantili.

Danielle e Ava esperam no balcão pela segunda bebida dela, e Hannah e eu levamos nossos cafés até uma mesa no canto.

— Danielle está só dando um show, sabe? — Hannah afirma, tomando um gole hesitante do seu café com espuma de leite. — Está fingindo que não se importa, porque Chase realmente a sacaneou. O que ela acabou de dizer sobre ter uma doença é uma lógica doentia — prossegue, brincando com a tampa do copo. — Na verdade, a virgindade não devia ser uma coisa tão importante assim. Isso só vira algo tão relevante porque colocamos muita pressão nisso. Você não deve se preocupar por ser virgem. O pessoal acha que tudo bem.

— Mas esse é o problema. — Ponho o meu copo na mesa. — Todos sabem. Não deviam achar que tudo bem, porque não deviam saber.

No último Halloween, fui com Hannah ver *The Rocky Horror Picture Show*, fantasiadas com perucas e espartilhos. Ao chegarmos, o mestre de cerimônias do show pegou um tubo de batom vermelho brilhante e desenhou um grande "V" em nossa testa para que o resto da plateia soubesse que éramos "Rocky Virgins" e que era nossa primeira vez assistindo ao show. É assim que me sinto todos os dias nos corredores da escola; como se todos ainda pudessem ver aquele grande "V" vermelho pintado em minha testa, como se eu nunca o tivesse limpado.

Meus pais sempre foram muito abertos comigo a respeito de sexo. Na quarta série, de bom grado, conversamos sobre relacionamentos amorosos e relações sexuais, e eles entraram em mais detalhes do que era necessário na época. Acho que a expressão "estimulação clitoriana" ficará gravada na minha mente pelo resto da eternidade.

Em geral, não somos uma cidade de devotos, pelo menos não da maneira como se costuma pensar. Não é incomum aqui alguém se identificar como "espiritual" em vez de "religioso" — acreditar na energia das árvores ou procurar a orientação das estrelas. Minha família comemora o Natal, mas sempre foi mais uma questão de presentes do que qualquer outra coisa. Danielle sempre se descreveu como mais ou menos judia; ela nunca se preocupou com um Bat Mitzvá, e geralmente trapaceia durante o Pessach, a Páscoa judaica, dizendo que jamais poderia aguentar mais de um dia sem um *bagel*.

Sei que em outras partes do mundo, em culturas diferentes da nossa, a religião desempenha um papel muito maior na formação de ideias de sexo e pureza. Para algumas pessoas, o sexo só vem com o casamento. Não é embaraçoso aguardar. Isso é esperado. O sexo é uma demonstração de amor, algo sagrado.

Mas então Hannah achou que sua primeira vez era sagrada. Ela amava Charlie, e ele dizia que a amava. Hannah aguardou pelo momento aparentemente certo. Quando Charlie sugeriu que eles passassem a noite na casa do lago, ela sabia o que estava implícito. Era romântico, especial, perfeito. Até a semana seguinte, quando Charlie a trocou por Julie Spencer.

Não estou à espera do casamento. Nem sequer estou à espera do amor. O que quero é respeito e confiança. Quero ter certeza de que, seja lá quem for a pessoa com quem eu vá transar, ela me fará sentir segura, não me trocará por uma garota do terceiro ano do ensino médio na aula de francês deles, não deixará de falar comigo de novo ou contará a todos na festa em questão de minutos. Acho que não consigo aguentar uma humilhação pública como Danielle. Aliás, acho que não deveria ter que aguentar.

"Espere até estar pronta", as pessoas sempre dizem. Mas como saber quando estamos prontas? A gente acorda um dia e de repente se sente mais crescida, mais adulta? Não me sinto nem um pouco adulta. Se transar significa abrir-se ao desgosto, ao ridículo ou à dor, não sei se algum dia estarei pronta.

— Se está tão ruim agora, como vai ser no próximo ano? — pergunto, tristemente. — Vamos fazer a faculdade nas duas maiores cidades do país. Não devem existir virgens em Los Angeles desde 1980.

— Temos seis meses até a faculdade — Hannah sugere. — Você ainda tem tempo. E, no próximo ano, será o nosso novo começo, lembra?

O sininho acima da porta toca, e uma rajada de ar gelado invade o estabelecimento, trazendo consigo um cara. Parece um universitário, provavelmente um aluno da EVmU vindo da academia ao lado; usando um par de luvas sem dedos, ele esfrega as mãos para afastar o frio. Tem cabelo escuro e traços bem definidos, com olhos cor de chocolate calorosos e maçãs do rosto rosadas por causa da friagem. E, juro, ele é o cara mais bonito que eu já vi na vida real. Hannah e eu olhamos embasbacadas para o rapaz, parando no meio da nossa conversa.

— Ele se parece com o James Dean — Hannah sussurra, boquiaberta. Ela sabe disso porque tenho um pôster de *Juventude Transviada* pregado na minha parede desde a quinta série. É um dos meus filmes favoritos.

Nós o seguimos com os olhos e o vemos se aproximar do balcão, ficando logo atrás de Danielle e Ava. Ele veste uma jaqueta de couro que cobre seu traseiro. Amaldiçoo silenciosamente o tempo frio.

Percebo o exato momento em que Danielle repara nele. Ela cutuca Ava, que se levanta ereta, com as mãos estendidas para alisar seu cabelo rosa. Ambas se viram para encará-lo ao mesmo tempo.

— O lugar é seu. — E então Danielle lambe um montão de chantili do topo de sua bebida, olhando para ele como se estivesse lambendo outra coisa. O olhar de Danielle é poderoso; ela usa o contato visual como uma arma.

— Ah, obrigado. — A voz dele é como calda de chocolate quente.

As garotas correm para a mesa.

— Vocês viram aquele cara?! — Ava sibila, não tão baixo quanto deveria.

Danielle toma um longo gole de sua bebida. Quando ela afasta a boca, há uma marca de batom vermelho no canudo. Antes de Danielle, sempre associei batom com velhinhas; o cheiro de pó de arroz, perfume e laquê que sempre pairava ao redor da minha avó. Mas o batom é a assinatura de Danielle.

— Eu deveria voltar e conversar com ele — ela diz, olhando por sobre o ombro.

— Sim, com certeza você deveria! — Ava exclama, fazendo que sim com a cabeça.

Danielle torna a olhar para o cara e dá de ombros, exprimindo indiferença. Em seguida, caminha até a porta.

— Ele não vale a pena.

É bastante estranho Danielle evitar um cara, sobretudo um tão bonito quanto James Dean. Pergunto-me se Chase mexeu com Danielle mais do que ela está deixando transparecer.

Volto-me para trás mais uma vez quando saímos, apenas para ver James Dean de novo. Sinto-me corar de vergonha e empolgação quando ele olha diretamente para mim. Aí ele leva uma pequena xícara de *espresso* até a boca e toma um longo gole.

# CAPÍTULO 4

**EMBARCAMOS NO CARRO, E DANIELLE O PÕE EM MOVIMENTO. ENTÃO,** meu celular apita. Tiro-o do bolso e vejo um texto enigmático de Andrew:

> Socorro!

Respiro fundo e respondo:

> Não me assuste. É melhor que seja algo sério. Você está morrendo?

Espero um momento, e meu celular torna a apitar:

> Estamos metidos numa puta encrenca.

Sinto o peito doer, como se algo pesado tivesse sido jogado ali. O celular começa a tocar uma versão pasteurizada de *Eleanor Rigby*, indicando que estou recebendo uma ligação. Atendo antes mesmo que os violinos possam começar a soar:

— O que está acontecendo?
— É Andrew? — Hannah balbucia do assento ao meu lado.
— Meus pais encontraram a camisinha — Andrew revela.
— Que camisinha? — pergunto, pega de surpresa.

O carro muda de direção bruscamente, e Danielle estende a mão para o painel, para desligar a música.

— A camisinha que Chase usou para transar com Danielle — Andrew diz. — Eles deixaram a embalagem na mesa de cabeceira ao lado da cama.

Não consigo evitar uma risada.

— Sério? Eles não jogaram fora a embalagem?

No assento do motorista Danielle xinga baixinho. Consigo perceber que ela entendeu a situação, mesmo não conseguindo ouvir a voz de Andrew do outro lado da linha.

— Sua mãe vai te matar — comento.

— Sim, e vai matar você também.

— O que eu fiz?

— Seus pais estão aqui.

Suspiro, com o peso no meu peito aumentando.

— Eu não dei uma festa!

— Tá, mas era seu aniversário. Com certeza você estava aqui.

— Ok, Andrew. Tchau.

Desligo o celular e me volto para Danielle:

— Você deixou a embalagem da camisinha na mesa de cabeceira? — pergunto, sem saber se estou com raiva ou se quero rir.

— Pelo menos, usamos um preservativo. — Danielle joga o cabelo e franze os lábios.

A casa de Andrew parece impecável. Quando o carro para na frente dela, fica fácil esquecer que a noite anterior aconteceu, que passamos a manhã arrastando sacos de lixo pelo chão coberto de neve derretida.

— Diga a Andrew que sinto muito — Danielle diz quando desembarco do veículo. — Os pais dele não vão matá-lo?

Ela parece mesmo preocupada. Quero dizer a Danielle que Andrew vai ficar bem. Ele está acostumado a se meter em apuros. *Eu* sou aquela a quem ela deveria estar pedindo desculpas. No entanto, Danielle está pondo a cabeça para fora da janela do carro e olhando para a casa, e não focando seu olhar preocupado em mim.

— Não se preocupe. — Fecho a porta e caminho rumo à residência, com minhas botas triturando a neve.

O automóvel arranca para fora do acesso da garagem, com a fumaça do escapamento deixando baforadas no ar gelado. Consigo ouvir uma música de *Wicked* soando ao longo da rua.

Minha mãe deve ter me visto percorrendo o acesso da garagem, porque ela irrompe pela porta da frente e para na varanda. Como de costume, seu cabelo loiro está desordenado, cacheado como nuvens de fumaça. Quando eu era pequena, achava que minha mãe era uma bruxa bonita de um conto de fadas, com suas longas saias coloridas e os anéis de pedras preciosas empilhados em seus dedos. Mas depois me dei conta de que ela era simplesmente de Vermont.

Neste exato momento, ela usa um xale roxo para protegê-la do frio, que tremula atrás dela ao vento como uma bandeira. Retrocedo um pouco quando a vejo, preparando-me para um sermão, com palavras furiosas para combinar com o chicote furioso da peça de lã.

— Querida, está um gelo! Cadê seu casaco?

O tom suave de sua voz me pega desprevenida.

— Estou bem.

Ela toma a minha mão quando subo a escada da varanda e me leva para dentro. Agora, a casa cheira a alho, e não mais a cerveja rançosa. Ouço música clássica tocando. Reconheço Debussy de quando costumava ter aulas de piano.

Há sacos de equipamento de esqui espalhados na saleta de entrada, com botas pingando neve derretida no chão de ladrilhos. Os pais de Andrew sempre fecham a temporada de esqui no Canadá no fim de semana do aniversário do casamento deles, e Andrew costuma ficar com a minha família enquanto eles estão fora; este ano, porém, eles disseram que confiavam nele sozinho. De repente, sou tomada pelo medo, pois, se os pais de Andrew querem falar conosco antes de desfazer completamente a bagagem, deve ser algo sério.

Ao entrarmos na sala de estar, avisto os pais dele sentados no sofá perto da janela; o meu pai está no sofá de dois lugares próximo deles. Andrew se empoleirou na mesa de centro, com metade do corpo fora dela, como se estivesse preparado para fugir. Todos seguram canecas fumegantes.

— Keely querida, quer um pouco de erva-mate? — a sra. Reed oferece, levantando-se do sofá e indo para a cozinha, com a saia longa ondulando a cada passo.

Há uma razão para as nossas mães terem se ligado tão rapidamente uma à outra quando se conheceram: elas são o mesmo tipo de artistas hippies excêntricas.

— Robert comprou na loja de alimentos naturais no caminho de volta para casa — ela diz, revirando os armários e pegando outra caneca, e sorrio quando vejo que essa foi feita por Hannah; às vezes, ela vende canecas em nossa feira de artesanato local. — Sua mãe nos trouxe brusquetas caseiras.

Nossos pais são todos veganos, por isso estão sempre inventando novas receitas. A sra. Reed coloca alguns pães torrados cobertos de tomate e cebola em um pratinho para mim.

— Você tem que experimentar. — Ela pisca um olho.

Estou tentando entender a situação, mas não consigo. Andrew deu a impressão de que estávamos encrencados quando enviou a mensagem de texto, mas a preocupação da minha mãe, o cheiro do alho e a música de piano tilintante fazem isso parecer um lanche bastante amistoso. Talvez este seja o castigo: sermos forçados a beber erva-mate e ficar ali quando preferíamos estar realmente em qualquer outro lugar.

Busco a ajuda de Andrew; ele, no entanto, parece tão confuso quanto eu.

— Então... Nós conversamos sobre o que queríamos dizer a vocês — minha mãe começa a falar. — Como... Bem, como pretendíamos trazer isso à tona; se é que desejávamos trazer isso à tona.

Meu pai coloca a mão no ombro dela para mostrar que eles são uma unidade parental e que concorda com seu ponto de vista, seja lá qual for.

— Sabemos que essas coisas acontecem — ele afirma, cofiando a barba. Meu pai usa a mesma barba a vida toda, e às vezes acho que essa é a realização que lhe dá mais orgulho.

— Uma parte de mim tem se preparado para esse momento — a sra. Reed afirma. — Quer dizer, na verdade, sempre soubemos que isso poderia acontecer, e até esperávamos que acontecesse. Fizemos tantas brincadeiras a esse respeito...

— Vocês são grandes agora. — Minha mãe dá de ombros. — É difícil para nós. Vocês eram os nossos bebês. Mas isso é normal, claro. E vocês se protegeram.

— Sem dúvida, ficamos felizes por vocês terem usado um preservativo — meu pai concorda. — Sinal de que os criamos direito.

Engasgo com o chá, cuspindo-o de volta na minha caneca quando fica claro. Eles não estão zangados por causa de uma festa. Eles nem sequer sabem da festa.

— Mas tinha que fazer isso em nossa cama quando existem tanto outros lugares na casa disponíveis, filho? — a sra. Reed acrescenta. — Você sabe que nosso quarto é zona proibida. Foi por isso que entrou ali? Algum tipo de *fetiche*?

— Meu Deus, mãe, pare! — Andrew se levanta de repente e bate o joelho na beira do sofá. — A camisinha não era nossa, ok?

De repente, a sala se tornou quente, como se estivesse abarrotada. Ao ouvir Andrew dizer isso, sinto um incômodo no estômago.

— Bem, de quem mais poderia ser? — A sra. Reed está um tanto decepcionada, sou capaz de jurar.

— Você está dizendo que não usaram nenhum tipo de proteção? — minha mãe intervém. — Porque, se for esse o caso, temos mais com que nos preocupar do que...

— Nós não transamos! — grito, fazendo um movimento brusco e entornando meu prato de brusquetas.

Os pães torrados se espalham pelo carpete, e eu me abaixo até o chão para recolher os tomates, tentando limpar, tentando esconder o rosto, para me manter ocupada, para me concentrar em qualquer outra coisa que não seja a conversa ao meu redor. Não consigo encarar os meus pais, não consigo fazer contato visual com ninguém, principalmente Andrew.

Ele vem me ajudar, apanhando algumas brusquetas e colocando-as em um guardanapo. Olho fixamente para o chão. O ombro dele está a poucos centímetros do meu. Posso sentir a energia irradiando de Andrew, posso sentir o calor dos olhares de nossos pais analisando a situação.

— Eu cuido disso, Andrew.

— Deixa disso, Collins, eu posso ajudar.

— Não, sério. Pare.

Puxo o guardanapo das mãos de Andrew. Ele fica em pé, com os braços erguidos em sinal de rendição. Todos estão olhando para mim. Coloco na mesa de centro o prato com as brusquetas recolhidas do carpete. Nunca na vida me senti tão desconfortável.

— Mas se não foram vocês que usaram, como uma embalagem de camisinha acabou na nossa mesa de cabeceira? — o sr. Reed pergunta.

— Veio voando pela janela?

— Algumas pessoas apareceram por conta do aniversário de Keely.

— Andrew volta a se sentar na mesa de centro.

39

— Algumas pessoas? Tipo uma festa?

— Não, mãe, tipo uma reunião casual com alguns amigos. O que vocês esperavam nos deixando sozinhos no fim de semana do aniversário de Keely?

— Pelo visto, uma reunião casual com alguns amigos sexualmente ativos — o sr. Reed acrescenta.

— Nossa, grande coisa... Vocês estão fazendo tempestade em copo d'água.

— Ah, estamos, Andrew? — A mãe dele o encara. — Eu ainda nem comecei.

* * *

— Acho que devíamos ter deixado que eles pensassem o que quisessem, Keely.

Eu e Andrew estamos deitados na rede no quintal da casa dele, embrulhados em uma pilha de casacos, para nos aquecer. Ainda está muito frio para ficar do lado de fora, mas permanecer sob o mesmo teto que nossos pais depois de tudo o que acabou de acontecer é uma ideia bastante desagradável.

— Eles nem pareceram zangados quando acharam que a camisinha era nossa. — Andrew apoia o pé no chão para fazer a rede balançar. — Eu teria simplesmente ido nessa se soubesse que eles iriam pirar sobre a festa, sabe?

Como castigo, nossos pais resolveram nos obrigar a conseguir emprego de meio período durante o resto do ano. Eles estão decepcionados por não sermos, nas palavras deles, dignos de confiança, e acham que aprenderemos a nos disciplinar se arranjarmos trabalho. O que é uma merda. Não que eu nunca tenha trabalhado. Passei meus últimos dois verões empacotando compras no supermercado local, batendo papos constrangedores com todos os amigos dos meus pais enquanto eles passavam pela caixa registradora. Andrew é aquele que é imprudente, que age por impulso, que salta de penhascos de olhos fechados. Eu sou aquela que está sempre esperando no sopé com a rede de segurança.

Este é o último semestre do quarto ano do ensino médio. No ano passado, quando me estressava com as lições de casa e os testes de aptidão escolar, surtando por não saber se seria aceita por alguma faculdade, eu sempre sentia muita inveja dos alunos do quarto ano, que podiam vadiar, brincando com os professores e matando aulas como se isso não tivesse importância. Mas eu estava só esperando a minha vez. Tinha consciência de que um dia também seria capaz de flanar pelos corredores como se o último ano já tivesse terminado. Agora nossos pais estão tirando isso de nós.

Isso sem falar que esses são meus últimos meses com Andrew e Hannah.

— Não acredito que também estou em apuros quando nem sequer era minha festa. — Abraço um casaco com mais força em torno de mim.

— Seu aniversário, sua festa — Andrew responde. — Além disso, você é cúmplice do crime. Quando uma pessoa vê um crime ser cometido e não diz nada, isso a torna responsável.

— Não sou responsável, lembra? Não sou digna de confiança e sou indisciplinada.

— Sim, você é terrível demais.

O céu, neste momento cinza brilhante, dá a ilusão de que estamos em uma nuvem. Os galhos sem folhas das árvores acima de nós se estendem como dedos. No interior da casa, as janelas estão iluminadas por luzes incandescentes. Consigo ver a mãe de Andrew esvaziando a lava-louças na cozinha.

— Aquilo antes foi bizarro, Andrew. Não acredito que eles acharam que estávamos... Que nós... — Não consigo dizer, não consigo pronunciar a palavra. Assim, dou risada e empurro Andrew de leve com o ombro sob a pilha de casacos. — Com certeza sua mãe não conheceu o Andrew Baladeiro.

— Espero que minha mãe nunca conheça o Andrew Baladeiro. — Ele me empurra de volta.

— O Andrew Baladeiro come bacon. Ela ficaria horrorizada.

— Sim. *Essa* é a parte que a deixaria mais puta. — Ele gargalha e se aconchega no meu ombro como um gato. — Vamos, Collins, você não namoraria comigo?

— Você já terminou com Cecilia? — pergunto, franzindo os lábios. — E Susie Palmer? E Sophie Piznarski? E...

— Tudo bem, já entendi.

— Perder tempo pra quê? — É a minha vez de dar impulso com o pé para manter a rede balançando. — Todos nós sabemos que você vai fazer bebês loiros com Cecilia. A pequena Sally e o pequeno Bobby.

— Você já deu os nomes?

— Você deu os nomes, Andrew. No futuro. Estou apenas relatando. Aliás, Sally adora manicures, brilho labial e bebedeira. Assim como a mãe dela.

— Você é muito estranha.

— Ela é uma criança adorável.

Andrew ri, e logo eu também estou rindo, com nossos ombros tremendo tanto que a rede treme junto. Respiro fundo e engulo em seco, tentando recuperar o controle, e de repente dou uma fungada. Andrew ouve e se descontrola.

— Não, sério — ele diz entre risos sufocados —, você é que é adorável. Os sons que saem do seu corpo são muitos fofos.

— Você sabe o que é fofo? — Fungo de novo, antes de conseguir me deter: — Ouvir você dizer *camisinha* na frente dos nossos pais. Acho que isso ficará gravado na minha memória pra sempre.

— Jura? Se eu tivesse chamado de "preservativo" teria sido pior.

— Uma capinha de chuva.

— Ei, uma *grande* capa de chuva! — Andrew replica, e nós dois caímos na gargalhada novamente.

Em algum lugar no fundo da minha mente tenho a impressão de que é a primeira vez que me ocorre que Andrew tem um pênis — que está lá, a alguns centímetros de mim —, escondido apenas por alguns pedaços de tecido. É um pensamento estranho e incômodo, que se destaca em um ângulo estranho. Afasto-o rápido e logo estou gargalhando outra vez. O pensamento se foi como se nunca tivesse me ocorrido.

# CAPÍTULO 5

**NA SEGUNDA-FEIRA DE MANHÃ, NA AULA DE MITOLOGIA GREGA,** Danielle recebe o bilhete.

    É uma aula fácil, uma daquelas concebidas para alunos do quarto ano, na primavera, em que sempre somos separados em pequenos grupos de discussão e todo mundo fala sobre o fim de semana. Em geral, Danielle e Ava se sentam ao lado de Chase e de alguns outros jogadores de basquete, para que tenham o máximo de tempo para paquerar, mas hoje elas estão comigo. Danielle tem sido estranhamente gentil desde a festa; ela me trouxe café e um saco de broinhas de queijo *cheddar* antes da aula, e depois se sentou ao meu lado como se fosse totalmente normal.

    Preparar comidas para as pessoas é meio que o barato de Danielle, e ela é surpreendentemente boa nisso. Ela ainda terá seu próprio programa de tevê algum dia. Certa vez, no segundo ano do ensino médio, estávamos todas assistindo a *Kitchen Nightmares* na casa de Hannah e, quando Gordon Ramsay fez um pobre coitado cair no choro, Danielle disse: "Acho que eu seria boa nisso". "Cozinhando?", Hanna perguntou. "Bem, sim", Danielle respondeu, "e em fazer as pessoas chorar."

    Tenho certeza de que uma parte dela está usando as broinhas como desculpa para ignorar Chase, mas talvez outra parte dela se sinta mal.

    Neste momento, quando ela bate na minha mesa, me sobressalto.

    — Você viu quem mandou isto? — Danielle me mostra um pedacinho de papel branco.

Tomo-o da mão dela e o desdobro. Tem cinco palavras rabiscadas, escritas em tinta azul:

## DANIELLE OLIVER É UMA VAGABUNDA

Amasso o bilhete e o deixo cair como se tivesse me queimado.
— Não estava olhando. Desculpe.
Percorro a sala com o olhar em busca de um rosto culpado, de alguém que possa estar prestando muita atenção em nós. Vejo Chase curvado sobre sua mesa, no lado oposto da sala. Percebo o lápis que ele mastiga e depois revejo a tinta azul no papel. Há a possibilidade de ele ter usado um instrumento de escrita diferente e depois colocado em sua mochila, mas duvido muito que Chase possa ser tão dissimulado.
— Onde você conseguiu isso, Danielle?
— Acabamos de encontrar, como se tivesse aparecido do nada — é Ava quem responde, também baixinho, debruçando-se sobre Danielle.
Todas nós nos voltamos para Chase. Ele deve ter sentido o calor de nossos olhares, porque ergue o rosto e encara Danielle. Então, para de mastigar o lápis e assume uma postura ereta, com uma expressão ilegível em seu semblante.

\* \* \*

— Não sei como alguém acha que pode escapar impune de uma coisa dessas. — Danielle coloca na boca um tomate-cereja da salada. — É como se fosse uma traição.
Estamos na parte do refeitório reservada aos alunos do quarto ano do ensino médio, perto das janelas onde as mesas recebem mais luz do sol. A escola é tão pequena que todos almoçam ao mesmo tempo, mas isso significa que estamos sempre brigando pelas melhores mesas, como se disputássemos lugares em um bote salva-vidas. Costumávamos nos importar muito com quem nos sentávamos, mas, agora que estamos no último ano, superamos isso, e tudo o que até então era relevante deixou de ser.
Neste momento, porém, somos apenas Danielle, Ava, Hannah e eu, porque Danielle está guardando segredo sobre o bilhete. Antes do último fim de semana, acho que ela nem me deixaria vê-lo. Aposto que Danielle o mostrou para mim porque eu estava com ela na festa. Agora, estou totalmente envolvida nisso.

Ela põe o bilhete no tampo e alisa as bordas com a unha pintada de preto.

— Quem fez isso acha que não será pego — Ava afirma, jogando o cabelo, agora verde brilhante para o Dia de São Patrício, para trás de um ombro.

— A caligrafia parece familiar? — Hannah se inclina sobre o bilhete para examiná-lo.

As letras são uma mistura de maiúsculas e minúsculas, algumas grandes e outras pequenas. Como se alguém estivesse tentando ter certeza de que não seria detectado.

Ava está sempre assistindo a esses documentários sobre crimes reais na Netflix, e às vezes ela nos envia mensagens de texto. Esse bilhete meio que me lembra isso, como se alguém estivesse pedindo um resgate.

— Não se preocupe — Danielle diz. — Vou descobrir o autor. — Ela sorri, e então come outro tomate, e eu posso ouvi-lo explodir entre seus dentes.

— Oi. — Andrew se senta na cadeira ao meu lado, e Danielle agarra o bilhete, tirando-o da mesa antes que ele possa ver.

Em seguida, ela se inclina na direção de Andrew, enfiando uma mecha de cabelo escuro atrás de uma orelha, revelando uma fileira de *piercings* de prata.

— Drew, sinto muito pelo fim de semana. Você sabe... A embalagem. — Danielle fica vermelha. — Eu deveria ter dito algo antes. Não acredito que ele não jogou fora... — Ela estende a mão e dá um tapinha no braço de Andrew.

— Não tem problema. — Ele morde seu sanduíche. Porém, as extremidades das suas orelhas ficam vermelhas, para combinar com o vermelho estampado no rosto dela.

— Será que você... — Danielle pigarreia. — ...pode não contar sobre isso a ninguém?

— Todo mundo já sabe. — Ava morde uma cenoura baby ruidosamente. — Com certeza.

— Sim, mas não sabe todos os detalhes. — Danielle apanha outra cenoura baby e lhe dá um peteleco com dois dedos para que gire pela mesa e vá pousar no colo de Ava.

— Ai! — Ava exclama, ainda que a cenoura voadora na certa não tenha doído.

Uma voz chama por trás de mim:

45

— Oi, Danielle. — Chase está vindo em direção à nossa mesa, com uma mochila pendurada no ombro. — Oi, pessoal. — Acena com a cabeça para nós. — Dani, posso falar com você? — Ele a toca, mas afasta rápido a mão quando ela se vira para encará-lo com uma expressão glacial.

— Ela não quer falar com você — Ava afirma, enunciando claramente cada palavra.

— Ava... — Danielle se mostra. — Sério. Não estamos mais na sétima série. Eu sei me defender.

— Tudo bem. — Ava se põe em pé. — Só estava tentando ajudar. — Ela pega suas coisas e se dirige até o balcão, no qual bate a bandeja um pouco forte demais.

Sempre que Danielle e Ava brigam assim, Ava se irrita e cai fora, passando as próximas horas com seus amigos do teatro, que ela ironicamente gosta de dizer que são menos dramáticos. No entanto, sei que ela fará as pazes com Danielle até o fim do dia.

— Vou falar com ela. — Hannah se levanta e vai atrás de Ava, que está saindo do refeitório.

— Desculpe por isso, Chase. — Danielle ajeita o cabelo. — E aí? Você quer se sentar?

Chase ajusta na cabeça o boné sujo do Boston Red Sox, recolocando-o ligeiramente torto.

— Bem, na verdade, você quer dar uma volta ou algo assim? Eu meio que queria bater um papo.

— Podemos conversar aqui. — Danielle faz um gesto em direção a mim e Andrew. — Eles são inofensivos.

— Nós podemos ir embora. — Andrew faz menção de se levantar da cadeira. — Vocês podem...

— Não seja bobo. — O tom de voz de Danielle é meigo, mas suas costas estão aprumadas e os movimentos são rígidos.

Tenho a impressão de que ela sabe o que está por vir. Sua armadura está posta, bem apertada. Será que Danielle nos quer aqui como apoio moral? Parece estranho que ela precise da ajuda de alguém para o que quer que seja.

Chase se senta na cadeira ao lado dela.

— Tudo bem — ele concorda, aparentemente pego de surpresa por ter uma plateia. — Então, este fim de semana foi muito legal. — Olha para Andrew por um instante. — Festa do cacete, cara.

Andrew concorda com a cabeça.

— Só que...

Danielle interrompe Chase:

— É o seguinte. Não acho que você realmente entende o que este fim de semana significou para mim. Só que eu não gosto de você desse jeito, Chase. Sem ressentimentos.

— Não é isso que eu...

Mas Danielle o ignora e continua falando:

— Quero explorar outras opções, e nem pensar em ficar presa a um cara. Não é uma boa hora. No entanto, podemos ser amigos, certo? — Ela dá um tapinha na mão dele e o encara, com os olhos arregalados.

Chase lança um olhar rápido para Andrew, como se estivesse tentando descobrir o que dizer, como se precisasse de ajuda.

— Que diabos, Danielle! — ele exclama, por fim.

Esta deve ter sido a primeira vez que uma garota fala assim com ele — Chase Brosner, estrela do time de basquete, do time de hóquei e do time de lacrosse. Ele tem sido a paixão de todas as meninas desde a sexta série.

— O quê? — Danielle examina as cutículas.

— Você está falando besteira.

— Não estou falando besteira, Chase. Apenas estou dizendo algo de que você não gosta.

— Tudo bem — ele fala, num tom agudo. — Podemos ser amigos. Não vejo a hora.

— Ótimo, fico feliz com sua compreensão.

— Legal. — Chase balança a cabeça, recoloca a mochila por cima do ombro e depois sai do refeitório com passos pesados.

Quando ele fica fora do alcance da visão, o olhar dela endurece. Andrew se vira para Danielle, estudando-a como se ela fosse um quebra-cabeça que ele tentava resolver, e comenta:

— Achei que você gostasse dele.

— Tenho certeza de que Chase estava prestes a me ferrar. Não vou deixá-lo se dar bem duas vezes. Então, eu o ferrei primeiro.

— Você não podia ter feito isso a sós?

— Eu precisava de testemunhas, Andrew. Agora Chase não pode inventar uma história. *Eu* o chutei, e vocês dois viram. — Danielle come um pouco mais de salada e suspira. — Eu ganhei.

# CAPÍTULO 6

**HANNAH E EU NOS ENCONTRAMOS NO ESTACIONAMENTO DOS ALU-**nos depois das aulas. Ela concordou em me levar para procurar emprego, conforme a noção dos meus pais de que aprender a ser responsável vai me fazer parar de frequentar as festinhas de Andrew.

— Pronta para enfrentar seu castigo? — ela pergunta. — Pelotão de fuzilamento ou cadeira elétrica?

— Com certeza, veneno — respondo.

— É assim que os covardes fazem.

Caminhamos juntas pelo estacionamento até o Jeep de Hannah. Ela o ganhou, usado, no seu aniversário de dezesseis anos, e a esta altura já andei nele quase tantas vezes quanto ela.

Parou de nevar, mas ainda há neve em forma de poeira no chão. O sol brilha, e o estacionamento está reluzente e tingido de branco. Pela primeira vez em meses, quase parece que não preciso de um casaco.

Tiro minhas luvas de lã — presente de Hannah — e as enfio no bolso. Ela tricotou um par para cada uma de nós para as férias deste ano. As minhas são ásperas e grumosas, e eu as adoro.

— Então, para onde devo te levar, Keely? Você conhece algum lugar que está contratando? Será que não te recontratariam no supermercado?

— Não voltarei a trabalhar no Green Mountain. Aqueles foram dias sombrios para mim.

— Onde Andrew vai trabalhar? Ele também está nessa, não está?

Hannah abre a porta do motorista, e eu embarco do outro lado, limpando a neve das botas. Como sempre, o assoalho aos meus pés está cheio de lixo: copos de plástico sujos recheados com guardanapos, pastas e fichários velhos da escola, papéis espalhados. Conhecendo Hannah, na certa há também alguns trabalhos do segundo ano ali, esquecidos e se desintegrando. Aprendi a ignorar o problema do lixo, o que é surpreendente para mim.

— Sim. — Encolho os ombros. — Você sabe que o tio dele trabalha no Corpo de Bombeiros? Andrew vai ajudar lá.

Hannah dá a partida e liga o ventilador.

— Combatendo o fogo?!

— De jeito algum! Ele vai trabalhar só no escritório. Eu mataria Andrew se ele chegasse perto de um incêndio.

— E usará uniforme? — Hannah me olhava de lado, sorrindo.

— Não, Hannah. Não é um filme pornô.

Isso é muito baixo, mesmo para ela.

— Tudo bem... — Ela suspira. — Você não pode ajudar lá? Basicamente, o tio dele também é seu tio, não é?

— Ao que parece, eles só precisam de uma pessoa para servir café e fazer a triagem da correspondência.

Andrew e eu adorávamos o tio Leroy quando éramos crianças, porque às vezes ele nos deixava subir em seu caminhão de bombeiros. Porém, certa vez, comi muita massinha e vomitei no assento dianteiro. Não sei se ele me perdoou por isso.

— Que droga, Keely. Andrew dá uma festa e consegue um emprego bacana por causa dela, e você fica presa na cadeira elétrica.

— Veneno — corrijo.

Hannah tira o Jeep do estacionamento, com os pneus espalhando neve derretida na calçada, e pega a direção da universidade. Ao nos aproximarmos do *campus*, no topo da colina de Woodhaven, surge a mesma placa luminosa do Dunkin' Donuts de ontem.

— Aqui há algumas lojas — Hannah afirma, impassível. — Se você tiver sorte, talvez estejam precisando de gente para trabalhar.

Ela entra no estacionamento e encosta o Jeep em uma vaga. Olho para as lojas espalhadas à nossa frente, sentindo-me deprimida com a ideia de trabalhar em qualquer uma delas.

No final da área de estacionamento há um velho e melancólico restaurante chinês, apropriadamente chamado de "Restaurante de Comida Chinesa". As letras outrora brilhantes da placa desbotaram e ficaram com uma cor amarela doentia. É a meca para os chapados de Prescott, porque o bufê custa apenas 5,99 dólares e o cliente pode se servir à vontade. Na décima série, estive ali uma vez com o Andrew e a Hannah. Todos nós tivemos uma brutal intoxicação alimentar e passamos o resto da noite esparramados no chão do quarto de Andrew com dor de barriga, revezando-nos em nossas idas ao banheiro.

Outra razão pela qual mal posso esperar para sair de Prescott: comida melhor. No ano passado, viajei com Hannah e seus pais para dar uma olhada na Universidade de Nova York. Todos nós já sabíamos que Hannah se candidataria a uma vaga — seus pais quase nunca param de falar disso —, mas queríamos ver o *campus* por nós mesmos. Comemos em tantos lugares descolados: café da manhã com burritos em um bar de esquina, almoço no lugar favorito de lámen da mãe dela, e jantar em um restaurante indiano incrível, com comida tão apimentada que me fez suar. É disso que eu quero mais. O supermercado Green Mountain nem ao menos vende molho picante.

Ao lado do restaurante chinês há uma antiga videolocadora que Andrew e eu adorávamos quando éramos crianças. Na verdade, estou bastante surpresa em ver que continua funcionando. Algum tempo atrás, o estabelecimento começou a estocar livros didáticos para vender aos estudantes e, depois, abriu um café na parte da frente. Acho que as vendas de café e biscoitos a mantiveram na ativa, mas provavelmente o novo Dunkin' Donuts colocará um fim a isso.

— Estou me inclinando à prostituição — digo.

— Olha! A videolocadora está contratando. — Hannah sorri.

A princípio, acho que ela está brincando, mas de fato, quando olho de lado, percebo uma placa vermelha de "Trabalhe conosco" pregada na frente da loja.

— Não.

— Pelo menos vamos dar uma olhada. — Hannah abre a porta do Jeep. — Esse pode ser o começo de sua gloriosa carreira no cinema.

— Não sairei do carro.

E então nós o vemos: o cara de ontem, com olhos cor de chocolate derretido e cabelo castanho despenteado pelo vento. *James Dean.* Ele surge de dentro da videolocadora, segurando um grande quadro-negro quadrado, que apoia na calçada. James Dean se agacha na frente dele, tira um pedaço de giz do bolso e começa a escrever. Pena que não consigo ver o que está escrito.

— Ok, talvez eu saia do carro.

— Você acha que ele trabalha lá? — Hannah se vira para mim com os olhos cintilantes.

— Ou isso ou ele está vandalizando a frente da loja.

James Dean se vira em nossa direção, e nós duas instintivamente nos afastamos das janelas. Ele esfrega as mãos e sopra em suas luvas sem dedos, e pequenas lufadas de vapor sobem no ar. Mal consigo ver a camiseta dele daqui, preta, com o nome "Scorsese" escrito na frente em letras maiúsculas. É incrível.

Abaixo o quebra-sol do lado do passageiro e me examino no espelhinho. Meu cabelo está escapando da trança e parece que acabei de correr. Mas talvez James Dean pense que sou atlética. Duvido muito.

— Estou bem?

— Você é uma linda princesa unicórnio — Hannah responde. — Agora, vamos.

E, antes que eu tenha chance de contestar, ela salta para fora do Jeep, com as botas amarelas triturando a neve. No momento que saio atrás dela, Hannah já está no meio do estacionamento, manobrando facilmente sobre os trechos escorregadios de gelo.

— Hannah, espere! — grito, tentando alcançá-la.

O chão está muito liso, e eu tento ir o mais rápido possível mantendo-me na posição vertical. Agora, pouco antes de alcançar a calçada, ela salta para o meio-fio e se vira. James Dean também se vira e, dessa distância, vejo que suas bochechas e a ponta do seu nariz estão avermelhadas por causa do frio. É adorável.

Então, piso numa camada fina de gelo e escorrego, caindo para trás sobre um monte de neve derretida. Meu cotovelo lateja com a pancada, e já imagino o hematoma se formando em meu cóccix. Posso sentir o frio se infiltrando através da minha calça — a neve chegando a lugares aonde não deveria chegar —, mas o calor que se espalha pelo meu rosto é pior. Não é o tipo de entrada triunfal que eu queria fazer.

Deito-me por um instante, deixando a vergonha tomar conta de mim, evitando o momento que terei de encarar James Dean. Talvez ele não tenha visto meu tombo. Quem sabe se virou para o quadro-negro no momento exato, e ainda posso me levantar, me afastar e voltar amanhã nova em folha.

— Keely! — Hannah chama, com a voz alta e aguda.

Zonza, sento-me e a procuro. É quando vejo um carro vermelho deslizando em minha direção sobre o gelo. O motorista toca a buzina repetidas vezes, e eu me levanto, cambaleante. Ao mesmo tempo que o carro faz uma mudança brusca de direção, espalhando neve derretida para todo lado, consigo alcançar a calçada. Aterrisso pesadamente sobre meu quadril machucado, mas fora do caminho.

O carro derrapa perto de mim e, enfim, para. O motorista abaixa a janela, com o rosto manchado e roxo.

— Isso é um estacionamento, mané! O que você está fazendo? Anjos da neve?

— Ei! — diz uma voz masculina grave atrás de mim. James Dean está mostrando um pedaço de giz para o motorista. — Ela escorregou e caiu. Deixa a garota em paz!

— Eu quase atropelei essa maluca!

— Pois é! Talvez você devesse andar mais devagar.

— Que se dane... — O motorista bufa. — Você tem sorte de eu não chamar a polícia.

— É mesmo? Vamos chamar. — James Dean o encara. — Você quase matou a garota.

— Vá pro inferno! — o motorista grita e arranca com o carro, com os pneus lançando neve derretida.

Então, a paz volta a reinar no estacionamento, e ficamos em silêncio por algum tempo. Meu coração está disparado, e minha boca, seca, sentindo a adrenalina tomar conta de mim.

— Você está bem? — James Dean coloca a mão no meu ombro.

Eu me sobressalto com o contato, ainda atordoada.

— Keely, você quase morreu! — Hannah agarra meu outro braço, com os olhos lacrimejantes. "Estou bem", tento dizer, mas as palavras ficam presas. Pigarreio e tento de novo:

— Estou bem.

— Começou muito engraçado, mas agora me sinto mal por ter rido. — James Dean esboça um sorriso discreto, revelando um conjunto de covinhas perfeitas. — Vocês deveriam entrar. Querem um pouco de chá? Café? Uísque? Temos tudo.

Deixo que ele me leve para a loja. Meus pensamentos ainda estão confusos, não sei se pelo choque ou pelo calor da mão dele no meu ombro. O sininho acima da porta toca quando ele a abre. Ao passar ao lado do quadro-negro, vejo o que está escrito:

## FALO A LÍNGUA DE SINAIS

A loja parece exatamente como eu me lembro, mas talvez um pouco mais sombria — o linóleo do piso está gasto e as luzes fluorescentes piscam. Diante de nós, há um balcão de vidro curvo com doces e roscas e, atrás dele, inúmeros livros didáticos ocupam a parede. O resto do espaço se encontra repleto de estojos de DVD, que cobrem as paredes ou se empilham em prateleiras móveis.

Andrew e eu adorávamos explorar essas prateleiras quando crianças. Juntávamos nossas mesadas e vínhamos de bicicleta aqui no verão. Mesmo que fosse possível encontrar on-line o que queríamos, vir a este lugar era uma grande aventura. Mas aí nós crescemos e paramos de vir. Parece que não somos os únicos. Não há clientes nem outros funcionários; somos as únicas pessoas no interior do estabelecimento.

— Costuma ficar assim vazio por aqui? — Hannah quer saber.

— Temos mais movimento pela manhã, quando as pessoas vêm atrás de café — diz James Dean. — Este é um horário meio devagar. Deve fazer uns vinte anos desde que alguém comprou um DVD pela última vez. Apenas colecionadores. Tipos retrô. Na verdade, há um cliente habitual que parece um vampiro. Mais pra *Blade* do que pra *Crepúsculo*.

Ele passa por um conjunto de banquetas ao lado do balcão e abre uma pequena barreira, ocupando seu lugar atrás da caixa registradora.

— Meu nome é Dean. — Ele fala passando a mão distraidamente pelo cabelo despenteado.

*Sem chance.* Olho para Hannah e vejo suas sobrancelhas se erguerem e a sua boca abrir. Ela começa a rir e levanta o braço para fingir um acesso de tosse. *Quais são as chances?*

— Seu nome é Dean? — pergunto, estupidamente.

— Sim. Por quê?

— Por nada, não.

Dean aponta para as banquetas, como se estivesse pedindo para eu me sentar. Olho para minhas roupas molhadas. Meu casaco goteja, formando uma poça nos ladrilhos do chão.

— Estou meio encharcada. Não acho que eu deveria...

— Por favor, essas banquetas têm cem anos e já viram coisas piores.

— Na verdade, tenho que ir. — Hannah se vira para mim. — Agora que sei que você está bem... Você está bem, né?

Faço que sim com a cabeça.

— Beleza.

— Você acabou de chegar — Dean protesta. — Fique para tomar alguma coisa.

Hannah dá risada.

— Na realidade, essa deveria ser uma entrevista de emprego. Sendo assim, estou basicamente me intrometendo. Não é muito profissional. — E ela se afasta rumo à porta.

— Entrevista de emprego? — ele pergunta. — Você quer trabalhar aqui?

— Vi sua placa — respondo, dando de ombros.

— Divirtam-se vocês dois! — Hannah se despede. — Vou ficar no carro! Tchau, *Dean*!

O sininho toca quando Hannah abre a porta e passa por ela.

Pigarreio, desajeitada, e me sento em uma das banquetas. Sinto frio nas pernas por causa da calça molhada. Dean começa a remexer os armários debaixo da pia, pega dois copos e os coloca no balcão. Em seguida, apanha uma garrafa de uísque.

— Qual é mesmo o seu nome? Kelly?

— Keely. — Puxo um fio solto do meu casaco, ansiosa para ter algo em que me concentrar além do meu constrangimento e da minha bunda gelada. Será que vou deixar uma marca molhada na banqueta quando me levantar?

— Gostaria de um pouco de uísque, Keely? — Dean abre a garrafa.

Instintivamente, olho para trás, como se alguém estivesse observando.

— Não posso tomar uísque.

— Não pode? — Ele enche dois copos com duas doses do líquido âmbar e depois fecha a garrafa. — Quem disse isso? Se você não está no controle do seu corpo, quem está?

— Não, quer dizer, já tomei uísque antes. — Fico vermelha.

Não sei por que estou mentindo. Nunca na vida experimentei uísque. Uísque me faz pensar em pescadores irlandeses ou caubóis antigos; alguém castigado pelo clima, grisalho e enevoado por fumaça de cachimbo, e não alguém como Dean, com olhos cintilantes e covinhas adoráveis. O cheiro do copo diante de mim me deixa um pouco enjoada, mas me inclino na direção dele, hesitante.

— É que... não posso. Tenho menos de vinte e um anos. — Mordo o lábio. — Ainda estou no ensino médio — prossigo, com minha voz baixando cada vez mais, como se eu estivesse admitindo algo vergonhoso.

— Legal. Eu tenho vinte — Dean revela, dando de ombros. — Mas isso é simplesmente arbitrário, não é? O corpo é seu. Sendo assim, por que outra pessoa tem o direito de dizer o que entra nele? — Pega o copo mais próximo dele e o mostra. — Se você quiser beber uísque, beba uísque. Se não quiser, não beba. É simples. Então, Keely, gostaria de um pouco de uísque?

Dean me encara. Pego o copo diante de mim e o encosto no dele, em um brinde ligeiro. Depois, tomo um gole. Ele sorri e faz o mesmo.

É horrível. Picante e doce, como remédio antigo. Minha garganta está queimando e meus olhos começam a lacrimejar, mas me forço a engolir o líquido. Enquanto bebo, uma sensação de calor se espalha pelo meu peito.

— Melhor? — ele quer saber. Sua expressão é serena e tranquila, como se o uísque não o tivesse afetado de nenhuma maneira.

Tusso um pouco.

— Acho que sim.

— Isso deve esquentá-la. Acho que tenho um moletom seco, se quiser vesti-lo. Você parece um pouco... abatida.

Em seguida, Dean pega uma mochila, tira um moletom preto da EVmU e o joga para mim. De algum modo, eu o pego sem derramar uísque no balcão.

— Você está na EVmU? — Tiro o meu casaco molhado e visto o moletom. É macio e quente, e tem cheiro de menino, no bom sentido. Quem sabe Dean me deixa ficar com ele...

Afasto o pensamento antes que possa se enraizar. Estou sendo ridícula.

— Sim, estou no terceiro ano de teoria do cinema. — Dean aponta para as fileiras de filmes. — É por isso que trabalho neste belo templo das artes.

Dou uma risada, tomando outro gole hesitante de uísque. Ainda queima na garganta, mas uma sensação de ansiedade está se formando em meu estômago.

— Sério. — Dean apanha um DVD na prateleira mais próxima. — Este aqui é uma relíquia do passado. — Ele o coloca no balcão na minha frente e bate no estojo com o dedo indicador. — Estamos em um museu do obsoleto, prestes a cair no tempo. Só por estar aqui, você é parte da história.

— Eu não sou sempre parte da história? Quer dizer, tudo o que fazemos se torna parte do passado no instante em que fazemos.

— *Touché!*

Ele sorri, encosta seu copo no meu em um novo brinde e engole o resto do uísque. Em seguida, põe de lado o copo vazio, descansa o queixo na mão e se inclina para mim com um ar conspiratório, como se quisesse compartilhar um segredo.

— Sabe como foi a primeira exibição de cinema do mundo, Keely? O público viu na tela a cena de um trem entrando em uma estação. Como ninguém nunca tinha visto nada parecido, os espectadores surtaram e saíram gritando aterrorizados da sala, porque acharam que a locomotiva era real, e por isso estavam prestes a ser atropelados por ela. Isso aconteceu há pouco mais de cem anos. E agora aqui estamos: IMAX, 3D, realidade virtual e esses DVDs são outra parte da história do cinema. Como aquele trem.

Uma mecha de cabelo castanho cai sobre a testa dele e resisto ao impulso de estender a mão e afastá-la.

— Você ama mesmo este lugar — afirmo.

— Sarah saiu na semana passada. Ela foi contratada pela cafeteria do *campus*. Disse que haveria gorjetas melhores lá, o que deve ser verdade. Temos um bom movimento para o café pela manhã, mas não é nada demais. É preciso amar mesmo este lugar para trabalhar aqui. Tem que adorar filmes. Sarah não tinha paixão. — Dean baixa a voz para um sussurro teatral: — Ela era *especialista em biologia*.

Conto para Dean que vou para Los Angeles no próximo ano para estudar cinema.

— Adoro Hitchcock — revelo. — Vimos todos os filmes dele. Podemos citar todos os diálogos de *Um Corpo que Cai* do começo ao fim.

— Você os viu com a garota que está nos observando de dentro daquele carro lá fora? — Dean acena com a cabeça na direção da janela.

O Jeep de Hannah continua estacionado onde o deixamos, e só consigo distinguir o contorno do cabelo dela.

— Não. Bem, Hannah é minha melhor amiga, mas não foi com ela que...

Paro de falar, não querendo contar a ele sobre Andrew, para que Dean não tenha uma ideia errada, como todo mundo.

— Não importa. — Começo a brincar com a ponta da minha trança. — Não sei por que Hannah não ficou aqui.

— Porque esta é uma entrevista de emprego. Aliás, na qual você está se saindo muito bem. Já trabalhou em algum lugar antes, Keely? Acho que devo perguntar isso.

— No supermercado Green Mountain, nos últimos dois verões. Foi horrível.

— Ótimo! Terei de falar a seu respeito com o sr. Roth. Ele é o dono. Mas você deve ser excelente.

— Você não... Quer dizer, não quero prejudicar minhas chances, mas você não precisa do meu currículo, de referências ou algo assim? — Tomo outro gole do meu uísque.

— Não, já posso dizer que você é perfeita.

Engulo a bebida, que se espalha como fogo pelo meu peito.

# CAPÍTULO 7

**É NOITE DE SEXTA-FEIRA, E ESTAMOS ESPARRAMADOS NO SOFÁ** no porão da casa de Andrew, assistindo a *O Resgate do Soldado Ryan*. Contei para ele sobre a videolocadora e o emprego, mas não sobre Dean, porque é muito embaraçoso.

Os sacos da comida do McDonald's estão espalhados na mesa de centro diante de nós (um segredo dos veganos), e eu tento concentrar minha energia na deliciosa gordura que entope minhas artérias, em vez de na cor dos olhos de Dean, mas é mais difícil do que eu imaginava. Nunca me senti assim em relação a nenhum dos garotos da escola. Talvez seja porque Dean é novo, diferente e interessante, e não o vi tirar meleca do nariz no jardim de infância.

Andrew estende a mão e rouba uma batata frita do saco em meu colo.

— Não sei como você consegue comer em um momento como este.

— Entrego-lhe o saco. Não toquei nas batatas fritas desde a invasão da Normandia, e elas ficaram frias e murchas. É tarde agora, talvez depois da meia-noite, e a escuridão do porão está deixando o filme ainda mais intenso.

O celular de Andrew apita. Assustado, ele dá um pulo e, em seguida, pega o aparelho para ler a mensagem de texto.

— Alguém interessante?

— Cecilia. — Andrew dá de ombros.

— Cecilia? Ainda? Já passou uma semana inteira.

Andrew pega um punhado de batatas fritas e o enfia na boca. Ele está sempre pegando punhados de coisas, e isso me deixa louca.

— Já namorei garotas por mais de uma semana, Collins. — Ele lambe o sal dos dedos. — Acho que você me considera muito pior do que realmente sou. — E esboça um sorriso suave, por isso sei que não está zangado.

— Então, você e Cecilia estão namorando?

— *Namorando* não é a palavra certa.

Olho em volta, exprimindo impaciência, e nós nos distraímos com a tevê, porque há uma imensa explosão e os gritos de agonia dos soldados morrendo. Antes que consiga evitar, pergunto-me se James Dean gosta de *O Resgate do Soldado Ryan*, se ele já o viu, ou se só assiste a filmes de arte ou experimentais na escola de cinema. Será que chamam essas obras de filmes na escola de cinema? Preciso aprender antes do próximo ano.

— Você... pensa muito nela? — Acabo ficando vermelha, porque é uma pergunta estranha. — Sua mente viaja pensando em Cecilia em momentos nada a ver?

— Na verdade, não. Só à noite. Ou no chuveiro. — O sorriso dele agora é bem sem-vergonha.

— Isso não é... Não importa. — Mas não consigo deixar pra lá. — Quer dizer, ela não te dá um frio na barriga, como quando você dirige no alto de uma grande colina?

Andrew pega o controle remoto e interrompe o filme.

— Conheço a sensação de frio na barriga. Acredite em mim. — Andrew estende a mão para brincar com a franja em sua testa. Em seguida, tira os óculos que pôs para poder ver o filme, batendo-os na palma da mão. — Você está... Você já... Hum... Você está gostando de alguém?

— Não sei. Não. — Por alguma razão, sinto que tenho que negar. — Acho que só estou querendo saber o que você ganha com isso. É só sexo?

Agora ele se mostra bastante desconfortável. Creio que o rosto dele está ainda mais vermelho do que o meu, e não sei por que eu disse isso.

Andrew coça o queixo. Há uma barba crescendo lá, apenas um pouco.

— Não, Collins. Não é sexo... *Só* sexo.

— Sophie era diferente?

No primeiro ano do ensino médio, Andrew namorou Sophie Piznarski durante seis meses, antes do nascimento do Andrew Baladeiro. Às vezes, eu saía com eles, apenas nós três. Eu ficava sentada desajeitadamente em uma extremidade do sofá e disputava jogos em meu celular, enquanto eles se acariciavam no outro canto.

— Sophie foi há muito tempo, Collins. É diferente agora. Eu sou diferente.

— Fala sério!

— É mais fácil assim.

— Cecilia é fácil?

— Não foi isso que eu disse. Quer dizer, *eu sou fácil*. Gosto que as coisas sejam descontraídas e... Não sei. Sentimentos são um saco. Nenhum sentimento, nenhum estresse.

— Sem essa! Se você não está sentindo nada, qual é o significado?

— Sinto muitas coisas — Andrew afirma, e percebo que ele está ficando agitado. — Você não faz a menor ideia, caralho!

O palavrão me pega de surpresa. Alguns instantes atrás, Andrew se mostrava todo brincalhão e sorridente, mas devo ter atingido um ponto fraco. Ele está com as mãos no cabelo. Não deve nem perceber que está enrolando e puxando os fios. Estendo a mão e a apoio sobre a dele, procurando detê-lo.

— Tudo bem, eu acredito em você.

Andrew afasta a mão. É como se todas as partes dele estivessem em desordem e ele estivesse tentando corrigi-las, recolocando-as em seus devidos lugares.

— Desculpe, Collins. — Ele respira fundo e depois sorri, voltando ao normal. — Não se importe com minhas esquisitices.

— Ei! Vou ouvir suas esquisitices sempre que você precisar de mim, tá?

Andrew recoloca os óculos, ajustando-os até que fiquem no lugar.

— Obrigado.

— Você pode ter sentimentos, viu?

— Obrigado pela dica, doutora.

— Estou falando sério. Sou sua melhor amiga. Você pode falar comigo sobre coisas reais.

— Um pouco convencida demais, não acha? — Ele dá um sorriso mais largo. — Simplesmente se proclamando minha melhor amiga.

— Ah, cala a boca... Acho que posso me proclamar o que quiser depois de dezoito anos ao seu lado.

— Na realidade, tenho me aproximado muito de Jason Ryder ultimamente. — Andrew me lança um olhar maldoso. — Ele pode estar tomando o seu lugar. Há alguns dias, Jason me contou uma piada hilariante sobre mulheres e sanduíches, e acho que isso pode fazer dele o meu melhor amigo. Ele é...

Eu o empurro antes que Andrew possa terminar de falar, e ele cai do sofá.

É terça-feira, o meu primeiro dia de trabalho depois da escola. Quando chega o momento, estou uma pilha de nervos. Cada aula parece durar cerca de cinco segundos, como se eu tivesse passado o dia inteiro presa no hiperespaço.

A última é de cerâmica, e Andrew, Hannah e eu a fazemos juntos. Costuma ser a minha aula favorita, mas hoje não consigo parar de ver as horas. Estamos sentados junto a uma grande mesa de madeira revestida de papel, tentando pintar nossas canecas com tinta esmalte colorida. A minha parece mais um monstro das profundezas do que uma caneca.

— Animada para hoje? — Hannah me pergunta do outro lado da mesa. Ela mergulha o pincel na tinta azul e pinta um redemoinho perfeito.

— O que é que tem hoje? — A caneca de Andrew quebrou no forno, de modo que ele está apenas nos observando pintar.

— É o primeiro grande dia de Keely — Hannah revela. — Nosso bebezinho cresceu.

— Na videolocadora? — Andrew está com uma faixa fina de tinta roxa na bochecha esquerda, e eu me pergunto como ela chegou lá, considerando que ele não mexeu com tinta durante toda a aula.

Confirmo com um gesto de cabeça, sentindo o nervosismo se apossar de mim. Consulto o relógio e vejo que o horário da aula está quase no fim. De repente, sinto vontade de vomitar.

Tentei me vestir um pouco melhor hoje. Pus uma calça preta — calça de verdade, em vez de *legging* — e um novo suéter que minha mãe me deu de aniversário. Ela fica reclamando de que eu não o usei, mas é porque ele é muito pequeno e se avoluma em volta dos meus seios. Em geral, procuro manter a atenção longe dessa zona, mas hoje decidi experimentar algo novo em consideração a James Dean.

— Você está nervosa? — Hannah bate os cílios de uma maneira que deixa claro que se refere a James Dean, e não ao emprego.

— Você está um arraso, Collins — Andrew afirma. — Vai deixá-lo louco.

Andrew se abaixa e revira o interior da mochila, tirando um saco de batatas fritas. Não sei como ele consegue digeri-las agora — a sala tem cheiro de argila e aguarrás —, mas não me surpreende. Ele começa a mastigar quando uma garota se aproxima da nossa mesa.

Ela vem vindo com passos silenciosos e indecisos, como um cervo em uma floresta preocupado em levar um tiro. É magra e delicada como um cervo também, com olhos grandes e um nariz pontudo. Seu nome é Madison Jones, e está no segundo ano do ensino médio.

— Hum, desculpe — ela diz. — Desculpe. Desculpe. — Madison se desculpa muitas vezes na aula, como se pedisse perdão por existir. Ela dá um tapinha no ombro de Andrew. — Desculpe. Você já acabou de usar a tinta azul?

Madison está focada apenas em Andrew, dirigindo a pergunta a ele, embora ele esteja claramente comendo batatas fritas, e não pintando.

— Ah, sim. — Andrew se vira para mim. — Collins, você já acabou?

Madison dá uma olhada rápida de volta para a mesa dela, onde várias de suas colegas estão próximas umas das outras, sussurrando e dando risada.

Deslizo o pote de tinta azul para ela.

— Sim, sem problema. Essa caneca não tem mesmo conserto.

— Tem, sim — Hannah afirma, sempre encorajadora. — Você tem muito potencial.

— Ah, desculpe... — Madison se vira para mim, e depois de volta para Andrew. — Não sabia que sua namorada ainda estava usando.

Fico vermelha, mas é mais pelo fato de Madison não me olhar diretamente, de não me chamar pelo nome, do que pelo uso acidental da palavra *namorada*. Não que isso seja algo novo. Andrew também ficou vermelho, e sua sardas estão transparecendo. Ele põe o saco de batatas fritas sobre o tampo.

— Ela não é... Quer dizer...

— Na verdade, sim, ainda estou usando a tinta. — E trago o pote de volta para mim.

Andrew parece confuso. Impaciente, reviro os olhos, porque ele devia estar acostumado com isso a esta altura, pois é o que acontece conosco uma vez ao dia desde o início do ensino médio. Por algum motivo, porém, isso ainda o incomoda. Andrew sempre tem que corrigir quem comete o erro: "Ela não é minha namorada." Porque Deus proíbe que alguém continue achando que sou uma garota real e namorável.

Hannah também se mostra confusa, com seus olhos se movendo rapidamente entre mim e Madison. Sei que ela não gosta de conflitos e está horrorizada por eu não querer compartilhar.

— Ah, tudo bem, desculpe... — Nervosa, Madison brinca com a barra da camiseta e leva a ponta da trança até a boca.

— Não estamos juntos — Andrew prossegue, como se Madison fosse estúpida e precisasse de um esclarecimento adicional.

— Não mais — digo, sorrindo com doçura para Madison. — Eu o larguei no ano passado depois do incidente com o queijo.

— O quê? — Madison pergunta.

— Collins... — Andrew me adverte.

— Deixa pra lá. — Seguro o pote de tinta azul e o estendo na direção de Madison. — Aqui está.

— Desculpe, você tem certeza? — Ela ainda mastiga a trança.

— Sim — Se ela pedir desculpa mais uma vez, posso perder o controle. — Pegue de uma vez essa porcaria.

Deslizo o dito-cujo na direção dela, mas com muita força, pois meu braço está tenso demais. Antes que eu consiga detê-lo, o porte está voando pelo ar. Aterrissa com um estrondo no chão de ladrilhos e a tinta esmalte azul se espalha por toda parte; sobre Madison e sobre meu belo suéter de aniversário.

Ela grita, com a trança escapando da boca. Hannah sai correndo até a pia para pegar algumas toalhas. A srta. Blanchard, nossa professora de artes, corre em pânico. Andrew está gargalhando e, então, também começo a rir, porque a gargalhada dele é contagiante. Olho para o meu suéter manchado de tinta e me dou conta de que me esqueci de ficar nervosa em relação a James Dean. Por um tempo, nem sequer pensei nele.

E todo o relaxamento desaparece no instante em que Hannah me deixa na frente da videolocadora.

— Você vai se sair bem, Keely. Agora, vá! — Ela quase me empurra para fora do carro.

Vesti o meu casaco para esconder o suéter arruinado, mas sei que vou precisar tirá-lo em algum momento. Não estou usando nada por baixo do suéter e, sem dúvida, me arrependo dessa decisão.

O carro de Hannah se afasta e, por um instante, fico parada do lado de fora da loja, tentando me preparar psicologicamente. Então, abro a porta. Sinto-me mais calma quando entro, porque James Dean não está lá. Em vez dele, há um homem corpulento e careca atrás do balcão, provavelmente o proprietário, o sr. Roth.

— Bem-vinda — ele diz ao me ver, abrindo um sorriso. — Como posso ajudá-la?

Levanto a mão para acenar desajeitadamente.

— Sou Keely. Sua nova...

— Ah! — ele me interrompe. — Minha nova recruta. Entre, entre!

Já estou dentro da loja, mas acho que ele quer que eu me aproxime mais. O sr. Roth bate palmas, como se eu tivesse feito algo digno de aplausos. Ele talvez seja a pessoa mais alegre que eu já conheci.

— Venha se instalar. Hoje deve ser relativamente fácil. Só tenho uma papelada para você preencher. Quer que eu pendure seu casaco? — Ele estende uma mão prestativa, mas puxo meu casaco e o aperto ainda mais junto ao corpo.

— Estou bem, obrigada.

— Deixe-me ver se Dean tem seus papéis. — O sr. Roth se vira para os fundos do estabelecimento, onde parece existir uma sala de descanso.

A menção ao nome faz uma energia nervosa circular em mim.

— Dean! — ele grita.

Pouco depois, Dean aparece, tão perfeito quanto eu me lembrava. Talvez até melhor. Está usando uma camiseta preta, como no outro dia, mas essa tem o nome "Herzog" estampado. Acho que diretores de cinema são seu barato. Ele penteou o cabelo para trás, em um estilo que imita perfeitamente o do verdadeiro James Dean.

— Oi. — Ele se encosta no batente da porta para a sala de descanso, com os braços cruzados. — Voltamos a nos encontrar.

— Oi — respondo, tentando ser igualmente casual.

— Muito bem. — O sr. Roth bate palmas de novo. — Preciso ir. Dean poderá ajudá-la no que você precisar. Tim deve chegar por volta das cinco da tarde. Ele é o nosso outro caixa. Tenho certeza de que vocês três podem resolver tudo.

Ele se movimenta pela loja, arrumando e mudando de lugar várias coisas, e, antes de sair, se despede:

— Vejo vocês amanhã!

Agora somos apenas nós dois. Sozinhos de novo.

— Ele é... muito alegre — comento.

— Bastante jovial. — Dean continua encostado no batente da porta, como se esperando que alguém tirasse uma foto dele.

— Devo... — começo a falar, mas paro, sem saber o que perguntar.

A loja está quente e quero tirar o casaco, mas o aperto com força junto ao meu peito. Minhas mãos estão frias e úmidas.

— Certo. — Dean dá um passo à frente. — A papelada.

Ele se dirige ao balcão e vasculha algumas gavetas, de onde pega uma pilha de formulários. Sento-me em uma das banquetas. A situação com o casaco está piorando: começo a suar em bicas. Decido cortar o mal pela raiz e o tiro. Intrigado, Dean ergue uma sobrancelha quando vê meu suéter.

— O que aconteceu com você?

Aponto para as manchas.

— Foi um... incidente com uma tinta azul na escola.

— Sem dúvida. — Ele fixa o olhar no meu peito, onde o suéter está bem justo. Seu olhar permanece ali por um bom tempo.

Fico vermelha como um pimentão.

— Não sou boa com cerâmica — digo, o que faz sentido para mim, mas percebo que Dean talvez não veja a ligação.

— Bem, espero que você se saia melhor trabalhando em uma caixa registradora.

— Vou me sair. Prometo.

— Promessas são perigosas, Keely. Você nunca deve fazê-las, a menos que seja pra valer.

— Estou falando sério.

— Ótimo. Eu também.

— Ótimo — respondo, apesar de não ter muita certeza do que ele quer dizer ou do que está prometendo; se é que ele está prometendo alguma coisa.

Passamos a hora seguinte examinando tudo ali dentro: como os filmes estão organizados no computador, como encher as cafeteiras e abrir a caixa registradora (isso envolve muitos chacoalhões, porque ela sempre emperra). Pelo visto, os doces e biscoitos são todos da padaria

Le Soleil, situada mais à frente na rua. Dean pega um saco ali todas as manhãs e o deixa com o sr. Roth no caminho para sua aula das oito.

— Por que as pessoas vêm aqui em vez de comprar direto da fonte?

— Examino os diversos sabores alinhados primorosamente no expositor de vidro. Há alguns bonecos em volta dos biscoitos: um diminuto Homem de Ferro e um Pantera Negra, e um Hulk um pouco menos diminuto.

— Porque eu trabalho aqui. — Dean abre um sorriso largo. — Sou encantador.

Olho para ele e imediatamente fico vermelha. Fixo o olhar de volta no balcão. As garotas vêm mesmo aqui para conversar com Dean? É por isso que ele acha que *eu* estou aqui?

Ele deve ter notado que estou confusa ou em pânico, porque encolhe os ombros.

— É brincadeira, Keely.

Fico ainda mais vermelha, mas ele continua, felizmente ignorando o estado do meu rosto:

— Estamos quatro quarteirões mais perto do *campus*. Portanto, esse na certa é o principal motivo. Porém, as pessoas também vêm aqui por causa do astral. Onde mais você consegue um bonequinho de plástico de *Os Vingadores* com seu biscoito?

Dean tem razão. Adoro o astral da loja. Não sei por que parei de vir. Este lugar é parte do motivo pelo qual me apaixonei por filmes.

— Sinto-me meio triste pelo sr. Roth — digo. — Quer dizer, há esse novo Dunkin' Donuts...

Dean me interrompe:

— Vê esse pôster de *Os Irmãos Cara de Pau* atrás de você?

Viro-me e deparo com o pôster clássico, com Dan Aykroyd e John Belushi de óculos escuros, levemente desbotado pelo sol.

— Está pendurado na parede desde os anos oitenta. Se quisesse, Roth poderia vendê-lo no eBay ou algo assim, mas nunca fará isso. O mesmo acontece com o pôster de *Os Caçadores da Arca Perdida* — ele diz, indicando com a cabeça a outra parede, e prossegue: — E o de *Um Sonho de Liberdade*. Se você gosta de filmes, este lugar é mágico.

— Eu amo todos eles. — Deixo escapar um suspiro.

Eu amo *Dean*. Tudo o que quero é que ache que sou tão descolada quanto ele, porque Dean é *muito* descolado, bonito e aterrorizante. James Dean é mágico.

— Você está bem? — Ele acena com a mão na frente do meu rosto.

Pisco algumas vezes. *Eu não tiro os olhos dele?* Se eu não tirar os olhos dele posso até morrer.

— Sim — respondo. — Estou ótima. Estou bem. Você está bem?

— Também estou bem. — Dean sorri de novo. — Sabe, acho que este é o começo de uma bela amizade.

\* \* \*

**HANNAH**
Como foi seu primeiro dia?

**EU**
Tenho uma boa e uma má notícia. Boa notícia: acho que James Dean e eu somos amigos. Má notícia: Acho que James Dean e eu somos amigos.

**HANNAH**
É um bom primeiro passo! 🖤

**EU**
Com certeza ele estava citando *Casablanca*. Então, não tenho certeza se isso conta.

**HANNAH**
Uma citação aleatória de um filme antigo! Ele é perfeito para você. Foi de forma profissional ou uma cantada de um colega de trabalho?

**EU**
Descobrir se algo é uma cantada não é uma das minhas habilidades.

**HANNAH**
Ok, tipo ele tocou em você ou fez contato visual? Esse filme é romântico, não é?

**EU**
Preciso de um especialista.

\* \* \*

**EU**
Uma dúvida.

**ANDREW**
O que houve?

**EU**
Se um cara cita filmes para uma garota, você diria que é uma cantada?

**ANDREW**
...

**ANDREW**
Estou confuso.

**ANDREW**
É por causa dos trocadilhos com os nomes dos filmes do Hitchcock?

**EU**
Deixa pra lá.

\* \* \*

Naquela noite, vimos *Casablanca*, porque sou a maior analisadora do mundo e preciso decifrar o filme em busca de pistas.

Hannah nunca pode apenas assistir a um filme. Ela diz que os filmes são chatos. É uma opinião que ignoro para o bem de nossa amizade. Então, simultaneamente, ela está fazendo com que Andrew e eu a ajudemos em um projeto artístico, pintando padrões coloridos nas folhas que ela coletou em seu quintal no último outono. Hannah diz que vai pendurá-las na sua parede quando terminarmos, mas, se aquelas que estou pintando caírem misteriosamente debaixo de sua cama, não devo ficar ofendida.

Ainda não contei para Andrew sobre James Dean. Não que haja algo a contar. Ainda assim, admitir para Andrew que tenho uma queda por um cara faz com que as apostas pareçam mais altas. Se Andrew souber, será mais embaraçoso se isso não der em nada.

Hannah, porém, não é a pessoa mais sutil do mundo.

— Tá, esse filme é obviamente romântico — ela diz. — Todos os beijos e a música triste. Se eu estivesse a fim de uma garota, faria referência a esse filme para transar com ela.

— Sim, Collins — Andrew concorda, tirando os olhos da sua folha. — Estou surpreso que você tenha escolhido *Casablanca*.

— Ele ganhou o Oscar de melhor filme! Com certeza é um dos melhores de todos os tempos.

— Sim, mas poderíamos ter assistido ao *Gladiador*, que também ganhou o Oscar de melhor filme. Você não costuma ser do tipo beijoqueira.

— Também sou do tipo beijoqueira! Gosto de beijar. Beijo pessoas, ora bolas! — Tudo bem, talvez não seja *bem* a verdade, mas com certeza eu beijaria James Dean se pudesse.

Andrew está vermelho como um pimentão.

— Eu não quis dizer... na vida real. Me referia aos filmes a que você assiste.

Hannah está rindo tanto de nós que derruba um pote de tinta amarela. A tinta se espalha sobre o tapete dela.

— Ah, meu Deus, por que isso continua acontecendo?!

Todos nós nos levantamos rápido e procuramos algumas toalhas para limpar o tapete. Felizmente, parte da estranheza se dissipa e a tensão é quebrada.

— Temos de parar de derramar tinta — Hannah diz. — Juro que isso nunca ocorre quando vocês não estão por perto.

— Damos azar — digo, pensando no meu suéter arruinado. Mas James Dean não pareceu se importar com a mancha. Fico quase roxa ao me lembrar dos olhos dele em mim.

No filme a que assistimos no laptop de Hannah, Rick embarca Ilsa no avião para ela escapar dos nazistas, mandando embora a mulher que ele ama com seu marido para salvar sua vida. "Nós sempre teremos Paris", Rick disse para ela na despedida. Eles podem não acabar juntos, mas sempre terão suas lembranças.

No entanto, não foi essa citação que James Dean usou. Se ele gostasse de mim, teria dito algo sobre Paris, e não algo sobre amizade. Acho que ele gosta mesmo é de filmes, e não de *mim*.

69

— Ei, meninas, no próximo ano, quando todos nós estivermos voando para lugares diferentes, pelo menos sempre teremos Paris — Andrew diz.

— Nós sempre teremos Prescott — retruco.

— Vamos ficar com Paris. — Hannah enxuga o tapete com uma toalha de banho. — Prefiro muito mais.

# CAPÍTULO 8

**NA QUARTA-FEIRA, CHASE VOLTA A TENTAR ALGO COM DANIELLE.** Estamos indo juntas para a aula de química quando ele aparece por trás de nós e apoia o braço no ombro dela. Danielle sorri até se virar e ver quem é. Então, seu sorriso se converte em um rosnado.

— Oi, Dani — ele a cumprimenta.

Ela se livra do braço dele.

— Não me chame assim.

— Qual é... — O sorriso dele é cativante, como se Chase estivesse acostumado a conseguir o que quer.

— O que você quer? — ela pergunta.

— Apenas conversar com você. Somos amigos agora, não somos?

— Não somos o tipo de amigos que têm conversas — ela afirma.

— Collins. — Chase me olha, como se eu pudesse ajudá-lo de alguma forma.

Então, Jason Ryder piora tudo, movendo-se pelo corredor como se fosse o dono do mundo. Ele abre um sorriso largo quando vê Danielle e Chase juntos e dá uma tapinha nas costas de Chase.

— Vejam só, a Vagabunda e a Besta juntos novamente — ele diz.

— Cara, qual é? — Chase adverte.

— Uau, Jason... — Danielle fala com meiguice. — É fofo pra cacete quando você tenta fazer piadas. Um dia você acerta. — Ela puxa a mochila mais para o alto do ombro e se vira para mim: — Estamos atrasadas.

Então, Danielle dispara pelo corredor, e eu corro atrás dela.

— O que me deixa mais puta é como Chase e eu éramos iguais nessa merda — Danielle comenta quando estamos longe. — Nós fizemos amor. Juntos. Mas, por algum motivo, eu sou a vagabunda. Sou a vagabunda porque transei uma vez com uma pessoa. — Ela começa a andar mais rápido, sem olhar para mim.

— Você não é uma vagabunda — afirmo, porque sinto que preciso dizer algo.

— Sem dúvida — ela retruca, virando a cabeça para mim. — Esse é o ponto principal, porra.

Os pais de Andrew estão tendo uma noite romântica em Burlington. Então, ele decidiu fazer uma reunião com alguns caras; algo com tacos, porque os garotos parecem ter uma obsessão inexplicável por eles. É muito arriscado fazer uma festa e, assim, os tacos são um meio-termo seguro. Queijo e carne moída não são ilegais, mesmo que horrorizem nossos pais veganos em seu âmago.

— Eu não vou — digo a Andrew quando ele me convida, embora nós dois saibamos que acabarei na casa dele de qualquer maneira. E me disponibilizo a ajudá-lo a comprar os suprimentos.

Então, aqui estamos nós, no supermercado Costco, amontoando quantidades inacreditáveis de ingredientes em nosso carrinho: baldes enormes de guacamole e creme azedo e um pote de molho picante que sobreviveria ao apocalipse. O saco de queijo ralado que escolhemos é realmente mais alto do que eu: Andrew o põe de pé ao meu lado para tirar uma foto.

— Por que você convidou Ryder? — pergunto, pulando na frente do carrinho.

Sei que Andrew odeia Ryder tanto quanto eu, mas mesmo assim ele sempre parece estar em todos os lugares.

— Foi Chase quem fez o convite. — Andrew empurra a mim e ao saco de queijo pelo corredor. — E não posso dizer a Ryder para não dar as caras. Ei, pronta para a dobra espacial? — Ele faz alusão à forma de propulsão mais rápida que a luz de *Jornada nas Estrelas*, e começa a correr, empurrando o carrinho mais rápido, ganhando impulso conforme avançamos.

Os corredores do Costco são quase do tamanho de quarteirões e, assim, há muito espaço. À medida que ganhamos velocidade, ele salta e embarca na parte de trás. Grito e ponho um pé no chão para frear o carrinho antes de nos chocarmos com uma pilha altíssima de biscoitos de chocolate.

Logo que a velocidade diminui, pulo para fora do carrinho e me desloco para a parte de trás. Então, agora sou eu quem o está empurrando. Andrew pula para fora dele e passa a caminhar ao meu lado.

— Você estava no andar de baixo naquela noite, não estava? — pergunto, quando entramos no corredor dos balcões refrigerados.

Paramos diante dos sucos.

— Que noite?

— Do meu aniversário.

— Ah, sim.

— O que houve quando Danielle e eu ainda estávamos lá em cima? — Gostaria de saber por que não pensei em perguntar isso a ele antes. — Como todos ficaram sabendo? Chase deve ter dito alguma coisa, não é?

— Alguém pode ter visto Chase e Danielle entrarem no quarto juntos — Andrew sugere.

— Mas então como todos ficaram sabendo tão rápido?

— Chase não é um sacana, Collins. Se ele disse algo, na certa foi porque estava agitado, e não porque queria constrangê-la.

Volto a pensar no bilhete que Danielle recebeu outro dia, no qual alguém a chamava de vagabunda por ter perdido a virgindade com um cara de quem ela gostava. Chase poderia ter escrito o bilhete? Não parece algo que ele faria. Andrew tem razão: Chase pode ser burro às vezes, mas não creio que seja maldoso o suficiente para humilhar uma garota com quem transou. O bilhete pode muito bem ser de Ryder. Mas por que Ryder se daria ao trabalho de disfarçar sua caligrafia se ele iria xingá-la nesse dia pessoalmente?

— Ryder chamou Danielle de vagabunda hoje — conto para Andrew. — Na cara dela. Isso está certo?

Andrew freia o carrinho tão rápido que me choco nele.

— Não, não está. Maldito Ryder.

— Sim, mas como ele sempre se safa dessas merdas?

— Espere até o próximo ano, Collins. Se um cara se comporta como um babaca na faculdade, você pode deixar de andar com ele. Só temos que sair do ensino médio e tudo vai melhorar.

É o mantra que repetimos para nós mesmos desde que o ensino médio começou. Só espero que seja verdade.

\* \* \*

— Ei, Collins, com o que isso se parece? — Ryder aponta seu taco na minha direção, insinuando sua semelhança com uma vagina.

— Parece um taco — respondo, espalhando um pouco de queijo ralado no meu e tentando ignorá-lo.

Estamos parados junto ao balcão da cozinha, com a variedade de recheios expostos à nossa frente em diversos recipientes. Andrew sentou-se na banqueta ao meu lado, e Chase está do outro lado do balcão com Edwin Chang e Simon Terst, comparsa de Ryder, alguém que poderia ser ainda pior porque ele realmente admira Ryder como se o idiota fosse um herói.

— Exatamente — Ryder diz. — Um taco. Um *muffin*. Um sanduíche de atum. — Ele ergue e baixa as sobrancelhas à medida que fala. — Entendeu?

— Não — respondo com sarcasmo. — Me explica?

Ryder inclina a cabeça para o lado, com um sorriso falso. Posso ver as engrenagens girando atrás dos seus olhos enquanto ele tenta descobrir se estou falando sério.

— Ela entendeu — Andrew afirma.

— Ei, Terst — Ryder diz, ignorando Andrew e se virando para Simon, segurando o taco perto do nariz dele. — Aposto que você nunca ficou tão perto de um taco. Que tal o cheiro?

— Vai se foder! — Simon afasta a mão de Ryder. — Minha vida é um rodízio de tacos.

Como resultado dessa afirmação, Ryder começa a rir, e não de maneira simpática. Simon é um cara pequeno, nervosinho e quase cego sem seus óculos com armação de metal. Desde a sexta série, Danielle começou a se referir a ele como o Coelho, e o apelido meio que pegou.

— Com certeza, cara — Chase afirma. — Você está se afogando em tacos.

O rosto de Simon fica vermelho e manchado. Ocorre-me que ele deve ser virgem também. Esse rótulo embaraçoso é algo que compartilhamos. Mordo meu taco e mastigo, tentando me distrair.

— Sou o tipo de cara de um único taco — Edwin diz. Ele e Molly Moye não se separam desde o meu aniversário. — É Molly ou nada.

— Sério? — Ryder ergue o braço e o baixa rápido, como se desferisse uma chicotada, e emitindo um estalido, numa clara sugestão de que Edwin seria escravo de Molly. — Alguém está sob controle.

— Sem essa de chicote, seu babaca. — Edwin fala. — Nunca vou conseguir ninguém melhor do que Molly. Ela é incrível.

— Quando você tem uma namorada, pode tê-la sempre que quiser — Chase diz. — Uma garota que sabe o que ela está fazendo.

— Que tal dez garotas incríveis? — Ryder esboça um sorriso largo e se vira para Andrew. — Certo, Reed?

Andrew coça a nuca.

— Sim. Quer dizer, não ao mesmo tempo, mas variar é legal.

Andrew falando sobre garotas como se fôssemos uma bandeja de amostras grátis que ele gostaria de experimentar é tão nojento que pego um punhado de queijo ralado e jogo nele. O queijo ralado cai em seu colo, e Andrew começa a se livrar dele sem dar importância.

— Cretino... — digo. — Você nem gosta de variedade. Só aprecia loiras.

Andrew para de tirar o queijo do colo e olha para mim.

— O quê?

— Precisa mesmo que eu saliente isso? Cecilia, Sophie e Susie Palmer parecem todas iguais. Com certeza, você tem um tipo.

— Nunca reparei. Não é de propósito. — As extremidades das orelhas de Andrew ruborizam.

— Susie *Palma*? — Ryder gargalha. — A pior punheta da minha vida.

— Pior punheta — Chase repete. — Meio redundante. Quer dizer, qualquer punheta é inútil, né? Estou tocando minha trolha há dezoito anos. Sei o que estou fazendo. Qualquer garota que tenta está predestinada ao fracasso.

Às vezes, quando ouço os garotos falando assim, minha ansiedade aumenta. Eles acham que uma garota deve ser uma *expert* logo na primeira vez que vê um pênis. Odeio não ter coragem suficiente para dizer que eles estão sendo idiotas.

— Mas a de Susie foi pior — Ryder explica. — Parecia que ela estava espremendo uma toalha. A mão dela é uma lixa.

— Tipo feita de areia? — Edwin pisca um olho.

— Nós já não passamos da idade de ganhar uma punheta? — Chase pergunta. — Era uma coisa legal no ensino fundamental. Tipo, na oitava série eu ficava superempolgado se uma garota chegasse perto de fazer isso. Mas, neste momento, prefiro tocar uma sozinho.

— Boca ou nada — Simon diz, como se ele tivesse o direito de decidir.

— Eu usaria minha própria boca se conseguisse alcançar — Chase afirma. — Tipo faça você mesmo.
— Tudo bem, mantenha os detalhes para si mesmo. — Andrew faz cara de asco.
— O que você iria preferir: uma punheta com uma mão que parece uma lixa ou fazer um boquete em si mesmo? — Edwin pergunta.
— Depende de quem vai me tocar uma punheta. — Chase sorrio. — Se a punheta com mão de lixa fosse de Danielle, eu toparia.
— Concordo. — Andrew faz que sim com a cabeça.
Olho para ele, surpresa. Não sabia que Andrew enxergava Danielle dessa maneira.
— Eu cortaria fora um braço por uma punheta com mão de lixa de Danielle — Ryder diz.
— Esqueça isso — Simon rebate. — Eu cortaria fora um braço para ver os peitos de Ava.
— Eu já vi — Ryder revela. — Vale a pena.
— Dá pra parar? — interrompo. — Vocês estão falando das minhas amigas. Acham que não vou contar tudo isso pra elas?
— E daí? — Ryder ergue os ombros. — Estamos elogiando todas elas.
Estou prestes a arremessar o enorme balde de guacamole na cara de Ryder quando, para sorte dele, ouvimos uma batida na porta. Todos param de falar.
— Quem mais devia ter vindo? — Eu me levanto para atender, como se fosse a minha casa. Basicamente é.
— Ah, deve ser Cecilia. — E Andrew também fica de pé.
Paro de andar.
— Cecília?
— Sim — ele diz, como se fosse normal ela aparecer aqui.
— Nada de garotas na noite de tacos! — Ryder grita.
— Que diabos você acha que eu sou? — Viro-me para encará-lo.
— Você não conta. — Ele mastiga seu taco e sorri, com os dentes cheios de feijão.
Torno a achar que é *por essa razão* que ainda sou virgem. Por que eu me sentiria atraída por qualquer um deles ouvindo essas conversas? É por isso que James Dean é tão importante; ele é a chance de um novo começo.
Andrew alcança a porta primeiro, abre e ali está ela: Cecilia Brooks, linda como sempre, com as mechas do cabelo loiro onduladas

ao redor do rosto e as bochechas rosadas e brilhantes. Depois de tirar o casaco, ela deixa à mostra um suéter com gola em V, rosa-claro e justo ao redor do peito, tão decotado que nossos olhos — os meus e os de Andrew — são atraídos para lá.

— Oi, Drew. — Ela dá um abraço rápido nele. Em seguida, vira-se para mim e acena, mantendo firmemente um braço no ombro dele, como se Andrew pudesse flutuar para longe se ela o soltasse. — Oi, Keely.

— Oi — respondo, voltando para a cozinha.

Os dois seguem atrás de mim e, quando me viro para olhar para trás, o braço dela deixou o ombro de Andrew e agora enlaça a cintura dele.

A cozinha parece mais arrumada ao voltarmos. Os rapazes limparam os recheios dos tacos que estavam derramados no balcão e jogaram fora os guardanapos usados. Estão todos sentados um pouco mais retos.

— Oi, pessoal! — Cecilia exclama.

— Você quer um taco? — Chase oferece, levantando-se da banqueta.

— Posso preparar um para você. — Andrew se afasta rapidamente dela e abre um dos armários da cozinha para pegar um prato.

— Está tudo bem. Não estou com fome — ela afirma.

Andrew recoloca o prato no lugar.

— Você pode ficar com o meu lugar. — Edwin indica a banqueta onde esteve sentado. — Preciso ficar de pé um pouco.

— Ah, obrigada, Edwin... — Cecilia toca de leve o ombro dele ao se sentar.

Ficamos em silêncio nos entreolhando, sem saber o que dizer. Cecilia é como uma interferência nas ondas de rádio, uma ondulação na água. O recinto tem um cheiro diferente: refrescante e perfumado. Ela deve estar usando um perfume forte o suficiente para subjugar o aroma dos feijões.

— Você está ótima — Andrew elogia. — Gostei do seu suéter.

Ela olha para baixo e depois para todos nós, com um sorriso luminoso em seu rosto perfeitamente simétrico.

— Obrigada. Estava em promoção.

— Legal. — Andrew pisca um olho. — Você fica bem de rosa.

Com a visão periférica, posso notar Chase erguendo a mão para esconder um bocejo, o que me faz bocejar junto. E há uma pequena parte de mim — da qual não me orgulho — que de repente fica aliviada ao conseguir enxergar o que está por trás da cortina. Não só porque vejo a verdade que Cecilia não vê, mas porque os vejo sem todo aquele papo-furado. Ali está o verdadeiro Andrew: aquele que é engraçado e animado e às vezes me faz espirrar leite pelo nariz, mas que em outras ocasiões me deixa tão frustrada que quero sacudi-lo. A realidade é um pouco assustadora. Como posso confiar em um cara ao ficar perto dos amigos quando sei muito bem como os caras agem perto dos amigos?

No entanto, ao observar Andrew tamborilar os dedos na superfície do balcão, ouvindo o tique-taque sonoro do relógio no recinto silencioso, dou-me conta de que talvez um pedacinho de mim esteja contente por eu não ser levada em consideração.

# CAPÍTULO 9

**A NEVE CAI DURANTE O RESTO DE MARÇO, E FINALMENTE EM ABRIL** tudo derrete sob o calor do sol. A loja fica um pouco mais movimentada quando as pessoas saem da hibernação, e eu me adapto com facilidade ao trabalho. O sr. Roth quase nunca aparece, e assim passo a maior parte dos meus dias com Dean ou com um cara mais velho, Tim, que pode se ocupar um turno inteiro analisando um único episódio de *Jornada nas Estrelas*. É claro que tentei dizer a ele que *Guerra nas Estrelas* é melhor, mas Tim não me ouviu.

É noite de quinta-feira, e a loja não recebe um cliente há quase uma hora. Estou na frente, organizando as fileiras de doces pegajosos em um precário arranjo piramidal, ao qual me refiro mentalmente como "Montanha de Açúcar", quando a cabeça de Dean surge por trás de uma fileira de estojos de DVD na parte de trás do estabelecimento.

— Você disse que gosta de Hitchcock, não é?

— Sim, por quê? — Coloco um *croissant* cuidadosamente no topo da Montanha de Açúcar, com um monte de migalhas folhadas chovendo sobre o balcão.

Dean vem se juntar a mim, segurando um estojo de DVD.

— Então, qual é a sua opinião sobre filmes de terror? Você gosta apenas dos antigos de suspense? Ou explorou um pouco o gênero? — Os olhos de Dean brilham de excitação, e há ruguinhas nos cantos. — Que tal monstros e zumbis? — Arqueia as sobrancelhas. — Cheios de sangue...

Dean coloca o estojo com o filme no balcão, na minha frente. A capa mostra uma freira apavorada nas garras de uma gigantesca mão ensanguentada. O berro estampado em seu rosto é quase engraçado.

— Isso é um filme de terror? — pergunto, cética. — Não é uma comédia?

Por um instante, Dean sorri e depois fecha a cara.

— Isso é assustador. Venha. — Ele apanha o estojo e, sem me esperar, vira-se e se dirige para os fundos.

— Aonde vamos?

Olho para a porta da frente. Através da vitrine, vejo o estacionamento vazio. A moto de Dean é o único veículo à vista. Sim, Dean tem uma motocicleta, porque *é claro que sim*. O quadro-negro lá fora diz:

## PAPAI, O QUE É UM VÍDEO?

Suspiro e largo o doce que estou segurando, abandonando a Montanha de Açúcar, para segui-lo até a sala de descanso. Tem um velho sofá encostado na parede no qual sem dúvida há coisas ganhando vida, e, do outro lado, um aparelho de tevê portátil. As paredes estão cobertas com pôsteres de filmes antigos, que eu meio que adoro e, no canto, um recorte de papelão de tamanho real de Legolas, de *O Senhor dos Anéis*, que na certa está ali há anos. Alguém colocou um gorro de Papai Noel em sua cabeça no Natal, que continua ali.

Dean põe o filme no leitor de DVD.

— Não podemos ver agora, Dean. — Paro no vão da porta. — E se chegar algum cliente?

— Nunca temos clientes — ele responde, seco.

O menu aparece, e o som de uma música de violino aterrorizante e dramática preenche a sala.

— Temos clientes, sim — protesto debilmente. — Aquela mulher veio mais cedo para tomar um café. E o cara que parece um vampiro?

A verdade é que não sei se quero me sentar ao lado de Dean no sofazinho. Sentar-me ao lado dele significa não saber onde colocar minhas mãos e ter que manter meu corpo rígido, porque, se eu relaxar, o que acontecerá se me inclinar na direção dele e os nossos ombros se tocarem? Imagino que Dean não iria gostar que nossos ombros se tocassem, porque ele está acostumado a tocar garotas mais bonitas e mais velhas com seu ombro: universitárias sofisticadas, que estudam cinema, fumam cigarros de cravo e conversam sobre o sentimento despertado nelas pela arte.

— Há um sino acima da porta, lembra? — ele pergunta. — Se alguém entrar, podemos voltar para a frente.

Sei que Dean tem razão. Nas três semanas em que estou aqui, tivemos mais tempo a sós do que com clientes. No entanto, em geral, não passamos o tempo curtindo. É a primeira vez que ele me dá tanta atenção. Estou praticamente brilhando.

Dean pressiona o botão de *play* no controle remoto.

— Vai dar tudo certo, Keely. Prometo.

Lá vem ele de novo com as promessas.

— Está falando sério, Dean?

— Sempre.

Ele se recosta no sofá e eu me sento ao lado dele, hesitante. A tela da tevê fica escura e depois surge a cena de uma montanha, com um nevoeiro em rodopio lambendo o pico. O grito de uma mulher preenche a sala.

Dean está com a perna relaxada, com o joelho apontado na direção do meu. Ele se mexe, e a borda do seu joelho faz contato. Não sei dizer se é de propósito. O toque é tão suave que ele pode nem ter notado, ainda que, para mim, o ponto esteja em chamas, propagando calor pela minha perna e tomando conta do meu corpo, aquecendo meu peito e minhas bochechas.

Não consigo me concentrar no que acontece na tela. A presença de Dean é muito perturbadora. Por que ele me trouxe para cá? Por que de repente resolveu me dar tanta atenção? Só porque ele quer assistir a um filme estúpido? Porque está entediado? Ou ele quer ficar sentado aqui ao meu lado, deixando seu joelho tocar o meu? Sou capaz de ouvir minha respiração, estridente nos meus ouvidos. Então, fecho a boca e tento respirar pelo nariz, mas isso só me deixa tonta.

— O que está achando, Keely?

Dean se vira para mim. Com esse movimento, seu joelho perde contato com o meu. Sinto uma onda de alívio e, de repente, consigo respirar novamente.

— Não sei dizer se você gosta mesmo desse filme ou se é uma piada.

— Mas você parece assustada. Está tão tensa que parece que vai sair correndo da sala.

— Não estou assustada.

— Tudo bem se estiver. As freiras estão apavoradas. — Em seguida, Dean estica o braço e pega a minha mão, apertando-a suavemente na sua.

Já segurei mãos antes, mas não como esta. A palma de Dean é áspera e levemente calejada, mas não ligo. Os dedos dele estão dançando nos meus, como um toque de pluma. Deixo que eles trilhem o centro da minha mão. Em seguida, movo meu pulso para cima. Os dedos dele esvoaçam sobre a pele sensível dali e depois voltam para baixo. Então, Dean segura cada um dos meus dedos, brincando com eles, um por um.

Quando deixamos nossas mãos deslizaram uma sobre a outra, perco o fôlego. Quero falar, mas não sei o que dizer ou como dizer. Nem imagino se serei capaz de falar de novo. Tudo de que sou capaz é me concentrar na sensação da pele dele na minha e no meu coração aos pulos, enquanto o mundo se desvanece em mãos tão carinhosas e em movimento.

O sininho toca na frente da loja e eu dou um pulo, com a luz brilhante da sala de descanso voltando ao foco. Pisco e vejo na tela da tevê uma mulher com seu hábito de freira correndo aos gritos por uma floresta escura. A imagem exagerada está bastante deslocada em relação ao meu humor.

Dean me solta e apanha o controle remoto, pausando o filme.

— O dever nos chama.

— Certo.

Ele se põe de pé e se encaminha para fora da sala, dizendo:

— Deixe que eu atendo, Keely, assim você pode continuar vendo. Há uma parte muito boa chegando.

— Não acha que é o sr. Roth? — pergunto, sentindo-me desorientada, como se tivesse acordado de uma soneca.

— Não. É uma mulher de idade. Ela está olhando com gulodice para a sua torre de doces.

— Não permita que ela coma a minha montanha.

— Deixa comigo. Continue assistindo ao filme. Logo, logo um zumbi terá a cabeça cortada por uma pá. Desculpe. Alerta de *spoiler*.

— Parece adorável.

Dean dá dois passos em direção à porta, mas para e se volta para mim.

— Fico contente por você curtir esse tipo de coisa. — Ele indica a tevê. — Sarah, que trabalhava aqui, só queria ver filmes muito básicos. Nunca consegui que ela visse algo estranho. Você é muito legal.

Dean sorri e depois me deixa sozinha na sala de descanso. Suas palavras circulam através de mim como uma luz incandescente.

# CAPÍTULO 10

## DANIELLE OLIVER É RUIM DE CAMA ;)

**DANIELLE ENCONTROU O BILHETE COLADO NO SEU GUARDA-VO**lumes do colégio, logo depois da primeira aula. Agora, está colocado na nossa frente, no tapete do quarto dela. Estamos reunidas em torno dele, estendidas no chão, cercadas por caixas de papelão com comida chinesa (um pedido arriscado que fizemos ao Restaurante de Comida Chinesa). É sábado à noite e ainda é cedo, mas, planejando dormir, já vestimos nossos moletons.

— Na verdade, é meio patético — Danielle diz. — Tipo, se alguém tem um problema comigo, deve dizer na minha cara.

Ela pega o bilhete e o rasga ao meio, jogando as partes cortadas no lixo.

— Quem escreveu isto é um covarde. — Ela pega um pedaço de brócolis com os *hashis*.

— Bem, talvez seja alguém com ciúme. — Ava tira uma caixa com esmaltes para unhas de debaixo da cama de Danielle e começa a fuçar nela. — Pode ser alguém que ama Chase e esteja com raiva por você ter chegado lá primeiro. Agora que você transou com ele, ninguém mais vai estar à altura.

É exatamente o tipo de elogio de que Danielle precisa, e me pergunto se a pretensão de Ava é apenas tentar ser uma boa amiga ou se é algo em que ela acredita mesmo.

— Isso não ajuda muito, Ava. Todas adoram Chase.

Consigo perceber que ela ficou um bocado orgulhosa ao dizer isso.

— Quem sabe o próprio Chase escreveu isso... — Ava afirma, e é como se seu elogio tivesse sido revogado.

Às vezes penso que seja difícil para Ava ter como melhor amiga alguém que sempre será um pouco mais mesquinha, mais corajosa e melhor em ter a última palavra. Entendo a tentação de cutucar a onça com vara curta, mas eu nunca cutucaria. Creio que meus instintos de sobrevivência sejam mais fortes. Ou talvez eu só esteja com medo.

— O emoji com a carinha piscando é o pior — digo, tentando desviar a atenção. — É meio sinistro.

Ava abre um vidro de esmalte, e Danielle torce o nariz.

— Sério que você vai pintar as unhas agora? Nós estamos comendo.

— Já terminei de comer. — Ava dá de ombros e começa a pintar a unha do polegar de verde, a mesma cor com que tingiu seu cabelo para homenagear o Dia de São Patrício.

— Suas mãos estão engorduradas, e esse cheiro de esmalte me dá ânsia de vômito. — Danielle fecha a caixa de papelão com brócolis e a põe de lado com força, descarregando sua raiva na comida, e não em Ava.

Contudo, todas nós sabemos que Ava está se safando bem da situação, pois Danielle pode ser muito mais ríspida.

Neste momento, meu celular zumbe em meu bolso, e eu o apanho. Há uma mensagem de texto de um número desconhecido.

> Oi, colega de trabalho

Sinto o rosto enrubescer, com a esperança se apossando de mim. Nunca dei meu número de telefone a Dean, mas talvez ele o tenha conseguido na minha papelada.

> Quem é?

Digito de volta devagar e coloco o celular no tapete, de modo a poder ver a tela. Meu coração bate tão forte que fico surpresa que as outras garotas não o ouçam. Deixo de lado a caixa de papelão com o frango com molho de laranja que estava comendo. Minha fome desapareceu. Uma resposta volta quase imediatamente:

> Quem você quer que seja

Fico vermelha e sinto a respiração acelerar. Pego o celular e espero, sem saber o que dizer. Ele volta a escrever:

> Então, como Keely passa as noites de sábado?

Há uma pausa, e fico olhando para o "..." na tela, que significa que ele ainda está digitando, tentando acalmar meu coração acelerado. Salvo o número dele na minha lista de contatos como James Dean, sorrindo estupidamente. Ele volta a enviar uma mensagem de texto:

> Aposto que você está em um encontro bem romântico.

— Para quem está enviando mensagem? — Hannah pergunta ao meu lado. — Você está tão vermelha! — Ela pega o aparelho das minhas mãos, que estão muito suadas para impedir isso. — Ah, meu Deus, James Dean! Ele finalmente te escreveu? Isso é incrível!

Hannah se senta, dobrando as pernas sob si e enfiando uma mecha de cabelo preto atrás da orelha.

Danielle e Ava também se sentam.

— Espere, quem é esse? — Ava quer saber. — Um cara do seu trabalho?

Hannah mostra as mensagens para elas.

— Caramba, ele está mesmo a fim de você. — É a vez de Danielle apanhar o celular.

— Não, não está — respondo automaticamente, afastando a ideia antes que eu possa me agarrar a ela. Não quero deixar minhas esperanças crescerem assim. É mais fácil não me importar.

— Sério? — Danielle rola para cima a tela. — Ele mandou três mensagens de texto em sequência.

— O que eu digo? — E meu rosto fica ainda mais vermelho.

— Que cara é esse? — Ava pergunta. — Há regras para essas coisas. Você tem que esperar pelo menos dez minutos. E sem pontos de exclamação. Jamais. O entusiasmo é algo muito desesperado.

— Na verdade, vocês o conhecem — Hannah responde. — Nós o vimos no Dunkin' Donuts. Na manhã seguinte, bem... — Ela pigarreia e olha para Danielle antes de prosseguir: — Depois da festa na casa de Andrew.

— Uau, eu me lembro dele! — Ava grita, quase entornando o vidro de esmalte na mão. — O cara é um gato!
— Ele estuda na EVmU, não é? — Danielle pergunta.
— Sim, está no terceiro ano da graduação — respondo.
— Ah! Interessante. — Danielle me devolve o celular com uma expressão neutra.
— O que é interessante? — Pego o aparelho, aliviada por ter de volta em meu poder as mensagens dele. — Você o conhece ou algo assim? — prossigo, recordando como ela quase se aproximou dele, mas depois mudou de ideia no último segundo.
— Não é nada. — Danielle dá de ombros, e passa a revirar a caixa de esmaltes.
— O que é interessante? — insisto. — Diga de uma vez.
Danielle escolhe um vidrinho de esmalte preto e olha para mim.
— É só que... Bem... Ele está na faculdade e provavelmente tem sua cota de garotas. Quer dizer, o cara parece um modelo.
— Você está dizendo que não sirvo para ele?
— Keely, você é uma garota linda... — Hannah começa a falar, mas Danielle a interrompe.
— Você é virgem. Isso importa. — Danielle suspira. — É claro que ele não sabe. Sendo assim, imagino que esteja tentando transar com você e transformá-la em uma foda fixa. Mas se disser para ele que é virgem, Collins, das duas, uma: o cara achará esquisito e perderá o interesse ou tirará sua virgindade e nunca mais falará com você. Nenhum dos dois cenários é bom.
É rude, mas parece verdade, e é completamente desanimador.
— Duvido que ele queira te ensinar como transar. Esse cara tem muitas opções para estar interessado nisso — ela conclui.
— Você não conhece Dean. E se ele gostar mesmo de mim? E se ele quiser fazer as coisas à moda antiga?
Três rostos me encaram sem expressão. Danielle começa a rir.
— Você está dizendo que esse universitário gostoso, que deve pegar todas as garotas do *campus*, de repente começa a te mandar mensagens porque quer te levar pra jantar em uma churrascaria bacana? Espera que ele te dê um anel de compromisso? "Querido diário, hoje Dean segurou a minha mão..." — Danielle ironiza, ainda segurando o vidro fechado de esmalte preto e sacudindo-o enquanto fala, com os estalidos enfatizando cada palavra. — Desculpe, Collins, não tem nada

a ver com você, que é uma garota totalmente namorável. Só que um cara como James Dean não quer namorar ninguém.

Suspiro e olho para o meu celular.

— Bem, preciso responder pra ele. Já passou muito tempo.

Ava estala a língua.

— Quanto mais você o fizer esperar, mais ele vai sofrer.

— Me dê o celular. — Danielle põe o vidro de esmalte de lado, com as mãos ainda secas, e estende a mão para mim.

— Espere, o que você vai dizer? — Largo o celular na mão dela com hesitação.

— Você só precisa dar a impressão de ser uma garota mais experiente. — Danielle digita algo e depois vira o celular para mim.

> Estou em um encontro, mas está meio chato.

Danielle envia a mensagem, e todas nós respiramos fundo ao mesmo tempo, olhando para o telefone. Danielle o coloca no tapete, no meio de nós, e ficamos em silêncio, querendo que ele vibre. Após três minutos muito tensos, o aparelho zumbe, e todas nós nos lançamos na direção dele. Danielle chega primeiro.

— É meu! Me dê o celular! — digo.

— O que diz? — Ava pergunta, com as unhas úmidas por causa do esmalte. — Alguém me fale.

> Vamos dar uma festa hoje à noite. Você devia aparecer quando terminar. Prometo não ser chato. ☺

Deixamos escapar um grito coletivo. Sinto uma agitação nervosa se apossar de mim. Não há como confundir o tom dessa mensagem. Alguma parte dele está interessada em mim. Talvez Dean tenha sentido a mesma energia que senti na sala de descanso. Pode ser que seu joelho tocando no meu fosse de propósito.

— Você tem que ir à festa.

— Não posso ir a uma festa de faculdade, Danielle. Nem sequer gosto das festas da nossa escola.

Sinto-me como se eu fosse uma bola de energia reprimida, como se precisasse pular, berrar ou correr pelo quarto.

— Você já disse pra seus pais que vai dormir na minha casa. Então, não tem desculpa para não ir — Danielle afirma, digitando uma resposta.

> Talvez. Não sei até que horas vai meu encontro. Pode ficar tarde. Qual é o endereço?

Ele responde quase imediatamente:

> Avenida Maplewood, 415. Não traga seu par. Quero você só para mim.

— É assim que se faz. — Danielle deixa o celular cair no tapete. — Vamos nos arrumar. — Ela fica de pé e começa a vasculhar seu armário. — Sei que tenho algo perfeito aqui pra todas nós.

— Espere, todas nós? — Uma sensação ruim toma conta de mim. Danielle me encara e revira os olhos, exprimindo impaciência.

— Não acha mesmo que vou te deixar ir sozinha a essa festa, não é? Você seria comida viva.

— Festa de faculdade! — Ava grita, correndo para o armário, com seus peitos balançando a cada salto.

Sinto o estômago revirar de uma maneira que não tem nada a ver com comida chinesa.

# CAPÍTULO 11

**DANIELLE MORA PERTO DO EXTREMO OESTE DO** *CAMPUS*, **A APE**-nas alguns quarteirões da piscina e da pista da EVmU. Ao pesquisarmos o endereço de Dean e descobrirmos que ficava perto, achamos que o destino estava a nosso favor. E, no entanto, a caminhada não está fácil ou agradável, porque Danielle nos fez usar salto alto: monstros cintilantes, enfeitados com lantejoulas e com doze centímetros de altura.

Ava vestiu dois sutiãs: um esportivo sobre um meia-taça. Assim, seus seios ficaram içados quase até o queixo e a fenda entre eles se destacou em seu corpo minúsculo. Quando me recusei a usar uma minissaia como as outras, Danielle finalmente cedeu e me deixou usar meu jeans, com a condição de me emprestar um sutiã e um top curto rendado preto. Minha barriga está mais exposta do que nunca, e sinto o ar gelado nela. A barriga gelada, porém, não é nada em comparação com os meus pés. Eles são meio número menores que os de Danielle e, assim, ficam deslizando e escorregando nos sapatos torturantes e incomodando da pior maneira possível.

— É o que todo mundo usa — Danielle afirma quando reclamo. — Vou a festas universitárias desde que me conheço por gente. Lide com isso.

— Sim, vamos nos acalmar — Ava diz, ainda que suas queixas sobre o frio tivessem sido a nossa trilha sonora constante nos últimos vinte minutos.

Hannah fez minha maquiagem para a festa, mantendo-a simples como pedi: apenas delineador, rímel e um toque de gloss labial, que parece pegajoso e tem gosto de algodão-doce. Meu cabelo cai em ondulações suaves nas minhas costas. Tenho que admitir que me sinto... bonita. Bonita, mas não eu mesma.

Viramos na avenida Maplewood e passamos algumas moradias estudantis, uma loja de conveniência e algumas casas de fraternidades universitárias, com seus quintais cheios de restos de festas antigas: copos vermelhos, caixas de cerveja de papelão destruídas, um escorregador de lona que parece congelado. Há alguns caras no quintal e, automaticamente, cruzo os braços sobre a barriga, tentando me esconder. Alguém assobia ao passarmos, e Danielle joga o cabelo por cima do ombro, olhando para os rapazes da fraternidade com um sorriso.

Paramos no final da rua e verifico o endereço.

— Acho que é aqui. Maplewood, 415.

A casa é branca e está um pouco degradada, com a pintura descascada e lixo espalhado. Há um leve ruído de música vindo de dentro e um murmúrio, baixo demais para entender.

— Devíamos ter trazido alguma coisa? — pergunto a ninguém em particular, com uma sensação opressiva de ansiedade tomando conta de mim.

— Tipo o quê?

— Não sei, Hannah. — Bato o celular na palma da mão enquanto penso. — Um presunto, por exemplo.

— Ninguém traz um presunto para uma festa.

— É... Talvez algo tipo um presente de inauguração da casa. Algo pra comer. Queijo e bolachas?

— É por isso que estamos aqui com você, Collins. — Danielle dá um tapinha no meu ombro.

— Envio uma mensagem pra ele? — Olho para o meu celular. Qual é o protocolo adequado para participar de uma festa em que você conhece apenas uma pessoa?

— Vamos simplesmente entrar. — Ava caminha decidida pelo gramado e sobe os degraus da frente. Pega na maçaneta e tenta abrir a porta. — Está trancada.

Respiro fundo e digito um texto curto.

> Estou do lado de fora

Em um instante, Dean abre a porta. A camiseta dessa noite tem "Spielberg" escrito nela. Ele sorri de modo descontraído e fácil. Posso dizer que estava bebendo. Dean parece, ao mesmo tempo, surpreso e feliz em me ver.

— Você veio! — E ele me abraça.

Quase desfaleço com o contato. Dean me segura um tempo longo demais para ser casual, antes de recuar e finalmente perceber as outras garotas.

— Ah, e não veio só!

— Sim, me desculpe. Eu trouxe algumas amigas. — Sinto o meu rosto corar. — Espero que tudo bem.

Por que não me ocorreu perguntar?

— Sim, tudo bem. Entrem — Dean convida.

Ele nos conduz até a saleta de entrada, que está clara e quente. Há uma pilha de tênis perto da porta, e começo a tirar os meus sapatos de salto alto, grata por finalmente poder me livrar deles, mas Danielle me lança um olhar ríspido e segue pelo corredor. Então, desisto de descalçá-los.

A casa cheira levemente a cerveja rançosa e fumaça de maconha, algo terroso e pútrido. Ao caminhar, os meus saltos grudam no chão.

Dean se vira para mim e diz:

— Então, eu vivo aqui com meu amigo Cody. Nós moramos juntos no dormitório de estudantes no primeiro ano.

Ele nos leva até a sala de estar, onde há um grupo de cerca de vinte pessoas. De imediato, me dou conta de que estamos vestindo trajes inadequados. Todos ali usam suéteres, calças de moletom e camisas de flanela, como se estivessem se esforçando para dar a impressão de que não se importavam com a roupa. Posso perceber o desdém nos olhares sombrios, com os lábios com piercings franzidos como se algo tivesse gosto azedo. Cruzo os braços, sentindo-me exposta, desejando ter trazido um suéter para cobrir minhas costas e meus ombros desnudos.

— Achei que isto era o que todo o mundo usava em festas de fraternidade — Hannah balbucia. Ela também está com um top curto, exibindo sua barriga chapada.

— Sim, bem, isto não é uma festa de fraternidade, não é? — Danielle responde, também balbuciando.

Dean nos leva até um sofá, onde um cara negro magrinho enrola um baseado sobre a capa de um livro didático intitulado *História do Cinema*. Ele usa óculos de tartaruga e um gorro de malha.

— Ei, Cody, esta é a garota do trabalho de quem te falei.

Sinto-me corar, contente por ser mencionada dessa maneira. *A garota de quem te falei.*

— Tudo bem? — Cody acena com a cabeça.

Dean aponta para as garotas atrás de mim.

— E elas são... Bem. — Ao notar Hannah, os olhos de Dean brilham. — Eu te conheço. Você esteve na loja.

— Hannah — ela se apresenta, fazendo uma pequena reverência.

Ava se senta no sofá ao lado de Cody, com sua saia subindo ao cruzar as pernas.

— Eu sou Ava. Você é uma gracinha.

Surpreso, Cody deixa escapar uma lufada de ar, com um sorriso largo para mostrar os dentes.

— Sério? Gostei de você — ele diz e olha para Dean. — Gostei dela.

Danielle agarra o braço de Ava, tirando-a do sofá.

— Não seja tão óbvia. Vamos pegar uma bebida. Certo, Dean? — E ela sorri para Dean. — Você tem alguma coisa para beber?

Fico nervosa. Ela é a garota de quem os caras não devem tirar os olhos. Por que Dean iria me querer se podia ter Danielle?

— Sim, claro — ele responde. — Venham.

— Esperem! — Cody põe um dedo no ar para nos deter. Em seguida, ergue o baseado e o gira entre os dedos. — Vou junto.

Dean caminha em direção à cozinha, e todos nós o seguimos. Ele pega quatro latas de cerveja na geladeira e as entrega a cada uma de nós. Em seguida, pega uma quinta lata e a joga para Cody, que a apanha com uma mão e abre a tampa com um movimento fluido.

Abro minha lata e tomo um gole hesitante, tentando não torcer o nariz. Como sempre, tem gosto de xixi. Quem dera tivesse levado Andrew mais a sério quando ele tentou me ensinar a beber cerveja. Gostaria que Andrew estivesse aqui comigo agora. Sem dúvida, eu estaria pirando muito menos.

Dean se vira para mim, inclinando-se para falar em voz baixa:

— Tenho algo especial pra você — ele afirma, e sua voz me enche de calor.

— Sério?

Dean recua da minha orelha e sorri.

— Sim, venha ao meu quarto por um instante.

Antes que eu possa responder, ele sai da cozinha e se afasta pelo corredor. Eu sigo atrás, lançando um olhar de volta para as minhas amigas, que estão todas sorrindo como idiotas. Ava faz um sinal de positivo com o polegar. Danielle tira o celular da bolsa e digita alguma coisa. Sinto meu celular zumbir no bolso um instante, depois eu olho para ele.

> Descolado, confiante e experiente, lembra? Não faça besteira... Ou faça. ☺

Dean entra pela porta do quarto e eu o acompanho, guardando o celular no bolso antes que ele possa vê-lo.

O lugar está quase vazio: apenas uma cômoda gasta e uma cama de um lado, lençóis desarrumados e amarrotados. Há um pôster emoldurado do filme italiano *Ladrões de Bicicleta* em uma parede e um pôster do Pink Floyd na outra, aquele com uma fileira de costas de mulheres nuas. Em um canto, há um cesto de roupa suja, com roupas se acumulando no chão. Dean se dirige até um armário no closet e pega uma garrafa de uísque, que possui um lacre de cera vermelha no topo.

Ele mostra a garrafa para mim.

— Sei que você curte uísque.

— Ah... — respondo, surpresa. Pigarreio. — Sim, é verdade.

A mensagem de Danielle está gravada na minha mente: descolado, confiante e experiente.

— É um Maker's Mark. Cada garrafa é lacrada com cera manualmente, para que cada uma seja única. — Dean move um dedo pela cera vermelha na boca da garrafa. — Muito bacana, hein?

— Sim.

— Quer abri-la?

Dean me passa a garrafa, e eu a seguro com cuidado, com medo de deixá-la cair. Não faço a mínima ideia de como abrir o lacre de cera. Apanho a bolsa pendurada no meu ombro e procuro a chave da minha casa. Eu a pego e passo a borda dentada pela lateral da cera. Dean toma a garrafa da minha mão, dobrando meus dedos sobre a chave que estou segurando.

— Existe uma tira. É só puxar. — Então, ele puxa a tira, e a cera se rompe, expondo uma tampa de garrafa normal. — Mas você fez uma tentativa cuidadosa.

Quase roxa, enfio a chave de volta na minha bolsa.

Dean leva a garrafa à boca e toma um gole. Em seguida, devolve-a para mim.

— Saúde, colega de trabalho.

Prendo a respiração e tomo um pequeno gole. Quando solto o ar, sinto uma onda de calor inundar meu peito. O sabor é tão ruim quanto me lembrava: doce e químico ao mesmo tempo. As pessoas gostam mesmo do sabor do uísque ou todos só ficam fingindo?

— Como foi seu encontro?

— Meu encontro? — E aí me lembro da mensagem que Danielle enviou. — Certo, meu encontro. — Tomo outro gole de uísque só para dar um tempo. — Bem, como eu disse antes, foi chato.

Fico tentando pensar em algo para dizer, mas, é claro, me dá um branco. Por um instante, lembro de Andrew e do comentário bobo que fiz para ele na aula de arte. Então, a pior resposta possível escapa da minha boca:

— Ele não parava de falar sobre queijo.

— Queijo — Dean repete, erguendo o canto da boca, incrédulo. — Sério?

— Sim. Ele mora em uma fazenda que fabrica queijos. Quer dizer, uma fazenda de gado leiteiro. Ou melhor, vacas. Você sabe como é por aqui com todas as vacas.

*Ah, meu Deus.* Meu cérebro está mesmo com defeito.

Pelo brilho nos olhos dele, percebo que Dean está se divertindo, adorando me ver murchando. Aponto para o peito dele e tento mudar de assunto:

— E aí, qual é o lance com suas camisetas?

— São todos diretores de cinema — Dean responde, olhando para baixo.

— Sim, claro. — Ainda bem que superamos o meu vacilo interativo. — Eu quis dizer: é você quem as faz?

— Vista-se para o trabalho que você quer, e não para o trabalho que você tem.

Não foi exatamente uma resposta, mas eu entendi.

— Devia fazer uma camiseta com "Hitchcock" escrito nela, Dean.
— Meu Deus, que vontade de tocá-lo!
— Ele é o seu diretor favorito, não é?
— Olha, ele era meio confuso... Mas brilhante. — Tomo outro gole de uísque. Desta vez o gosto não é tão medonho; meus sentidos devem estar embotados. — Não há nenhuma camiseta com nome de diretora? Até agora você não vestiu nenhuma mulher.
— Vestindo mulheres... Tudo a ver com *O Silêncio dos Inocentes*, né?
— Estou falando sério.
— Só uso camisetas com o nome dos meus diretores favoritos.

Eu queria dizer algo sobre isso, mas Dean está tão perto de mim que consigo ver sua barba recém-feita, quase posso sentir seu hálito quente. Não quero desafiá-lo e arruinar a mágica frágil deste momento.

— Ok, que tal *Collins*?
— Você é diretora? — Ele arqueia as sobrancelhas, em uma expressão que espero que signifique que está impressionado.
— Posso vir a ser algum dia. E então você talvez coloque o meu nome na sua camiseta.
— Bem, avise-me quando chegar a hora. — Ele se inclina para mim e sussurra: — Porque você, com certeza, será uma das minhas diretoras favoritas.
— Tudo bem. — Percebo que estou sorrindo como uma louca, mas não posso evitar. Sinto-me desajeitada, acesa pelas palavras dele. Coloco a garrafa em cima da cômoda e reparo numa pilha de fotografias em desordem, como se alguém as tivesse deixado descuidadamente ali. — Quem são?

Pego a primeira foto da pilha e olho para ela antes que passe pela minha cabeça que pode ser algo pessoal. É a foto de uma mulher, esbelta e bonita, com cabelo escuro longo e um sorriso largo. Ela parece alguém a quem você gostaria de contar segredos tomando uma caneca de chá fumegante.

— Ah, é a minha mãe...
— Desculpe. — Recoloco a foto na cômoda. — Eu não quis bisbilhotar, só...
— Tudo bem. — Dean apanha o retrato e sorri, passando um dedo pela lateral do rosto brilhante da mãe. — Achei estas fotos quando estava em casa nas férias do Natal. Não a vejo muito. Então, é bom ter essas lembranças.

Dean mostra outra fotografia. É a de um pastor-alemão com a língua para fora da boca.

— São como pequenos substitutos da minha família. Às vezes, quando me sinto, tipo, solitário, estressado ou algo assim, falo com as fotos. Isso é piegas? Desculpe, isso é piegas demais. — E o seu rosto assume um vermelho adorável. — A culpa por eu estar te contando essas coisas é sem dúvida do excesso de uísque.

— Não é piegas, Dean. É amoroso.

Quero acariciar o cabelo despenteado dele, mas mantenho meus braços firmemente parados onde estão.

— Para ser sincero, sinto mais falta de Charlie — Dean revela, sorrindo. — É o cachorro.

— É o nome do ex-namorado da minha amiga. Charlie. Ele é um Comensal da Morte.

Aperto os lábios assim que digo isso, porque, *meu Deus*, Dean vai achar que sou uma idiota. Ele não parece ser o tipo que aprecia uma referência a Harry Potter.

Felizmente, Dean dá uma risada.

— Sério? Bem, o meu Charlie é mais um comensal de sapatos e de móveis. E às vezes até do próprio cocô.

— Ainda bem que o ex de Hannah não é desse tipo.

Preciso fazer com que a nossa conversa volte a entrar nos eixos. Como é que continuo a nos levar para as conversas menos sexy de todos os tempos? Torno a olhar para as fotos.

— Como a sua mãe é? — Quero saber tudo sobre Dean, envolver-me nos detalhes de sua vida como um cobertor.

— Ela é foda. Criou meu irmão e a mim sozinha.

— Gostei dela. — Pego o retrato e o coloco na vertical sobre a cômoda, com meus dedos como perninhas, e faço uma voz aguda: — "Ei, Dean! Você tem que limpar seu quarto. Está uma zona!"

Fico surpresa comigo mesma por agir como se fosse uma boba. Até agora, tenho me contido bastante na frente de Dean, me sentindo muito *nervosa*, como se toda interação entre nós fosse um teste no qual preciso ser aprovada. Talvez sejam os goles de uísque que estão circulando em mim, aquecendo-me da cabeça aos pés. Ou a mudança de local. Tenho bastante consciência de que a cama dele está a apenas alguns metros de nós. Nunca estivemos realmente sozinhos antes. Não assim. Será que ele trancou a porta quando entramos? Não percebi.

— Eu não devia beber na frente da minha mãe. — Dean apanha a garrafa de Maker's Mark. — Ela não aprovaria.

Ele toma outro gole e depois entrega a garrafa para mim.

— Nesse caso, creio que eu também não deva beber. Quero causar nela uma boa impressão.

Dean tapa olhos da mãe com a mão.

— A barra está limpa.

Dou uma risadinha, sentindo-me leve e despreocupada. Então, para meu desespero, dou uma fungada. Sinto o calor tomar conta de mim. Fungar na frente das minhas amigas é uma coisa, mas ele é James Dean. Sempre tentei limitar meus ruídos corporais embaraçosos na frente dos garotos.

— Você acabou de fungar?

— Não. — E tomo um gole da garrafa. — Então, o que você diz quando fala com elas? Quer dizer, com as fotos.

— Se você não funga, eu não falo com as fotos. — Sorridente, Dean passa a mão pelo cabelo escuro, e eu o observo com inveja.

— Tudo bem, eu funguei. O que você diz?

— Me dê outra dose primeiro.

Entrego-lhe o uísque, e Dean bebe um pouco, estalando os lábios ao terminar. Em seguida, recoloca a garrafa na cômoda e segura a foto da sua mãe. Pigarreia e pisca para mim. Em geral, piscar é algo que as pessoas fazem em filmes cafonas, mas ver James Dean, um cara normal, atraente e definitivamente não cafona, piscar para mim produz uma sensação de novidade, como se ele tivesse inventado isso.

Dean torna a sorrir, me olhando, e depois observa a foto da mãe. Por um instante, a vergonha se apossa de mim por ter lhe pedido para fazer algo tão tolo, tão estranho e pessoal. Por que achei que isso era uma boa ideia? Então, ele começa a falar, e minha ansiedade desaparece com o tom caloroso e tranquilo da sua voz. Dean não está envergonhado. Nem um pouco.

— Tudo bem, mãe? Você está ótima nesse tom sépia. Por favor, não julgue o meu comportamento neste momento. — Ele, então, me encara. — Porque estou bebendo e na companhia de uma linda garota no meu quarto, a quem eu poderia beijar.

— Você está bêbado? — pergunto de repente, inclinando-me para mais perto dele; tão perto que consigo ver uma mancha dourada em um dos seus olhos.

— É possível. Um pouco.

Dean sorri para mim de maneira fácil e relaxada. Sinto-me atraída por ele, e sorrio também.

— Acho que eu estou — digo.

E então ele me beija. Só fui beijada uma vez antes, aos quinze anos, no acampamento de verão. Este beijo não é nada parecido com aquele, que, tenho de dizer, com certeza não conta. Dean roça a língua em meus lábios, pedindo permissão, e então eu os abro, deixando a entrada livre para ela. A sensação é nova e maravilhosa. Dean move a mão do meu pescoço até o meu braço e, em seguida, entrelaça os nossos dedos. Ele me puxa para a cama, sem interromper o contato. Caio sentada nela. A cama é mais baixa do que eu esperava. Começo a dar risadinhas. A tensão e a energia entre nós estão demais. Dean se afasta um pouco e me dá um beijinho na ponta do nariz.

— Você é uma gracinha.

Com delicadeza, Dean me empurra para trás, deitando-me na cama. Em seguida, deita-se sobre mim, tocando meu corpo nos lugares certos. Suas mãos percorrem meu cabelo e descem até minha cintura, afagando a pele nua entre meu jeans e meu top. Ele afasta os lábios dos meus e começa a dar beijinhos em meu pescoço. Agarro sua camiseta com força. Seu cheiro é inebriante: uma mistura de loção pós-barba com tabaco. É um cheiro de *homem*, e não de um garoto do ensino médio. É, ao mesmo tempo, assustador e excitante.

Não faço a menor ideia de quanto tempo ficamos abraçados na cama. Estou atordoada. Tudo em que penso é na sensação dele no meu corpo.

— Você deveria ficar aqui — Dean diz, com a respiração ofegante em meu ouvido. Sua voz é um sussurro áspero e, enquanto ele fala, seus lábios roçam a pele macia do lóbulo da minha orelha.

— E as minhas amigas? — Afasto-me um pouco.

— Elas vão ficar bem. — Dean prende uma mecha de cabelo atrás da minha orelha. — Também podem ficar aqui, no sofá, se quiserem, ou ir para casa. Tanto faz.

— Vou ver. — Eu me livro dele para encontrar o meu celular. Nem imagino que horas são. Há quanto tempo estamos no quarto dele? Pressiono o botão para iluminar a tela e vejo que já passa da meia-noite. Tenho um monte de mensagens.

**HANNAH**
Não faça nada que eu não faria!

**DANIELLE**
Você ainda é virgem?

**AVA**
Você já viu a salsicha de Dean?

**HANNAH**
Ava está dançando em cima da mesa de centro. Talvez precisemos levá-la para casa logo.

**AVA**
🍆🍆🍆🍆🍆🍆🍆🍆🍆

**DANIELLE**
Ava está cantando uma canção de um musical! Vamos levá-la para casa. É para o próprio bem dela. Fique aqui e transe.

**HANNAH**
Você quer vir com a gente?

**AVA**
Keely bua sorte nóis te ameamos!

— Acho que já foram embora. — Sei que deveria estar chateada por elas terem me abandonado, mas uma parte de mim está feliz por eu ter uma desculpa para ficar. Digito uma mensagem para o grupo:

Vou ficar aqui. A gente se vê amanhã

Assim que a envio, sinto o impacto do significado das palavras e um frio na barriga. Vou passar a noite na cama de um rapaz.

— Ótimo. — Dean apaga a luz da mesa de cabeceira e me puxa de volta, sorrindo e me beijando.

Seus lábios roçam minha bochecha, depois meu queixo e meu pescoço. Fico toda arrepiada. Dean se afasta e tira a camiseta, revelando um peito musculoso. Estendo a mão até seu ombro e, em seguida, afago seu braço nu com a ponta dos dedos, me deliciando com o calor de sua pele.

— Sua vez — ele diz, com a voz rouca, agarra a parte inferior do meu top e tira a peça lentamente por cima da minha cabeça.

Não o impeço, mas respiro fundo quando ele se inclina para trás para me olhar. Ainda bem que o quarto está escuro.

Estou com o sutiã de Danielle. É preto rendado da Victoria's Secret, e é um pouco grande para mim. Ela notou meu velho sutiã esportivo quando estávamos nos arrumando mais cedo e insistiu que eu pegasse emprestado um dos seus; um "sutiã de verdade", por via das dúvidas. Agora me sinto feliz por ter feito isso.

— Você é muito sexy — Dean afirma.

— Sério? — pergunto antes de me dar conta de que é a coisa errada a dizer.

— Pode crer... — E me puxa em sua direção.

Dean se acomoda na cama e eu me coloco ao lado dele. Ficamos assim por mais alguns minutos, ainda que seja difícil avaliar quanto. Sinto que estamos separados do tempo, como se o mundo estivesse acontecendo ao nosso redor, mas sem que fizéssemos parte dele. Nós nos encontramos em nossa própria galáxia, apenas os lábios, o calor das respirações e as mãos macias. Sinto-me como mel pingando bem devagar de uma colher.

Então, ele afasta o rosto do meu e sussurra as palavras que me fazem voltar à realidade:

— Devo pegar uma camisinha?

— O quê? — sussurro de volta, apesar de tê-lo ouvido muitíssimo bem. Não sei o que dizer.

Ele enfia outra mecha de cabelo atrás da minha orelha e repete:

— Devo pegar uma camisinha?

*Sim.* Essa não é a resposta óbvia? Não era isso que eu esperava que acontecesse ao ir à casa dele, ao ir sozinha ao quarto dele? Lembro-me do aviso de Danielle do início da noite, com uma sensação incômoda no estômago. "Se você disser para ele que é virgem, das duas, uma: ele achará esquisito e perderá o interesse ou tirará sua virgindade e nunca mais falará com você. Nenhum dos dois cenários é bom. Duvido que ele queira te ensinar como transar."

É uma situação paradoxal. Não quero mais ser virgem, mas também não quero assustar Dean, deixando-o tirar a minha virgindade. E se ele surtar por causa da minha inexperiência? Ou talvez pior: e se ele nunca mais falar comigo, porque conseguiu o que queria? Quem me dera que existisse um modo de acabar com isso, algum jeito de já ter transado. Não quero que Dean tenha que me ensinar. Gostaria de saber o que estou fazendo. Não quero que isso seja um DRAMA.

Talvez Dean não precise saber que sou virgem. Sei o básico. Acho que poderia fingir. Mas e se doer? Hannah me disse que a primeira vez que ela transou com Charlie doeu tanto que ela chorou. Por precaução, eles transaram em cima de uma toalha de banho, e ela a deixou toda encharcada de sangue. Não posso imaginar a humilhação que sentiria se sangrasse nos lençóis de Dean. Ele teria de lavá-los imediatamente, e levá-los para a sala onde Cody poderia vê-los. Os dois dariam risada e me chamariam de nojenta, e isso se tornaria o meu rótulo: a garota nojenta do colégio, que estragou os lençóis de Dean. A virgem mentirosa que foi pega em flagrante. Eu seria uma mancha embaraçosa na linha do tempo de Dean: um erro lamentável.

— Keely? — Dean se senta reto e se inclina para a mesa de cabeceira, vasculhando-a no escuro.

Em seguida, em sua mão surge uma camisinha, dentro de uma embalagem quadrada brilhante. Eu já tinha visto camisinhas na aula de educação sexual. Elas são passadas em uma cesta diversas vezes por ano, enquanto todos dão risadinhas e timidamente pegam algumas, como uma versão adulta da brincadeira de "doce ou travessura" do Halloween. Ainda assim, elas são novidade para mim. O fato de Dean mantê-las na mesa de cabeceira, de usá-las o suficiente para tê-las à mão, parece estranho. Para Dean, camisinhas são tão comuns quanto desinfetante ou analgésico?

— Está bem — afirmo, embora isso não signifique nada.

— O que está bem? — Dean estende a mão até o seu cinto e abre a fivela com dedos ágeis.

— Não, quer dizer, não precisamos.

— Tudo bem sem camisinha para você? — Dean pergunta, livrando-se do preservativo e tirando o cinto.

— Não. — Faço um gesto negativo com a cabeça. — Não precisamos transar.

Dean sorri para mim, com os dentes ainda visíveis no quarto escuro.

— Claro que *não precisamos*. — Dean me beija, puxando-me de volta para si, de volta para a nossa galáxia. — Mas nós queremos. — E estende a mão até o botão da minha calça.

Lembro-me com horror de que estou usando uma calcinha velha de algodão com estampa de ursos-polares que tenho desde o ensino fundamental.

Danielle não se ofereceu para me emprestar nenhuma "calcinha de verdade", e eu não pedi, porque teria sido muito estranho. Sinto-me suada e ofegante, como se tivesse bebido muito uísque, apesar de termos parado de beber há séculos.

— Espere.

— Você está bem? — Dean afasta a mão.

— Acho que devemos esperar.

— Ah! — ele exclama, parecendo decepcionado. Senta-se reto e se afasta de mim. — Tudo bem...

— Eu quero — digo, estupidamente chateada por desapontá-lo. — Eu quero, mas ainda não.

— Tem certeza? Não é nada demais. — E Dean volta a me beijar, como se soubesse a magia existente em seus beijos, o feitiço que ele lança sobre mim com seus lábios e sua língua.

No entanto, sinto-me travada. A minha virgindade é uma parede invisível entre nós. Tomarei uma decisão depois. Essa não é a minha única chance com Dean. Não pode ser.

— Outra hora, tá?

— Você promete?

— Prometo. — Pego a mão dele e a aperto, com a ideia de que prometer é como tomar uma decisão.

— Você sabe como me sinto a respeito de promessas. — Dean beija de novo a ponta do meu nariz e sai da cama. — Vou tomar um banho. Não conseguirei dormir até que isto vá embora. — Ele põe a mão casualmente na calça, sem vergonha alguma.

— Claro — afirmo, tentando parecer descontraída, mas sinto falta de ar.

— Até já, colega de trabalho. — Dean pega uma tolha no cesto, joga-a por cima do ombro e assobia, saindo do quarto.

Quinze minutos depois, quando ele volta, finjo estar dormindo. Parece mais fácil ficar deitada ao lado dele com os olhos fechados do que ter de inventar coisas novas para dizer. Poderei ser descolada, confiante e experiente de novo pela manhã.

Dean se deita na cama ao meu lado, juntando-se a mim e enganchando suas pernas nas minhas.

Não prego o olho.

# CAPÍTULO 12

**DE MANHÃ, AINDA ESTOU DEITADA AO LADO DE DEAN, QUE RONCA** baixinho, com soprinhos de ar fazendo cócegas na minha orelha. Seu braço está pendurado sobre mim, quase me impedindo de me mover. Sento-me do jeito que dá, tentando pegar meu celular sem acordá-lo.

Depois de alcançá-lo, clico e verifico as horas: sete e meia da manhã. Preciso voltar para a casa de Danielle logo, antes de os meus pais notarem que estou desaparecida.

É muito cedo para acordar Dean? Examino seu rosto por um momento, agradecida pela oportunidade de encará-lo sem ser notada. Ele parece mais jovem quando dorme, e menos intimidador. Tem uma sarda escura perto do olho esquerdo e uma pequena cicatriz na testa, que mal consigo ver através de uma parte de seu cabelo despenteado.

Eu temo que, quando Dean acordar, a facilidade com que as coisas se desenrolaram ontem à noite desapareça, que tudo o que rolou entre nós tenha sido apenas resultado do uísque. Conversar com ele agora pode estragar tudo. Não quero que Dean veja as remelas matinais em meus olhos. E se ele tentar me beijar e eu estiver com bafo? Ou pior, e se ele não tentar me beijar?

Preciso sair de baixo do braço dele.

Desloco-me um pouco para a direita, tentando me mexer o mais delicadamente possível. Dean se mexe, e seu braço me aperta, puxando-me para mais perto do seu peito. Por um instante, fico quieta, apreciando a sensação. Com o corpo dele junto ao meu, é fácil imaginar ficar aqui para sempre.

Mas então volto a pensar no meu rosto oleoso e no rímel que deve estar borrado sob os meus olhos. Não, com certeza é melhor cair fora. Detenho-me por um momento, apoiando-me nele e cerrando as pálpebras, tentando lembrar exatamente como é estar aconchegada nele... para o caso de ser a última vez. E então ergo o braço dele apenas o suficiente para me livrar e me levantar, procurando recolher minhas roupas espalhadas.

Ao vestir meu top, sinto-me muito mais exposta à luz da manhã do que ontem à noite. Dou uma olhada no par de reluzentes sapatos torturantes ao lado da porta. Que horror ter de voltar a calçá-los...

Para voltar à casa de Danielle, terei de refazer nosso caminho de ontem, passando pelas casas de fraternidades e pelas moradias estudantis e, depois, pegando o rumo do centro da cidade. E a passagem estará movimentada. Aos domingos, na primavera, são fechadas diversas ruas para a feira de artesanato, para que as pessoas possam vender velas, luvas e outros produtos.

Não consigo fazer isso.

Sento-me na cama e envio uma mensagem para as garotas:

> Alguma de vocês já acordou? Alguém pode me pegar?

Após um minuto de espera sem receber nenhuma resposta, recolho meus sapatos e saio na ponta dos pés do quarto de Dean, rezando para que ninguém mais esteja acordado na casa. O chão parece ainda mais pegajoso com meus pés descalços do que com os sapatos, mas receio que, se usá-los, os saltos farão muito barulho.

Enfim, saio e fecho a porta bem devagar atrás de mim. A calçada na minha frente ainda está vazia, e eu a contemplo, aceitando a situação e encarando a caminhada. Talvez ninguém apareça.

Mas então, mais à frente, na direção que preciso seguir, uma garota surge na esquina. Ela usa um vestido vermelho justo e segura um par de sapatos dourados de salto alto em uma das mãos, andando rápido com a cabeça baixa. Ela passa por uma das casas de fraternidade, e uma voz ressoa da varanda, amplificada por um megafone:

— Ei, passou a noite na farra e ainda não voltou pra casa?

A garota levanta um pouco a cabeça e passa a caminhar mais rápido. Eu me esquivo, procurando me esconder, esperando que os caras do outro lado da rua se distraiam demais para me notar.

— Valeu a pena? — o cara do megafone pergunta. Outra voz se junta à dele e começa a cantar: — *Lady in reeeeeeeeed...*

Há algumas árvores atrás da casa de Dean, e eu corro na direção delas para me esconder. Então, ligo para Hannah. Está frio para abril, mais do que na noite anterior, e arrasto os pés tentando me aquecer. O celular continua chamando, e de repente ouço a saudação do correio de voz de Hannah. Encerro a ligação e tento ligar para Ava e Danielle. Elas também não atendem. Devem ainda estar se recuperando de ontem à noite.

Aguardo mais alguns minutos e decido ligar para Andrew. Não gostaria que ele me visse usando estas roupas ridículas. Sei que vai caçoar de mim por causa disso por toda a eternidade. No entanto, momentos de desespero exigem ligações desesperadas.

Sua picape aparece quinze minutos depois. Baixando a janela, ele assobia e me chama:

— O que posso conseguir de você por vinte pratas?

Saio do meu esconderijo atrás das árvores e entro na picape o mais rápido possível.

— Que tal um soco na cara? — Cruzo os braços timidamente sobre o peito, procurando bloqueá-lo da visão. — Podemos ir?

— Só estava brincando. — Andrew dá de ombros, olhando para mim. — Você está muito bonita, sério. — Ele acelera o motor pela rua vazia. — É estranho te ver vestida como uma garota. Onde conseguiu essas roupas? Sei que não são suas porque não têm mangas.

— São de Danielle.

— Certo. Devia ter desconfiado.

Passamos pela casa de fraternidade e deixo escapar um suspiro de alívio, grata por não ter sido notada pelos caras do megafone.

— Obrigada por vir me buscar, Andrew. Sei que é cedo.

— Já estava acordado.

Pegamos a Main Street, onde a feira de artesanato está sendo montada, passando reto pela rua de Danielle.

— Espere — digo. — Você precisa dar meia-volta. Tenho de voltar para a casa de Danielle antes que minha mãe venha me buscar.

Andrew se vira para mim e arqueia uma sobrancelha, abrindo um sorriso.

— Collins... — Ele estende o braço para dar um tapinha no meu joelho. — Acha mesmo que vou buscá-la em um lugar misterioso no *campus*, vestida como uma *garota*, e deixá-la na casa de Danielle sem nenhuma pergunta? Sem que você me conte nenhuma fofoca?

— Drew, tenho que...

— Vamos tomar café da manhã. No Jan's?

O Jan's é uma lanchonete no centro da cidade, com balcões pegajosos, mesas e cadeiras de plástico e o melhor bacon do mundo. Andrew e eu costumamos ir lá com frequência, em geral nas manhãs seguintes a jantares com folhas servidos pelos veganos.

Andrew gira o volante da picape e entra na Pinewood. Vemos uma série de barracas sendo montadas, expondo luvas de lã e bugigangas coloridas. Há pessoas dando voltas e cartazes anunciando cervejas locais e sidra quente.

— Olhe, a feira de artesanato! — Andrew exclama, inclinando-se para a frente, para ver melhor.

Ele encontra uma vaga vazia e estaciona.

— Drew, a razão de você ter vindo me buscar era evitar a feira de artesanato. — Apanho o celular na bolsa e volto a consultar a hora. Já são oito e vinte e quatro. — Tenho mesmo que voltar para a casa de Danielle.

Andrew solta o cinto de segurança.

— Diga para sua mãe que estamos juntos. Ela não ficará brava.

Eu o encaro. Andrew retribui o olhar, imitando minha expressão. Então, ele pega seu celular, digita um número e o leva ao ouvido.

— Não fale ao telefone ao dirigir — eu o repreendo e estendo a mão para tomar o aparelho dele.

— Estamos estacionados.

Não ligo que Andrew fale com minha mãe. Só me importo de ser vista nestes trajes. Estou tentando evitar o público em geral até achar um par de sapatos menos ridículo. Reclino-me no assento e cruzo os braços sobre o peito mais uma vez, semicerrando as pálpebras enquanto ele fala:

— Oi, Karen — ele diz ao celular, com uma entonação bem alegre.

— Tudo ótimo... Ela está comigo... Sim, foi o mais cedo que ela já acordou. Um novo recorde. Nós vamos tomar o café da manhã juntos... Sim, sem problema. Até mais!

Andrew desliga e se vira para mim.

— Viu? Ela me ama. — Ele abre a porta do carro. — Vamos.

Agarro o braço de Andrew para detê-lo.

— Espere! Não posso sair vestida deste jeito. É indecente.

— Está sendo dramática, não há nada de mais nessa roupa. Tipo, minha tia Mildred usaria na igreja o que você está vestindo.

— Você não tem uma tia chamada Mildred.

— Tá bom — ele cede. — Tenho um moletom no banco de trás.

Andrew estende o braço atrás de mim e vasculha o assento, encontrando um agasalho de moletom com capuz azul-marinho com a inscrição "Prescott". Tem cheiro de fogueira de acampamento. Pego o agasalho e o puxo ansiosamente, cobrindo minha barriga.

— Agora podemos ir?

— Só no Jan's — respondo. — Nada de feira de artesanato.

— Só no Jan's.

Desta vez, ele desembarca mesmo da picape, e eu o sigo, tropeçando um pouco nos sapatos enfeitados com lantejoulas. Assim que me endireito, sinto meu celular vibrar. É uma mensagem de Dean.

> Por que você saiu de fininho?

Sinto um calor se apossar de mim, aliviada por ele ter entrado em contato. Paro por um instante, tentando pensar em algo para dizer em resposta. O que Danielle diria?

> Tinha que estar em outro lugar.

Ali. Apropriadamente distante.

Em seguida, Dean responde:

> Legal. Te vejo no trabalho. Ontem à noite foi divertido.

Impaciente, Andrew me espera guardar o celular. Dou um sorriso idiota e percebo que ele está tentando descobrir o motivo.

Percorremos a calçada em direção ao Jan's. Caminho cinco passos atrás dele, porque as suas pernas são muito mais compridas do que as minhas, e Andrew calça sapatos adequados. Ao chegarmos lá, entro o mais rápido possível, e ele, em desaprovação, revira os olhos.

Só quando tenho uma grande pilha de panquecas fumegantes na minha frente é que Andrew finalmente começa a falar:

— Então, que diabos?

— O quê? — Finjo inocência e estendo o braço para pegar uma fatia do bacon dele.

Andrew golpeia minha mão, e a fatia cai de volta no seu prato.

— Por que estava escondida no bosque vestida como a minha tia Mildred?

Dou uma mordida nas panquecas para ganhar tempo, e elas queimam o meu céu da boca.

— Tem um cara... — respondo enfim, sentindo um ardor tomar conta do meu rosto.

Andrew bebe um longo gole do seu café e coloca a caneca na mesa, passando um dedo distraidamente pela borda.

— Quem é ele?

— A gente o chama de James Dean — digo baixinho, para que, com sorte, ele não consiga me ouvir.

Mas Andrew ouve, e se inclina para a frente.

— A gente? O sujeito é um rebelde sem causa? Ele tem uma moto? — Andrew leva um pedaço de bacon à boca.

— Sim. Tem.

Andrew recoloca a fatia no prato.

— Ah!

— Trabalhamos juntos na loja. Ele deu uma festa ontem à noite e me convidou. Todas nós fomos.

Quase posso ver as informações sendo processadas em seu cérebro.

— Então, ele estuda na EVmU?

— Sim, está no terceiro ano.

— Hum... — Em seguida, Andrew dá uma mordida em suas panquecas e as mastiga por um tempo. Espero que ele prossiga, mas não diz mais nada.

— O que significa "hum"?

Andrew passa a mão pelo cabelo e se inclina para a frente, apoiando os cotovelos na mesa.

— Tudo bem, mas tome cuidado.

— O que quer dizer?

Eu sei o que ele está dizendo. É a mesma coisa que Danielle me falou e com o qual me preocupei ontem à noite.

— Sei como os caras são, Collins. Só não quero que você se machuque.

— Nós não... tipo... Nós não transamos nem nada — afirmo, com minha voz saindo estranhamente estridente.

Andrew fica vermelho ao ouvir isso.

— Tudo bem, Collins. Mas ele quer.

— Como você sabe que ele quer?

— Ele quer. — Andrew me lança um olhar aguçado.

Sinto-me combativa por algum motivo. Claro que sei o que Dean quer. Ele me disse isso ontem, com a camisinha na não.

Mexo meu café com uma colher. Não consigo encarar Andrew. Respiro fundo e falo, baixinho:

— Eu nunca...

— Eu sei.

Então, olho para Andrew, que está com uma expressão gentil. A familiaridade disso é tão reconfortante que eu deixo escapar as palavras antes que consiga me deter:

— Não contei pra você, porque, sei lá, é meio embaraçoso falar a respeito. Além disso, você, com certeza, tem bastante experiência, assim como todo mundo. Eu sou praticamente a única que sobrou.

— Você é... — Andrew começa a falar, mas a garçonete reaparece, segurando um jarro de café.

— Como vocês estão? Alguém quer mais um pouco? — ela pergunta.

Nós dois nos sobressaltamos e nos viramos para ela com expressão de culpa.

— Não. Está tudo certo — respondo. — Obrigada.

— Sem problema! Trago a conta daqui a pouco.

Voltamo-nos um para o outro, e eu me esforço para encontrar algo para dizer.

— Você não precisa me falar sobre isso — Andrew afirma, finalmente. Ele brinca com o resto das panquecas em seu prato, usando o garfo para cortá-las em pedacinhos.

— Não tem problema. É legal poder falar. Sempre quis comentar sobre Dean para você, mas parecia estranho. Não sabia o que você ia dizer.

Andrew põe o garfo no prato e cruza as mãos na frente dele sobre a mesa.

— Apenas se cuide com esse cara, tá bom? — Andrew repete. — Ele sabe que você é... bem... Que você nunca...

Faço que não com a cabeça.

— Ainda não contei pra ele.

Acrescento o "ainda" por causa de Andrew. Não tenho certeza de que vou contar para Dean, mas isso é complicado demais para dizer a Andrew.

— Não devia se vestir para ele como uma garota que você não é. — Andrew dá uma chutinho no meu sapato de salto alto brilhante debaixo da mesa.

— Você disse que eu estava bonita.

— E está mesmo, mas não se parece em nada com você. Esse cara não vale isso.

— Você não o conhece.

— Nenhum cara vale isso. — Andrew morde o bacon e empurra o prato na minha direção. — Quer o resto?

Estendo a mão, pego a última fatia e começo a mastigá-la.

— Da próxima vez, peça uma porção só para si.

— Por que eu pediria uma porção quando posso ter a sua? — Dou risada e uma lambida na gordura nos meus dedos. — Você sempre se empapuça antes de terminar.

— Ou finjo estar empapuçado para que você possa comer um pouco? — Ele ergue a sobrancelha para mim. — Quem nasceu primeiro: o ovo ou a galinha?

— Que enigma adorável para um café da manhã. Ovos, galinhas e bacon.

Fico feliz que as coisas pareçam estar voltando ao normal, mas sei que nós dois estamos fingindo um pouco, nos esforçando um pouco demais.

# CAPÍTULO 13

— VOCÊ FEZ A COISA CERTA — AVA DIZ NA ESCOLA, NA SEGUNDA-feira de manhã. — Para ele não perder o interesse, você não pode transar logo de cara.

Estamos todas reunidas no salão, um espaço só para o pessoal do quarto ano, cheio de guarda-volumes e um monte de sofás macios. É a versão escolar do cercadinho VIP em um show. Quando éramos alunas do primeiro ano, morríamos de vontade de dar uma olhada ali dentro. Agora que finalmente estamos no último ano, a empolgação desapareceu. Tem cheiro de leite talhado.

Estamos no velho sofá azul ao lado da janela — Hannah, Danielle, Ava e eu — recapitulando os acontecimentos do fim de semana. Faltam apenas cinco minutos para o primeiro sinal. Assim, o salão está cheio de estudantes, com o barulho prejudicando nossa conversa. Ava olha ao redor e baixa a voz:

— Ele não pode saber que você é virgem, porque então pensará em você *apenas* como virgem. De repente, é disso que se trata. Ele só vai querer desvirginar você. Sua virgindade não será *sua*. Será *dele*.

— Os caras são especialistas em fazer tudo a respeito da virgindade. — Com o livro de francês aberto no colo, Hannah faz anotações de última hora antes da aula, com a folha de papel rasgada e amassada porque provavelmente ficou em seu carro por uma semana junto com as embalagens de chiclete e sacos de comida para viagem.

— O que você sabe sobre ser virgem, Ava? Sua virgindade já era desde os catorze anos.

Ava se contrai um pouco com o comentário de Danielle, enquanto eu continuo falando, tentando fingir que não o ouvi:

— Os caras não são todos farinha do mesmo saco — comento. Se o que elas estão dizendo é verdade, é deprimente demais. — Nem todos os garotos são maus. Talvez ele não se importe que eu seja virgem. Talvez não seja nada demais.

— Tenho certeza de que existem caras ótimos por aí. Mas nós ainda não os encontramos. — Hannah suspira, fecha o livro e o recoloca na mochila. — Tipo, veja Charlie.

Fazia algum tempo que Hannah não falava de Charlie para ninguém além de mim. Ele a transformou em uma garota confusa, insegura, chorosa, de olhos inchados. Ficamos todas agradecidas quando ele se formou no final do ano passado e foi para a faculdade. A essa altura ele deve ser o problema de alguma garota infeliz da Carolina do Sul.

— Charlie sabia que eu era virgem. Ele foi meu primeiro homem, e tinha consciência disso. E foi maravilhoso em tudo. Disse que me amava. Esperamos seis meses até finalmente transarmos. Achei que era especial. Acontece que...

Hannah não precisa terminar a história.

Olho para o lugar vazio no pescoço dela, onde antes havia uma correntinha com um "H" prateado, que Charlie lhe deu de Natal. Hannah costumava brincar com o adorno sem parar, provavelmente gostando da lembrança dele toda vez que a tocava. Jogamos o presente no lago quando Charlie a largou, mas ainda assim as mãos dela às vezes entram distraidamente em contato com o pescoço por força do hábito.

— Charlie era um Comensal da Morte — digo. — É um caso especial.

— Pois bem, e quanto a Chase? — Danielle percorre o salão com o olhar para se certificar de que ele não está por perto. — Chase contou a todos o que fizemos cinco segundos depois de ter recolocado o pau dentro da calça. Que tal isso como especial?

Danielle faz uma pausa para deixar as palavras serem assimiladas. Em seguida, todas nós caímos na gargalhada.

Parece que estamos cercadas por uma raça especial de idiotas, mas talvez seja algo comum a todos os homens. Mesmo caras legais como Andrew às vezes tratam garotas como lixo, e sei que não vai demorar muito para que ele se canse de Cecilia.

Não quero ser essa garota, aquela que alguém joga fora. Danielle tem razão. Não posso deixar Dean descobrir a verdade.

Na quarta-feira, vou trabalhar novamente com Dean depois da escola. Quando o sinal toca no final do período, sinto que vou vomitar. Ainda não o vi desde a noite da festa, ou, mais precisamente, desde a manhã seguinte, quando saí na ponta dos pés do quarto dele. Dean vai agir de modo diferente quando me vir? Tentará me beijar? Nunca cumprimentei ninguém com um beijo antes, e essa perspectiva me provoca muita ansiedade. Como saber para que lado virar a cabeça? Quanto tempo deve durar o beijo? As línguas estarão envolvidas? Ou, pior ainda, e se eu achar que Dean está tentando me cumprimentar com um beijo, mas, na verdade, ele só quiser me dar um abraço e eu acabar com seu ouvido na minha boca?

Há um milhão de maneiras de isso dar errado.

O treino de hóquei sobre grama de Hannah começou depois das aulas, o que significa que ela não está disponível para apoio emocional. Por isso tenho que pedir uma carona para Andrew até o meu trabalho.

— Quando você vai ter o seu próprio carro? — ele pergunta no nosso caminho.

— Em breve — respondo, embora ambos saibamos que é mentira.

— Estou mantendo uma contagem, sabe? Você me deve tantas caronas agora que é melhor ir e voltar da Califórnia para Maryland todos os fins de semana no ano que vem.

— Ahã — murmuro, procurando ouvi-lo, mas ainda pensando na probabilidade da situação "ouvido na boca". Entrelaço minhas mãos com tanta força que as juntas ficam brancas.

— Você está nervosa. — Não é uma pergunta, mas uma afirmação, porque Andrew sem dúvida pode perceber isso na minha expressão. — Aquele cara deste fim de semana.

— Dean.

— James Dean — Andrew corrige, com um revirar de olhos exagerado, que revela quão bobo ele acha que é. Andrew aponta para a minha roupa: um *legging* preto e um agasalho de moletom com capuz cinza com a inscrição "Prescott". — Pelo menos você parece com você de novo.

— Isso provavelmente não é uma coisa boa. — Baixo o quebra-sol e me olho no espelhinho. — Pareço bem? — pergunto, virando-me para ele.

— Você sempre parece bem. — Andrew liga o pisca-pisca e entra no estacionamento da videolocadora. O elogio me pega de surpresa.

— Sério?

— Sem essa, Collins! Você sabe que é bonita.

*Bonita*. A palavra me espanta. Não é um termo casual, algo fácil como *quente* ou *fofa*, que ouvi Andrew usar um milhão de vezes.

— Ah! — Meu rosto está tão quente que dá para assar biscoitos nele. Sei que Andrew só está tentando ser gentil. — Obrigada...

— Falou.

Olho de relance para Andrew, que não está olhando para mim. Pergunto-me se ele estaria com vergonha de dizer algo.

Andrew estaciona a picape e estende a mão para abrir minha porta, deixando o motor ligado.

— Se cuida, tá?

— É só trabalho, Drew, não é nada demais.

Atento, Andrew semicerra os olhos e não precisa dizer nada, porque consigo ouvi-lo telepaticamente: "Sou capaz de sacar todas as suas tretas, Collins".

Viro-me para a loja e sorrio ao ver o quadro-negro na frente, reconhecendo a letra de Dean.

## VÍDEOS: CURTA ENQUANTO ESTÃO QUENTES!

Mas o sorriso é agridoce, porque sei que Dean está logo ali, do outro lado da porta de vidro à minha frente.

Andrew buzina, e eu me viro erguendo um braço para acenar um adeus. Ele acena de volta e vai embora. Respiro fundo, procurando me acalmar. Então, abro a porta e entro.

E lá está ele, atrás da caixa registradora, descansando sua adorável cabeça sobre sua adorável mão. Só vislumbro Dean antes de baixar a cabeça para mirar o chão, porque de repente meus olhos não sabem como agir adequadamente. Mal percebo que Tim também está atrás do balcão; Tim, o fã ardoroso de *Jornada nas Estrelas*, que sorri e pisca para mim, sem ter a mínima ideia da minha total ansiedade. Realmente, é muito bom que Tim esteja ali. Não ficar sozinha com James Dean significa que não terei que lidar com todo o problema de tentar participar de um beijo e acabar com o ouvido dele na minha boca.

— Oi, Keely — Tim cumprimenta, enquanto tiro minha jaqueta e caminho até a caixa registradora.

— Oi, Tim — respondo, com os olhos grudados no chão. Não consigo erguer o olhar, por temer que Dean entre no meu campo de visão.

Sei que isso é bancar a esquisita e muito provavelmente estou estragando tudo, mas é a primeira vez que lido com a situação de ver um cara bonito depois de uma "ficada". É torturante. Sinto-me ainda mais impressionada agora com a tranquilidade de Danielle quando viu Chase na escola depois de todo o incidente da camisinha.

Está ficando constrangedor agora e, assim, me forço a olhar para Dean. Nós nos encaramos. Sinto uma injeção de eletricidade com o contato, quase como se fosse um toque físico. Dean sorri e leva a mão à testa batendo uma rápida continência. O cabelo dele está despenteado, e não consigo deixar de relembrar o momento em que o ajeitei. Tudo o que quero é passar minha mão nele várias vezes.

— Oi. — Também bato uma continência. Minha voz sai áspera e tenho que pigarrear.

— Há quanto tempo... — Dean esboça um sorriso largo.

Suas covinhas me derretem. Pergunto-me se Tim consegue me ver ali embaixo, derretida, se ele percebe que já não sou mais um corpo sólido, mas sim puro líquido.

— Estamos fechados hoje — Dean prossegue. — Roth quer que a gente faça uma limpeza pesada. Devemos limpar tudo e deixar a loja pronta para ser reaberta amanhã.

Deixo escapar um gemido e me dirijo à sala de descanso, para deixar minha mochila. O lugar está desarrumado. Os rapazes afastaram o sofá da parede para facilitar a limpeza, e o piso de linóleo está coberto de poeira. Há um esfregão e uma vassoura apoiados contra a imagem de papelão de Legolas, postos de tal maneira que parece que ele está segurando os dois.

— Legolas está nos ajudando? — grito na direção da frente da loja.

— Sim. Ele está cuidando da sala de descanso — Dean responde.

— Espero que ele saiba o que está fazendo. — Deixo as minhas coisas sobre o velho sofá grumoso. — Este lugar está uma calamidade.

— Legolas tem milhares de anos. — Desta vez, a voz de Dean soa bem atrás de mim, e eu me sobressalto. — Tenho certeza de que ele limpou o reino dos elfos uma ou duas vezes.

— Floresta das Trevas — digo automaticamente, e na mesma hora sinto vontade de morrer.

— O quê?

— Hein? Nada...

Eu me viro e vejo Dean encostado à vontade no batente da porta.

— Oi — digo de novo, confusa, me sentindo uma idiota.

— Oi. — E ele me brinda com um daqueles seus sorrisos mortíferos.

E aí Dean caminha na minha direção e põe a mão na parte inferior das minhas costas. Ele desliza a outra mão pelo meu cabelo e envolve minha nuca com ela. De repente, Dean está me beijando; me beijando como se não estivéssemos no trabalho, como se Tim não se encontrasse a alguns passos de distância, na frente da loja; como se ele não temesse ser interrompido. Não, Dean me beija como se tivéssemos voltado à nossa galáxia, as únicas duas pessoas em um mar de estrelas. O fato de estarmos na sala de descanso suja, cercados por poeira, não faz a menor diferença. Nada importa além de James Dean.

Ele recua, sorridente.

— Uau... — sussurro antes de conseguir evitar. Não sei por que fico sempre nervosa.

Dean me solta.

— Eu precisava fazer isso. Agora, de volta ao trabalho. — Dean pisca para mim e se vira, saindo da sala de descanso como se não tivesse acabado de me beijar.

Dou-me conta de que estou sorrindo. Meu rosto parece paralisado nessa expressão.

# CAPÍTULO 14

**TORNOU-SE ALGO HABITUAL EU E DEAN FICARMOS NOS BEIJANDO.** Reivindicamos como nosso o velho sofá verde, virando Legolas de costas para que ele não testemunhasse nossos pecados. Às vezes, também nos beijamos na loja, quando estamos nos sentindo ousados, quando não há clientes. Fico sentada no balcão, com as pernas enlaçadas ao redor dele, e nos olhamos nos olhos. Sonho em ir trabalhar, querendo que fosse mais do que dois dias por semana, desejando que pudesse viver aqui, que pudesse injetar isso em minhas veias, deixar isso me preencher por dentro. Minha pulsação tem um ritmo, tem um nome: *James Dean, James Dean, James Dean.*

— Então, afinal, o que vocês são? — Hannah quer saber.

É a pergunta inevitável, aquela a que nenhuma garota do ensino médio consegue resistir, porque ansiamos por rótulos, precisamos nos manter organizadas quando sentimos que pedaços de nós mesmas estão se desfazendo.

— Quem disse que temos que ser alguma coisa?

Estamos na sala de estudos e devíamos estar fazendo a lição de francês, mas hoje vou trabalhar depois das aulas. Então, sem dúvida, Dean acabou virando o assunto.

— Bem, você quer que seja alguma coisa?

— Ele não me convidou pra sair de novo, Hannah — sussurrei, como se fosse embaraçoso admitir isso. — Só costumamos dar uns amassos na loja.

— Se ele te convidasse pra sair, você aceitaria?

Sinceramente, não tenho certeza. Uma saída parece *real* demais. E se Dean me perguntasse sobre relacionamentos passados? Não posso admitir para ele que nunca tive um namorado, e muito menos que nunca transei. Ficar trocando beijos na sala de descanso é perfeito, porque nunca podemos ir até o fim; não no trabalho. É maravilhoso, fácil e seguro.

Até este dia. Estamos no sofá verde, com as minhas costas apoiadas nas almofadas e o corpo dele sobre o meu. Dean passa a mão pelo meu cabelo e mordisca minha orelha, minha nuca, e aí recua para me olhar.

— Não consigo me acostumar a trabalhar desse jeito — Dean afirma, com a voz rouca.

— Eu também — afirmo.

Não aparece um cliente há cerca de quinze minutos. Assim, aproveitamos o tempo livre da melhor maneira que sabemos. Graças a Deus pelo sino acima da porta.

Dean volta a se inclinar para me beijar, e eu me afundo no seu beijo, sentindo o seu corpo mergulhar no meu, no sofá, enquanto ele acomoda todo o seu peso em mim. Dean afaga o meu cabelo e, em seguida, passa a mão pelo meu rosto e pelo meu pescoço, parando-a no meu peito. Então, ele arrasta a mão para baixo, movendo as pontas dos dedos delicadamente sobre a pele da minha cintura. Em seguida, vejo-o desafivelar seu cinto e abrir o botão da calça. Ouço o som do zíper e fico chocada com o meu estupor. Eu o afasto, olhando ao redor de modo frenético. Rapidamente, Dean sai de cima de mim e levanta os braços como se estivesse se rendendo. Percebo sua calça aberta, meio pendurada em seus quadris.

— Não podemos fazer isso aqui! — quase grito.

— Que diferença faz, Keely? Já estamos infringindo as regras.

— Alguém pode entrar!

— Vamos, será divertido. Não seremos flagrados.

Não me parece nada divertido transar aqui, onde alguém pode entrar. Dean deve estar acostumado com garotas ousadas, que gostam de fazer sexo em público, que transam em seus carros, na praia, no banheiro nos fundos de um bar. Eu nunca sequer estive em um bar.

Sou uma criança.

— Não quero perder meu emprego — digo, o que é verdade, mas isso na realidade ocupa o quinto lugar na minha lista de preocupações, atrás de (1) não posso transar pela primeira vez no sofá verde nojento da sala de descanso; (2) espero que Dean goste de mim; (3) se ele quer transar no sofá verde nojento, talvez *não goste* de mim, tudo o que quer é sexo; (4) gostaria de saber o que diabos eu estava fazendo.

— Apenas me toque — Dean murmura.

Consigo sentir a vibração da voz dele no meu estômago, assim como a excitação e a ansiedade se acumulando nela e se espalhando pelo meu peito. Ele ainda está de pé na minha frente com a calça aberta. Então, Dean a puxa para baixo, ficando apenas de cueca.

— Você nunca me tocou.

Não consigo deixar de pensar na noite dos tacos, quando os rapazes da escola ficaram se queixando descontraidamente das punhetas proporcionadas pelas garotas. "Boca ou nada", Simon disse, como se tivesse o direito de exigir alguma coisa. É isso o que Dean quer? Se eu usar minhas mãos, ele ficará desapontado? Vai reclamar disso com seus amigos mais tarde, como Ryder?

Mas deixo essas preocupações de lado. James Dean está parado na minha frente de cueca, e eu quero tocá-lo. Quero ver a expressão em seu rosto quando isso acontecer.

— Ok — digo, quase sussurrando.

Com os dedos trêmulos, estendo a mão na direção da cueca dele. Nunca toquei em um pênis antes, e não sei o que esperar. Qual é a sensação? Com que força você segura?

E então ouço o tinido do sininho. Eu grito, o que sem dúvida é a pior coisa a fazer, e pulo para longe de Dean, correndo para o outro lado da sala. Ele se apressa em encontrar a calça e tropeça enquanto a veste. Dean alisa a camisa e arruma o cabelo. Acena com a cabeça para mim.

— Seu cabelo, Keely.

Não há espelho aqui, assim, corro e verifico meu reflexo no micro-ondas. Posso meio que ver que estou toda despenteada. Com as mãos, aliso as mechas. Por sua vez, Dean sai da sala de descanso e volta para a loja, como se nada tivesse acontecido.

— Desculpe — ouço Dean dizer. — Estávamos arrumando algumas coisas nos fundos.

— Ninguém estava vigiando a caixa registradora?

É uma voz grave e profunda que reconheço: do sr. Roth! Sinto o estômago embrulhar, como se eu fosse vomitar. Com os dedos, penteio o cabelo para o lado, esperando parecer apresentável. Que meus lábios não estejam muito inchados, nem minhas roupas muito amarrotadas, para que o sr. Roth não adivinhe o que estávamos fazendo. E se ele tivesse entrado na sala de descanso no exato momento em que eu tivesse tocado a cueca de Dean? O pensamento é horrível e humilhante. Não posso acreditar que fui tão imprudente.

— Saí apenas por um segundo — Dean afirma. — Ninguém entrou na loja.

— Alguém sempre deve ficar junto à caixa registradora — o sr. Roth diz. — Estou cansado disso.

Respiro fundo e vou até eles. Entro na área principal, endireitando os ombros e procurando me manter ereta.

— Olá, sr. Roth — digo, com a voz entrecortada e me denunciando. — Eu estava no banheiro. Tudo bem?

O sr. Roth começa a falar sobre a entrega de novos livros que receberemos ainda esta semana, mas mal posso ouvi-lo. Tudo o que consigo imaginar sem parar é sua expressão se ele tivesse nos flagrado na sala de descanso. Dean e eu temos de parar de brincar na loja.

Quando o sr. Roth finalmente vai embora, depois do que pareceu uma eternidade, Dean me puxa para si.

— Apareça depois do trabalho esta noite — ele sussurra no meu ouvido, e eu posso sentir seus lábios na minha pele. — Não quero ser interrompido.

— Hoje não vai dar. — As palavras provocam uma dor física no meu peito. — Tenho uma prova de história amanhã.

Estou dividida, porque uma parte de mim quer ficar perto de Dean, quer passar cada segundo possível com ele, mas outra tem medo de ficar sozinha em sua companhia. A prova é apenas uma maneira conveniente de pôr um freio.

— Se não esta noite, quando? — Dean recua para me encarar.

— Vai rolar — digo, o que não é uma resposta concreta.

— Não sabia que você gostava tanto de jogar. — Ele ri.

— Não estou jogando. — Sinto um formigamento no nariz como se eu estivesse prestes a chorar.

Dean inclina a cabeça para o lado, me analisando.

— Você é virgem?

Perco o fôlego. Não consigo decifrar o tom de voz dele. Não faço ideia do quanto Dean está levando a sério a pergunta. Não sei dizer de que maneira ele quer que eu responda.

As palavras escapam antes que eu consiga detê-las:

— Não sou. Juro, tenho mesmo uma prova de história amanhã.

— Tudo bem. — Dean esboça um sorriso, me dá um beijo e se afasta.

Tudo em que consigo pensar é na mentira estúpida que acabei de contar. Agora estou presa a isso. Não há como voltar atrás. Só precisarei fingir saber o que estou fazendo, e espero ter talento natural suficiente para que Dean não suspeite de mim. Sou mesmo uma idiota.

— Menti para Dean sobre ser virgem — digo para Hannah no dia seguinte, puxando-a para o banheiro da escola destinado aos deficientes, situado no primeiro andar, para podermos conversar a sós.

— O quê?! — Ela arregala os olhos.

— Não era minha intenção. Simplesmente deixei escapar antes que eu tivesse a chance de raciocinar. Aí, não podia mais voltar atrás.

— Devagar. — Hannah põe as mãos nos meus ombros, como que para me prender no chão com o peso delas. — O que você disse?

— Ele me perguntou se eu era virgem. Me senti pressionada.

— Deveria ter dito a verdade, Keely. Se você pretende transar com um cara, deve ser honesta. Se não consegue ser honesta, então você não está pronta.

Fácil para ela dizer. Hannah pode olhar para o problema a distância e agir racionalmente. Mas quando estou perto de Dean, nada parece fácil ou racional. Minha cabeça virou uma bagunça.

— Eu sei — quase grito. Então, me arrependo, pois Hannah só está tentando ajudar.

— Nem tudo o que Danielle diz está certo, Keely. Sei que ela falou que Dean não ia querer nada com você se descobrisse, mas isso não é bem verdade. Se ele gosta de você, vai esperar.

— Quando menti para Dean, ele pareceu muito aliviado. — Olho para Hannah e depois cubro meu rosto com as mãos.

— Dean vai entender se você disser que mentiu para ele — ela afirma. — E, se não entender, é mesmo com alguém assim que você quer estar?

— Sim! — Afasto as mãos do rosto. — Gosto muito dele. Dean é inteligente, interessante e muito legal. Não quero estragar tudo. Pra você sempre foi fácil, por isso não consegue entender. Vira e mexe aparecem caras que gostam de você. Se não estiver mais a fim de um garoto, não importa, porque você tem um milhão de outros que podem ocupar o lugar. Isso não acontece comigo. Essa é a minha única chance.

Enquanto me observa, Hannah fica mordendo o lábio inferior.

— Acredita mesmo nisso, Keely?

— Pra começar, não sei por que Dean gosta de mim. É como se fosse um acaso louco, e é por isso que não quero pôr tudo a perder.

— Você acha mesmo que foi tão fácil pra mim? — Hannah toca a pele da clavícula, o lugar onde a correntinha costumava ficar. — Pensa que foi fácil com Charlie?

— Não foi isso que eu quis dizer. — Percebo que estou meio que pirando. Toda essa situação me deixou um pouco maluca. — É claro que não foi fácil com Charlie.

— O que você vai fazer? — Hannah pergunta, suavizando a expressão.

Não sou capaz de dar uma resposta para ela. Não tenho uma.

# CAPÍTULO 15

**A CADA MINUTO QUE PASSA CRESCE A MINHA VONTADE DE ARRAN-**car os olhos, ao ver o que Andrew e Cecilia estão fazendo. Sentada junto de Andrew na sala de estudos, ela está dando de comer para ele — fazendo aviãozinho com a colher! Tenho certeza de que Andrew sabe como se alimentar. Ele tem feito isso com sucesso há dezoito anos.

— Ele não é um bebê. — Torço o nariz quando Cecilia tira a colher da boca de Andrew e a recoloca no recipiente de iogurte de morango.

Ela não me dá bola.

— Você gosta de pirulito? — Cecilia apanha a mochila. — O sr. Savoy distribuiu alguns na aula de espanhol, mais cedo.

— Claro que gosto — ele garante.

Então, ela pega dois pirulitos e pergunta:

— Uva ou melancia?

— Melancia.

Cecilia entrega o doce para ele.

— Eu também gosto de pirulito — digo, só de brincadeira, porque sei que ela não vai me dar um.

— Quer uma lambida? — Andrew tira o dele da boca e o oferece para mim.

Faço uma careta.

— Que nojo! Nem pensar!

— Eu quero... — Cecilia se inclina para a frente e envolve os lábios com suavidade em torno do topo do pirulito, sugando-o de um jeito bem indecente.

Graças aos céus, eles são interrompidos quando Ava, agitada, se aproxima e se senta à mesa, com o olhar selvagem e os cabelos roxos voando em todas as direções.

— Colocaram os cartazes para o baile de formatura! — ela grita, como se fosse a notícia mais importante da galáxia.

Ao ouvir "baile de formatura", Cecilia se endireita na cadeira.

Ava se vira para ela, apoiando as mãos no tampo, como que para evitar sair voando.

— O tema é *No Fundo do Mar*. Não é muito criativo, mas aposto que terá uma máquina de bolhas de sabão, que é tudo o que eu sempre quis na vida.

— Quando vai ser? — pergunto.

Eles se viram para mim como se eu tivesse acabado de dizer uma asneira.

— Você não sabe? — Ava semicerra os olhos.

— Será logo depois de vocês saírem — Cecilia responde, finalmente reconhecendo minha existência.

Em geral, os alunos do quarto ano do ensino médio começam a sair para o verão algumas semanas antes do resto da escola, e este ano tivemos tantos dias de neve que Cecilia ficará presa aqui sem a gente até quase julho.

— Vai ser no dia 12 de junho! — Ava joga os braços no ar e se agita no assento. — Temos apenas dois meses para encontrar os nossos pares!

Sério, eu nunca a vi tão empolgada, e olhe que estamos falando de Ava. Ela parece estar sendo exorcizada, tamanha é a energia de seus movimentos — eu não me espantaria se a cabeça dela começasse a girar em cima do pescoço.

Andrew e eu fazemos contato visual, e eu começo a rir, porque sei, pela sua expressão e pela boca torta, que seu pensamento é igual ao meu.

— Se tiver uma máquina de bolhas de sabão, vou estar lá — ele afirma.

— Devemos usar fantasias? — Fico imaginando os vestidos de sereia combinando com os sutiãs de coco que com certeza vão assombrar as nossas fotos do baile de formatura durante a próxima década.

— Eu vou fantasiado de lagosta. — Andrew estufa o peito.

— Não, você tem que usar algo legal. — Cecilia se vira para Andrew e coloca a mão no ombro dele.

Ele fica paralisado com o gesto. Então, Cecilia tira a mão e desvia o olhar. Andrew empalidece um pouco, e eu entendo que se sente desconfortável porque sabe que Cecilia tem certeza de que ele irá convidá-la. Eu sei que ele não vai, porque dois meses é daqui a um século. Andrew nunca conseguiria ficar com alguém por tanto tempo.

— Com quem você vai? — Hannah pergunta, no almoço.

Imediatamente penso em Dean e, em seguida, tento me livrar da ideia. Nunca fui a festas da escola por causa de todo o papo-furado constrangedor e dos sapatos desconfortáveis, mas agora que há um cara em potencial envolvido — pela primeira vez na minha vida — até eu estou um pouco empolgada com a ideia. Não sei o que aconteceu comigo. Sou um monstro.

— É claro que ela vai com James Dean. — Ava toma um gole da sua vitamina. Pelo menos, ela diz que é uma vitamina. Parece lodo, e é tão espesso que Ava está com muita dificuldade para tomá-lo pelo canudo.

— Nunca imaginei que você acharia algo que não conseguisse chupar — Danielle diz, secamente, com os olhos na amiga.

Ava tira o canudo da boca e a encara.

— Pode me ensinar, Danielle? Afinal, a especialista é você!

Danielle abre os lábios em um sorriso.

— É o que dizem.

— O que você está bebendo? — Aponto para o lodo. Parte do líquido começou a se separar, espalhando-se em duas cores, como uma experiência em um tubo de ensaio.

— É coca-couve — Ava responde, como se fosse óbvio. — É feito de couve *diet*.

— Desculpe, você acabou de dizer couve *diet*? — Hannah franze a testa. — Toda couve não é *diet*?

— Isto é melhor. — Ava inclina a bebida em nossa direção, e o cheiro flutua penetrante sobre a mesa. — Todas as calorias são tiradas da couve antes que ela seja transformada em um purê. Ouvi dizer que Beyoncé bebe uma coca-couve antes de cada show.

— Com certeza. — Danielle torce o nariz para a bebida por um momento e depois se vira para mim, com os olhos brilhando. — Então, é James Dean?

— Não sei. — Examino minha salada caesar com um garfo de plástico. Eu a comprei na cantina da escola. A alface está marrom e murcha, assim, só estou comendo os *croûtons*. — Ele não parece o tipo de cara que vai a bailes de formatura.

Além disso, tenho certeza de que estamos apenas "ficando", e não namorando, e as garotas não levam seus "ficantes" ao baile de formatura do colégio.

Danielle dá de ombros.

— Você tem algum outro cara em perspectiva?

— Keely é a única de nós com alguma perspectiva — Ava coloca sua bebida no tampo. O líquido nem se mexe; está solidificado. Ela se dirige a Danielle: — Com quem você quer ir?

— Com ninguém. Os caras da nossa turma são ridículos. Chase está fora de questão, é claro. E não falo mais com Ryder depois que ele me chamou de vagabunda. Além disso, todos sabem que Ava vai transar com ele de novo.

Arregalando os olhos, Ava deixa escapar um som abafado. Às vezes é difícil saber se Danielle está tentando ser engraçada ou se está sendo apenas malvada. E ultimamente, na média, ela tem sido muito mais malvada do que engraçada.

— Não vou mais com Ryder a nenhum baile — Ava garante.

— Foi o que você disse no ano passado. — Danielle inclina a cabeça. — Mas aí... Espere, conte-me de novo sobre o baile de outono. — E come um pouco de salada, sorrindo.

Ava parece irritada.

— Bem, talvez eu vá com Chase este ano, se você não for.

Danielle dá risada.

— Acha mesmo que ele te convidaria?

Ava pega sua bebida e se levanta. Ela abre e fecha a boca algumas vezes, como se fosse dizer algo, mas então suspira e se vira, afastando-se da mesa.

— Relaxe, eu só estava brincando. — Danielle suspira, fica de pé e segue Ava para fora do refeitório.

Detesto vê-las agir assim, mas não sei o que poderia fazer para melhorar algo. Danielle não me ouviria.

— Prometa que você sempre será legal comigo — Hannah pede, após elas sumirem de vista.

— Aconteça o que acontecer.

Hannah mexe o canudo em sua bebida.

— Então, acha mesmo que não vai convidá-lo, Keely?

E voltamos a James Dean.

— Você não precisa dizer nada para ele que não queira — Hannah prossegue.

— Não sei. — Mordo um *croûton*.

Imagino Dean de smoking, e é uma beleza. Mas então me lembro do alívio que ele sentiu quando eu disse que não era virgem, e a imagem desaparece.

— Vai correr tudo bem. Linda princesa unicórnio, lembra?

— Sou uma princesa idiota e mentirosa.

— Bem, pelo menos você ainda é uma princesa. — Ela dá de ombros. — Isso conta para alguma coisa. Simplesmente convide o cara, tá legal?

Saímos mais cedo da aula de francês porque madame Deschenes sentiu dor de cabeça. Então, Hannah e eu passamos algum tempo no banheiro depois da aula e, em seguida, seguimos para o salão dos alunos do quarto ano, que está quase vazio, exceto por alguns caras da nossa turma de francês. Ao entrarmos, vemos Andrew e Edwin ao lado da janela, junto com Ryder e Simon Terst. Digo *bonjour* a eles, mas ninguém me responde. Todos estão focados em algo na parede que não consigo ver, apontando e sussurrando de um jeito que só pode significar algo ruim.

— O que diz? — Simon pergunta, pois Ryder e seus quase dois metros de altura estão bloqueando sua visão.

— É muito nojento, cara — Ryder responde a Simon.

— O que está acontecendo? — quero saber.

Andrew se afasta para que eu possa ver. Alguém escreveu na parede uma mensagem em tinta preta grossa.

**DANIELLE OLIVER TEM GOSTO DE PEIXE PODRE**

As letras estão pouco legíveis, como se alguém as rabiscasse ali com pressa. Sinto o estômago embrulhar. Hannah respira fundo ao meu lado.

— Quem escreveu isso? — Sinto-me um pouco enjoada.

Isto é muito pior do que bilhetes escondidos em uma mochila ou em um guarda-volumes. Isso é público. Quem faria algo assim?

— Não sei. — Andrew diz. — Estava aí quando chegamos.

— Que merda! — Hannah se vira para o grupo de rapazes. — Ei, idiotas!

Eles param de falar e olham para ela, surpresos.

— Quem escreveu isto?

Ryder dá um passo para trás, erguendo os braços compridos em sinal de rendição.

— Uau, Choi, relaxe. Você está menstruada?

Hannah fica vermelha com o comentário.

— Estava na parede quando entramos — Edwin informa. — Não havia ninguém aqui.

— Temos de apagar isso. — Examino a sala em busca de algo que possa usar para limpar a parede. — Precisamos nos livrar dessa porcaria antes que mais alguém veja.

— Nem pensar! — Ryder se move um pouco para bloquear minha passagem. — Isso é hilário... — E tira uma foto com o celular.

— Boa ideia, cara. — Simon também pega seu celular, imitando Ryder.

— Apaguem isso! — ordeno, elevando a voz.

— Ei, caras, isso não é legal. — Andrew se aproxima de Ryder e Simon.

— Você está me dizendo o que fazer? — Ryder dá um passo à frente. — Qual é o seu problema?

Apesar da altura considerável de Andrew, Ryder ainda assim se agiganta perto dele. Edwin também se aproxima de Andrew; os dois têm a mesma estatura. Andrew olha para Ryder e aponta para a frase na parede.

— Se você acha que isso é engraçado, sim, eu tenho um problema.

— Vocês são muito maus — Hannah diz para Ryder e Simon. Em seguida, tira uma garrafa de água e alguns guardanapos da mochila e tenta limpar a parede. A tinta não sai. A frase continua ali, sombria e raivosa como antes.

— Parece que não dá pra apagar. — Ryder sorri maliciosamente.

— Foi você quem escreveu isso? — pergunto a ele, chegando mais perto.

Jason Ryder é tão mais alto que eu que é quase cômico. Mas ele que se foda se acha que algo assim é engraçado.

— Quem me dera ter escrito isso — ele responde.

— Vou buscar um pouco de sabão. — E Hannah corre até o banheiro no final do corredor.

— Tem certeza disso, cara? — Andrew pergunta a Ryder enquanto mais pessoas começam a entrar no recinto; as outras turmas devem ter sido liberadas.

Hannah ainda não voltou com sabão e toalhas. Agora, todos vão ver.

E então Danielle entra, de braços dados com Sophie Piznarski. Elas riem de alguma coisa, alheias à tensão reinante. Respiro fundo, olhando de relance para Andrew, esperando que ele tenha uma ideia. Atrapalhadamente, Andrew se apoia contra a parede, tentando manter as palavras escondidas da vista.

Então, Chase aparece atrás de Danielle, com o cabelo castanho despenteado enfiado sob seu habitual boné do Boston Red Sox. Usando fones de ouvido, ele está assobiando. Chase cumprimenta o grupo de rapazes ao meu lado: Ryder, Simon e Edwin. Depois, Andrew, que levanta um braço desajeito, tentando manter as palavras escondidas. Se Chase repara na posição estranha de Andrew ou na tensão entre o grupo de rapazes, ele não demonstra. Apenas continua caminhando até seu guarda-volumes.

Hannah volta correndo para a sala com as toalhas, e seu rosto se contorce quando ela vê Danielle e depois Chase. Seus olhos se movem rapidamente entre os dois, e ela põe as toalhas atrás das costas, tentando ser discreta.

Sei que é inútil, por mais que tentemos esconder as palavras horríveis de Danielle. Agora que existem fotos, toda a escola saberá em questão de segundos. Ainda assim, não quero que isso vire um espetáculo, ainda mais na frente de Chase. Se foi ele que escreveu, não quero que tenha a satisfação de uma reação. E, se não foi ele, não quero que saiba o que houve.

Mas então, acima da conversa ruidosa dos estudantes, ouço Ryder gritar, com a voz grave e forte:

— Ei, Danielle, é verdade?

Ela se desvencilha de Sophie e abre seu guarda-volumes, olhando para ele por sobre o ombro.

— O quê?

— Cala a boca, Jason — Hannah ordena, entredentes, fuzilando-o com o olhar.

Eu seguro um braço de Ryder, como se esse frágil movimento pudesse ajudar a fazê-lo mudar de ideia. Não ajuda. Ele continua, sem se importar:

— Que você tem gosto de peixe podre?

A sala vai ficando em silêncio. As conversas se transformam em sussurros. Chase tira os fones de ouvido e guarda o celular, confuso ante a cena que se desenrola. Simon ergue a mão em um gesto de aprovação, e Ryder dá um tapinha nela.

Danielle se vira lentamente para encará-los.

— O que você acabou de me dizer?

— Estou apenas lendo o que está escrito na parede. — Ryder dá de ombros, com fingida inocência. Ele olha para Andrew. — Ei, cara, mostra pra ela o que diz.

Andrew cruza os braços e não se mexe.

— Não sei do que você está falando — ele afirma, com a voz calma e firme.

— Você não tem senso de humor, Andrew — Simon debocha. — Está escrito que você, Danielle, tem gosto de peixe podre. Bem ali na parede.

Simon se contorce de excitação, provavelmente surpreso e satisfeito por ter deixado escapar as palavras.

Danielle fecha com força a porta do seu guarda-volumes.

— Como é que é, Coelho?

Simon fica um pouco pálido e se move de um lado para o outro, nervoso. Se ele é um coelho, Danielle é uma raposa. Ela avança na direção dele, com os olhos semicerrados para matar.

— Eu disse... — ele gagueja e se cala.

Danielle cruza os braços e bate o pé com impaciência.

— Repita o que você disse, Terst. Diga na minha cara.

— Eu não escrevi isso — Simon consegue finalmente dizer, vermelho como um tomate.

— Foi o que pensei. — Então, Danielle se vira para Andrew e suspira. — Pode me mostrar.

131

— Nós tentamos apagar. — Andrew dá um passo para o lado.

Por um longo momento, Danielle observa as palavras, com a sala em completo silêncio. Todos esperam pela reação dela, esperam para ver o que acontecerá a seguir. Algumas pessoas pegam seus celulares, erguendo-os para registrar a ação. O sinal toca nos alto-falantes, indicando o início do próximo período de aulas. Ninguém se mexe.

Por um instante, Danielle fecha os olhos e respira fundo. Sua expressão serena e bela é quase assustadora. Então, ela abre os olhos e se vira para Simon, apontando o dedo para o rosto dele como se fosse uma lâmina.

— Antes de mais nada, vamos esclarecer uma coisa, Coelho. Você nunca saberá qual é o meu gosto. Se você me tocasse alguma vez, seria o momento mais emocionante de sua existência triste e patética.

Simon está púrpura, com uma fina película de suor se formando na testa.

— Isso não é verdade! — ele diz, nervoso. — Isso...

Danielle o interrompe e se vira para Ryder, levantando a mão o máximo possível para que corresponda à altura dele.

— E quem você pensa que é? Ninguém te acha engraçado. Estou até surpresa que saiba o que está escrito ali. — Danielle indica a frase na parede. — Alguém teve que ler para você?

Em seguida, ela se vira para Chase, que observa a cena com os olhos arregalados.

— E se eu descobrir que você teve alguma coisa a ver com isso, vou te castrar.

Chase ergue os braços em sinal de rendição, mas não responde nada. Quase parece que ele está sorrindo.

# CAPÍTULO 16

— DANIELLE É TÃO ASSUSTADORA... — ANDREW COMENTA NO DIA seguinte, na hora do almoço, ao morder um pedaço enorme do seu sanduíche de pasta de amendoim. Com a boca cheia de comida, a fala sai toda embolada, mas entendo o que ele quer dizer.

Ontem, Danielle saiu mais cedo depois que os professores viram as palavras na parede. Ava, que começou a chorar ao ouvir o que aconteceu, acompanhou a amiga. Na certa as lágrimas são resultado direto de Ava ter vivido principalmente de coca-couve na semana passada. As duas estão doentes hoje, o que sei que significa que possivelmente estão juntas.

Estamos do lado de fora, sentados à mesa de piquenique, porque na verdade está meio quente. Hannah, na nossa frente, torce o nariz em aversão ao observar Andrew comendo.

— No fundo, Danielle é muito legal — Hannah afirma, do jeito típico de Hannah. — Ela tem uma casca dura. Como uma tartaruga.

— Essa garota não é uma tartaruga. — Andrew faz cara de espanto. — Se você quer compará-la a um animal, pelo menos a compare com um carnívoro. Como uma piranha ou um tiranossauro.

— Tudo bem, quem sabe ela seja um caracol. — Hannah suspira.

Andrew ri.

— Agora você está sendo ridícula. Se procura algo com uma casca, que tal uma granada de mão?

— Que animal eu sou? — Hannah pergunta.

— Você é um pássaro. Colorido e artístico — Andrew responde, sem hesitar.

— Com garras fortes — acrescento.

— Cuidado com esta aqui. — Andrew acena com a cabeça para mim, sorrindo. — Você sabe como ela evita os pássaros.

— Você é muito engraçadinho — digo com sarcasmo.

Hannah acha graça.

— Tudo bem. Que animal é Keely?

Andrew se vira para mim e morde o lábio, pensando por um momento.

— Você é uma girafa.

— O quê? Por quê? Sou tão baixinha...

— Eu sei. Mas a girafa é o meu animal favorito.

Retribuo o sorriso dele, estranhamente lisonjeada pelo elogio.

Hannah suspira e olha para as mãos, com a expressão séria.

— Acho que Danielle é a melhor de nós pra passar por uma experiência dessas. Se alguém tivesse escrito isso a meu respeito, eu morreria de tanto chorar.

— As pessoas são horríveis. — É por isso que tenho medo de transar com um cara; é por causa do que pode acontecer depois.

Andrew consulta as horas no celular.

— Droga, preciso ir. Tenho um encontro de estudo.

— Cecilia? — pergunto.

Andrew amassa a embalagem do sanduíche e o coloca na mochila.

— Cecilia e eu terminamos.

— Oi, Andrew? — A voz vem de trás de nós, suave e melódica. Sua dona é uma aluna do terceiro ano chamada Abby Feliciano, bonita e baixinha, com cabelo preto liso.

Sinto uma repentina pontada de compaixão por Cecilia. Pela milionésima vez, eu gostaria muito que Andrew não fosse tão descuidado com o sentimento das pessoas.

— Oi, Abby. — Andrew fica de pé.

Ela segura um caderno.

— Transcrevi algumas anotações pra você, caso queira. Se você não tiver tempo agora, podemos revisá-las hoje à noite.

— Não, tudo bem. Vejo vocês mais tarde, garotas, ok? Abby e eu temos que estudar algumas coisas.

— Ele é um ótimo mentor. — O tom dela é tão cheio de admiração que chega a ser um pouco enjoativo.

Assim que eles desaparecem, faço uma careta.

— Por que é tão fácil pra Andrew? Ele está tentando passar em revista todas as garotas do terceiro ano antes da formatura?

Hannah dá de ombros, dando uma mordida no seu sanduíche.

— Ele ficou muito sexy. As garotas notaram. Principalmente, parece, as do terceiro ano.

— É como se tudo o que me preocupasse não fosse importante para ele.

Garanto que quando Andrew perdeu a virgindade a última coisa que pensou foi se a garota o respeitaria na manhã seguinte. As garotas não escrevem coisas horríveis na parede sobre os caras com quem transaram.

— Ele simplesmente não dá valor para o que tem, Hannah.

— Bem, talvez ele possa ensinar pra você. — Ela dá de ombros, amassa a embalagem do sanduíche e a joga no lixo. Em seguida, pega uma garrafa de chá gelado. A tampa se abre com um estalo agradável.

— Sim, vou pedir a Andrew que me dê uma mãozinha — digo, rindo e tremulando os cílios, imitando Abby Feliciano. — Ele é um ótimo mentor.

— Sério. Não é uma má ideia. — Hannah me oferece um gole de chá.

Eu pego a garrafa, ainda rindo.

— O que não é uma má ideia?

— Drew pode ensiná-la, Keely. Se você está preocupada com o que disse a James Dean, Andrew pode lhe dar algumas dicas. Com certeza, ele sabe o que está fazendo.

— É, talvez eu possa pedir-lhe alguns conselhos. — Ansiosa, tomo um gole de chá e devolvo a garrafa para Hannah.

Agora que Andrew e eu começamos a conversar sobre a minha vida sexual, talvez não seja mais estranho. Tivemos aquele papo na lanchonete numa boa. Hannah tem razão: Andrew poderia me dizer algumas coisas bastante úteis se eu tivesse coragem suficiente para lhe perguntar.

— Que tal pedir alguns conselhos a Andrew? Ou, sei lá, você simplesmente poderia transar com ele — ela conclui, jogando o cabelo de lado, como se estivesse sugerindo algo completamente normal.

Eu dou uma bufada e desfiro um tapa no braço dela.

— Sim, com certeza. É uma ótima ideia. Inspirada!

— Keely, não estou brincando.

Sinto a cor sumir do meu rosto.

— Hannah, nada disso — sussurro e olho ao redor, temendo que alguém possa ter ouvido. Ninguém está prestando atenção em nós. Dou uma risada sem jeito, fazendo um som estrangulado.

— Pense nisso, Keely. É evidente que Andrew se preocupa com você e a respeita. E, sem dúvida, se as garotas do terceiro ano são uma indicação, ele sabe o que faz. Sendo assim, Andrew pode prepará-la para James Dean. Poderia ser tipo... uma transa de aquecimento. Um treino antes do que realmente importa.

Hannah se inclina para mim, ficando mais empolgada à medida que a ideia toma forma. Seus olhos brilham.

— Você apareceria na liga principal se nunca tivesse disputado um jogo, Keely? Se nunca tivesse usado um taco de beisebol? Não, você escolheria um treinador e treinaria. No começo, seria péssima, mas depois melhoraria. A prática leva à perfeição. — Ela bate palmas e grita de um jeito que rivaliza com Ava. — Além do que, sua mentira pra Dean não fará mais diferença, pois você não será mais virgem.

— Não é tão fácil, Hannah. A nossa amizade tem muitos anos. Amigos não transam uns com os outros.

O desconforto se apossa de mim ao dizer essas palavras em voz alta. Apesar da brisa arejada da primavera, sinto-me quente e úmida, com a boca seca.

— Claro que amigos transam entre si. — Hannah balança a cabeça de um lado para o outro, como se eu estivesse sendo ridícula. — E Ron e Hermione?

— Ron e Hermione não dormiram juntos.

— É óbvio que dormiram juntos! Eles tiveram filhos, lembra? Você sabe que eles fizeram na Câmara Secreta dela.

Dou uma risada.

— Sim, claro. Mas eles se amavam. O que não é o meu caso em relação a Andrew.

— Bem lembrado! — Hannah exclama. — Mas amizades coloridas existem, não é? Sem dúvida, as pessoas fazem isso. E não há nenhum risco de vocês gostarem um do outro, porque você gosta de James Dean, e Andrew, de todas as garotas do terceiro ano.

— Não acredito que estamos discutindo isso.

— Não pode ser tão estranho que vocês transem, Keely. Seus pais acharam que vocês tinham transado, lembra? Se os pais não ficam chocados com certa coisa, então sabemos que é algo bastante inofensivo.

— Mesmo que eu achasse uma boa ideia, o que não acho, porque não faz sentido, não há como eu perguntar ao Andrew. O que eu diria? Isso o assustaria completamente.

Hannah está me deixando nervosa; *a ideia* está me deixando nervosa.

— Andrew é homem. Homens héteros não recusam oportunidades de transar com garotas gostosas.

— Agora você só está tentando me agradar com elogios.

— Só falo a verdade. — Hannah sorri.

— Você é uma pessoa horrível.

O sinal toca para indicar o fim do horário do almoço.

— Eu sei, mas eu sou *a sua* pessoa horrível, lembra? — Hannah me dá um tapinha no joelho. — Ótimo, fico feliz que esteja tudo resolvido.

— Espere, nada está resolvido — contradigo, nervosa e assustada.

Hannah se levanta e pega sua mochila.

— Não está contente por ter-me aqui pra resolver todos os seus problemas, Keely?

Não consigo dormir. Toda vez que sinto que estou começando a adormecer, lembro-me das palavras de Hannah, e elas me provocam um fluxo de consciência miserável.

Fecho os olhos, e as imagens de Andrew flutuam na minha frente: lembranças das vezes em que eu o vi com garotas, que o vi encostando-as na parede em festas, aos beijos e com as mãos emaranhadas nos seus cabelos. Tento imaginá-lo me beijando, apenas testando a ideia, e meus olhos se abrem, com um sentimento de vergonha tomando conta de mim; em sua cama, a alguns quarteirões de distância, Andrew é capaz de dizer o que estou pensando. Odeio que Hannah tenha plantado essa semente, mas suas palavras são como um verme se contorcendo no meu cérebro.

A sugestão parece bem típica de Hannah; como todos os comentários que ela fez sobre mim e Andrew desde o ensino fundamental.

— Mas ele é muito fofo! — ela me disse na oitava série, na primeira vez que fui à sua casa.

Fingi vomitar.
— Ele é fofo do mesmo jeito que você, Hannah. — Foi difícil explicar. — Tipo, eu sei que você é bonita, mas não gosto de garotas.
— Mas você gosta de garotos.
— Porém eu não gosto do Andrew. — Revirei os olhos. — Se você o acha tão fofo, por que não o namora?
— Porque ele é seu — ela afirmou, como se fosse óbvio.

Eu me acostumei com essas conversas; as piadas de Hannah a respeito da cama de Andrew ou do seu trabalho idiota no quartel de bombeiros. Mas algo nessa ideia parece diferente. Não é Hannah tentando me unir a Andrew. É Hannah tentando me ajudar em relação a Dean.

Suspiro e fico de bruços. Não acredito que estou pensando nessa possibilidade. No cenário mais provável, Andrew diria *não* e depois as coisas entre nós ficariam estranhas. E seria melhor se ele dissesse *sim*?

Apesar de tudo, por mais que eu não queira admitir, Hannah tem razão. É a solução perfeita para o meu problema. Quero perder a virgindade com alguém em quem possa confiar incondicionalmente, com alguém que sei que não vai parar de falar comigo depois, que não vai me julgar por estar nervosa, ser desajeitada ou estar assustada. Se eu sangrar demais e estragar os lençóis de Andrew, tudo bem. Já fiz xixi na calça na frente dele. Diversas vezes. Andrew já me viu nos meus momentos mais frágeis, mais nojentos, mais cheios de suor, e continua ligado a mim.

Se eu transar com Andrew, tirarei do caminho a primeira vez desconfortável, dolorosa e embaraçosa. Aprenderei o básico. Poderei treinar até me sentir confortável, até saber o que fazer e como fazer. E então transar com Dean será fácil. Não precisarei me preocupar com a minha mentira.

Contudo, é muito estranho. Apesar de todo o bem que a puberdade fez a Andrew — e a confiança e as garotas que ela trouxe —, ele ainda é meu amigo de infância desengonçado, com sardas e o cabelo bagunçado. Andrew ainda é o menino que costumava arrotar o alfabeto na minha cara, que certa vez fingiu ser um dinossauro durante uma semana inteira, respondendo a todas as minhas perguntas com um rugido cheio de dentes. Não consigo conciliar essas lembranças com o garoto que ele é agora. Não consigo vê-lo da maneira como Hannah o vê.

Meu celular apita, e me viro para alcançá-lo. Há uma mensagem de texto de Dean. A adrenalina se apossa de mim e os pensamentos sobre Andrew se afastam temporária e misericordiosamente.

> O que você está fazendo?

Dou uma olhada na tela para ver a hora. São duas da manhã de um dia de semana. O que ele acha que estou fazendo? Pergunto-me se eu deveria estar em algum lugar. Será que Dean está em algum lugar?

> Não consigo dormir.

Alguns minutos depois, ele responde:

> Não quer dormir na minha casa? ☺

Meu coração está aos pulos. O que dizer? É muito mais difícil sem Danielle aqui para me instruir.

> Não posso. É terça-feira.

Não há como sair de casa e voltar de manhã antes que meus pais descubram. Além disso, já estou usando meu aparelho dentário.
Meu celular apita.

> É uma beleza.

Pergunto:

> O que é uma beleza?

Dean leva alguns minutos para responder. Contemplo com agonia a tela do meu celular. Finalmente, ele apita.

> Você é uma beleza. Tem certeza de que não vem?

E de alguma forma isso é tudo do que preciso, e eu me pego saindo da cama, vestindo um moletom e indo ao banheiro para lavar o rosto e me arrumar. Sinto uma palpitação nervosa no peito diante da ideia de sair às escondidas — não só quebrando as regras, mas quebrando as regras por um *garoto*. Quando alguém como James Dean chama você de beleza, vale qualquer consequência.

> Só por um minuto, ok? Você terá de vir me buscar.

Entro no carro de Dean no fim do quarteirão, longe o bastante para que o motor em funcionamento não acorde os meus pais.

Com o cabelo projetado para um lado e usando um moletom marrom da EVmU, ele parece sonolento. Lembro-me de quando acordei ao seu lado na cama, do quão bonito ele pareceu todo desgrenhado e adormecido, e me sinto ficando perturbada de novo com a lembrança.

Estou nervosa, não só por ser pega, mas por vê-lo novamente fora do trabalho. Há muitas maneiras pelas quais esta noite pode continuar. De repente, toda a discussão sobre Andrew parece sem sentido. Sinto-me elétrica.

— Você estava na cama? — pergunto quando embarco no carro e fecho a porta o mais silenciosamente possível. Nossos vizinhos possuem dois cachorros barulhentos, que latem ao menor ruído.

— Não, Cody e eu convidamos algumas pessoas, mas todas já foram embora.

— Em uma terça-feira?

Ele sorri para mim.

— Você ainda tem muito a aprender sobre a faculdade.

Fico vermelha, grata por estar escuro e Dean não poder ver meu rubor.

— Achei que você viesse de moto. — Indico o interior remendado do Honda. Cheira um pouco a batatas fritas velhas.

— Este é o carro do Cody. Achei que a moto poderia ser muito barulhenta. — Ele, então, se inclina para mim, coloca a mão atrás da minha cabeça e move os dedos pelo meu cabelo. Em seguida, Dean me puxa em sua direção e me beija, com sua língua provocando meus lábios, introduzindo-se na minha boca de uma maneira que agora parece experiente e natural. Sua língua desliza na minha, e a sensação causa arrepios em todo o meu corpo.

Dean se afasta um pouco, e os nossos rostos ficam a poucos centímetros de distância.

— Além do mais, é meio difícil fazer isto em uma moto — ele diz baixinho, com seu sussurro misturado com um sorriso.

Dean desafivela o cinto de segurança e se aproxima mais, erguendo-se para quase ficar em cima de mim no assento do passageiro.

Eu me afasto dele.

— Fazer o que, exatamente?

— Você sabe o que quero dizer. — Ele torna a sorrir e tenta me beijar de novo.

— Dean! — Viro a cabeça para o lado, para que ele seja forçado a beijar a pele macia do meu pescoço. Arrepio-me com o contato e volto a fitá-lo, cedendo por apenas um instante. Mas depois me forço a me afastar. — Dean, estamos em um carro.

Não sei o que dizer ou o que fazer. Como posso explicar a ele que não quero que minha primeira vez seja aqui neste Honda fedido sem confessar que é a minha primeira vez?

— Tudo bem, Keely, ninguém vai nos ver.

— A questão não é essa. Eu quero ficar com você — afirmo, sem desejar que pareça que estou implorando. — Eu quero, mas não aqui. Não esta noite. É terça-feira, não é...

— Eu também quero ficar com você — Dean revela. — Quando será a hora certa?

— No baile de formatura! — as palavras escapam de mim antes que eu tenha tempo de processá-las.

Dean inclina a cabeça para o lado, com um sorriso se espalhando pelo rosto.

— No baile de formatura?

— Sim. Haverá um baile na minha escola, no dia 12 de junho. É meio idiota, mas poderia ser legal se a gente fosse — digo, com a voz trêmula.

Estou meio que chocada por ter sugerido a ele, mas também meio emocionada. Realmente, ir ao baile com Dean pode tornar a comemoração excitante. Uma imagem lampeja na minha mente — Dean e eu na pista de dança, com seus braços em volta da minha cintura na frente de todos —, e sinto a adrenalina se apossar de mim.

— Então, você quer que eu seja o seu par do baile de formatura. — Dean ri. — Você é uma dessas garotas.

— Que garotas?

— As muito românticas. Como Bridget Jones. Como Deborah Kerr em *Tarde Demais para Esquecer*. Você é uma Audrey, e não uma Marilyn.

— O que isso significa? — Eu vi os filmes a que ele se refere, mas nunca gostei especialmente de nenhum deles. Não há emoção suficiente.

— Você se identifica com histórias que falam de um grande amor complicado, dessas que afirmam que o amor pode curar até o câncer e que te fazem chorar litros de lágrimas diante da tela. Eu te julguei mal.

— Não quero chorar por nada.

— Não se preocupe. — Ele estende o braço e pega minha mão. Seus dedos são ásperos e quentes. — Acho adorável. Iremos ao baile.

— Tá.

Sinto uma palpitação nervosa no peito, com o prazo de 12 de junho a apenas dois meses de distância. Porque eu sei o que isso significa de fato. O que Dean está realmente me pedindo; com o que estou realmente concordando. Ir ao baile de formatura significa promessa.

— É melhor eu entrar, Dean. É tarde.

— Desculpe — ele diz, e fico contente com a sinceridade em sua entonação. — Eu não estava tentando forçá-la a nada. Está tudo bem, certo? Tudo barra limpa?

Começo a rir, revirando os olhos com o uso da expressão *barra limpa*, que um cara legal dos anos 1970 usaria. Dean parece o meu pai falando.

— Tudo barra limpa. — E me inclino para beijá-lo mais uma vez antes de abrir a porta do carro e sair silenciosamente para a rua.

— Tchau, par do baile. — Dean estende o braço e acena.

— Tchau, par do baile — eu o imito, sentindo uma emoção antecipada.

Dean dá a partida, e o carro se afasta, desaparecendo ao virar a esquina.

É isso que não quero arriscar: a sensação dos seus dedos nos meus, o brilho em seus olhos quando ele conta uma piada idiota só para mim, o fato de que eu posso me inclinar e beijá-lo sempre que quiser. De repente, os dois meses anteriores ao baile parecem liberdade: agora posso beijá-lo sem nenhuma pressão adicional. Minha decisão foi tomada por mim; a data, definida. E uma noite de baile de formatura com James Dean é o mais perto da perfeição possível.

Mas então a realidade da situação desaba sobre mim, a excitação agitando a ansiedade em meu estômago. Tenho a visão rápida de nós dois na cama — o momento em que finalmente concordei em dar para ele. Por que eu correria o risco de estragar tudo quando há uma maneira garantida de tornar esse momento perfeito?

Antes de saber o que estou realmente fazendo, antes de ter a chance de mudar de ideia, antes de o meu cérebro ter tempo de processar o que meus dedos estão digitando, pego o celular e envio uma rápida mensagem para Andrew.

> Você estará livre amanhã depois da escola? Há algo muito importante que tenho de te perguntar.

# CAPÍTULO 17

**ACORDO EM PÂNICO. PEGO MEU CELULAR, DESEJANDO PODER APA-**
gar a mensagem que enviei. O que diabos eu fiz?!

Há uma resposta de Andrew, que deve ter vindo depois que adormeci:

> Você está bem?

E então, uma outra mensagem enviada alguns minutos depois:

> Collins? Jan's antes da escola amanhã? Pego você às seis e meia.

Consulto as horas. São seis e quinze. Tenho quinze minutos para inventar uma mentira razoável, uma desculpa para o que escrevi. Procuro a mensagem e releio o que enviei:

> Você estará livre amanhã depois da escola? Há algo muito importante que tenho de te perguntar.

Tudo bem. Não está tão mal. Não é como se eu enviasse "Quero transar com você. Por favor, responda". Posso consertar isso. Mas que coisa importante posso inventar? Andrew tem um sensor incomum em relação à minha conversa-fiada. Ele me conhece há muito tempo — já me viu tentando me safar de certas situações desde a infância.

Corro para o banheiro e lavo o rosto com água fria. Não há tempo para um banho. O relógio do banheiro que marca os minutos que passam pressiona meus pensamentos. A pressão limpa minha mente e a deixa completamente em branco.

Gemendo, jogo o meu celular na colcha. Acima da cama há um pôster de um filhote de urso-polar; algo que superei há anos, mas nunca me incomodei em tirar. Certa vez, Andrew desenhou óculos redondos e uma cicatriz em forma de raio no rosto do urso com as palavras "Beary Potter" rabiscadas no pelo branco. Agora, o pôster parece estar zombando de mim; a lembrança daquele momento me lembra de tudo que estou disposta a perder.

Ouço uma buzina — é a picape de Andrew — e me sobressalto. Pego um jeans no chão, cheiro-o para ver se pode ser usado e o visto. Então, abro a gaveta da cômoda e tiro a primeira camiseta que encontro, algo que tingi no acampamento há muitos verões. Meu celular apita ao mesmo tempo que ouço a voz da minha mãe:

— Keely, querida, Andrew está lá fora. Você já acordou?

Ouço os passos dela vindo na direção do meu quarto.

— Sim, mãe! — Abro a tela do celular. Há três mensagens de texto de Andrew:

> Acorde!

> É melhor você pedir seu próprio bacon hoje.

> Oinc Oinc

Abro a porta do quarto e saio, quase me chocando com minha mãe, que está do outro lado, com uma caneca fumegante nas mãos. Ela salta para trás, conseguindo não derramar nada.

— Calma, querida, vá mais devagar!

Minha mãe ainda está de pijama, e um robe de seda que ela comprou em uma viagem ao Japão, com borboletas e flores brilhantes gravadas em volta da gola. Ela estende um braço para me deter.

— Você está bem?

— Sim, tudo bem — respondo, tentando passar por ela.

Ela alisa o meu cabelo para trás e me olha por um momento, acariciando o meu rosto.

— Você me diria se não estivesse bem, certo?

— Sim. — Eu me afasto. — Estou atrasada para o café da manhã.

Ela me entrega a caneca. Parece quente e reconfortante em minhas mãos.

— Pegue, leve com você.

Tomo um gole, esperando café, e engasgo quando um lodo quente e folhoso atinge meus lábios.

— Mãe! O que é isto?

— É coca-couve — ela afirma. — É uma bebida maravilhosa e purificadora. Ouvi dizer que Beyoncé bebe uma coca-couve antes de cada show.

Pego minha mochila junto à porta, com a caneca ainda na mão. Desço correndo os degraus da frente e vou em direção à picape de Andrew.

A manhã está fria e nublada, típica de abril. As manhãs quentes e úmidas só começarão dentro de algumas semanas, quando um dia, sem nenhum aviso, o verão chegará em uma névoa abafada.

Embarco na picape e resmungo um olá, entregando a Andrew a caneca e observando enquanto ele toma um gole, esperando pela expressão inevitável de nojo. Em vez disso, por incrível que pareça, ele arqueia as sobrancelhas.

— Isto é interessante. O que é? — E Andrew toma o resto em alguns goles. — Bastante verduroso. Não tenho certeza se recomendaria para o café da manhã, mas obrigado.

Eu já devia ter aprendido que Andrew é como um triturador de lixo humano. Ele me devolve a caneca vazia e eu a pego, tomando cuidado para não deixar nossos dedos se tocarem. No assento, curvo-me para a frente, para mexer no rádio, procurando fazer qualquer coisa para me distrair da bagunça em que me meti. Fico brava comigo mesma por ter ficado atenta aos dedos dele.

Andrew está desgrenhado, com o cabelo espetado de uma maneira que deixa claro que só recentemente ele tirou a cabeça do travesseiro. Está de óculos, um pouco tortos neste momento, como se Andrew tivesse se sentado sobre eles pela centésima vez.

Sinto um vazio no estômago quando olho para ele e, antes que possa evitar, um breve lampejo surge em minha cabeça de como seria beijá-lo. Desconfortável, começo a dar risadinhas, sentindo o meu rosto ficar pegajoso e quente.

Hannah me ferrou.

— Então, o que houve? — ele pergunta, mas para quando vê minha expressão.

Não pensei em uma mentira para encobrir minha mensagem, uma pergunta simples e inócua para fazer a ele, e agora é tarde demais. Andrew brinca com os óculos, tirando-os e os colocando de volta.

— Você quer falar a respeito agora ou prefere esperar pelo bacon?

— Esperar pelo bacon — respondo, ainda presa em uma onda de risadinhas.

Andrew dá a partida, e o veículo ronca quando o motor começa a funcionar.

— Devo ficar preocupado? — Ele olha para trás antes de sair da entrada da garagem. — Você disse que era importante.

Respiro fundo, tentando me acalmar, deixando as risadinhas desaparecerem.

— Não era nada. — Pigarreio, procurando permanecer séria. — Apenas finja que nunca te mandei uma mensagem.

E então, antes que eu consiga evitar, irrompo em outro acesso de risadinhas; desta vez, pior do que antes.

Andrew dirige até o Jan's, deixando felizmente meu comportamento bizarro passar. Ele para em uma vaga na frente e desembarcamos.

A lanchonete está quase vazia; há apenas um grupo de estudantes da escola amontoado em uma mesa de canto. Não é incomum que o pessoal fume maconha antes da aula e venha ao Jan's para satisfazer suas laricas matinais. Nunca fui madrugadora, e sempre admirei do fato de alguém poder gostar de fumar o suficiente para pôr o despertador para isso. Esses caras são um grupo de alunos do segundo ano do ensino médio cujos nomes ignoro. Eles estão sentados em silêncio, empanturrando-se de panquecas, com os olhos vidrados.

Levo Andrew até uma mesa no canto oposto, querendo me sentar o mais longe possível, em busca de privacidade. É improvável que os garotos consigam ouvir nossa conversa chapados do jeito que se encontram, mas estou me sentindo paranoica e nervosa.

A garçonete se aproxima para pegar o nosso pedido: duas pequenas pilhas de panquecas com morangos, dois cafés e duas porções de bacon. Depois que ela se afasta, as coisas se aquietam, e me lembro do motivo pelo qual estamos aqui.

— Então, acho que você tem algo embaraçoso pra me perguntar, Collins. Recebi um texto enigmático seu, e agora está agindo como uma esquisitona. — Ele toma um gole de água. — Graças a Deus que já somos amigos, porque acho que eu já teria me afastado de você se não a conhecesse tão bem. Você tem sido um desastre completo durante toda a manhã.

Andrew sorri para me mostrar que não fala sério.

— Pedi para você esquecer aquela mensagem de texto.

A garçonete volta com os nossos cafés e os coloca na mesa, diante de nós. Andrew puxa uma xícara, apanha três sachês de açúcar, rasga-os para abri-los e os despeja um a um.

Torço o nariz para ele e tomo um gole do meu café.

— Eu não pretendia enviá-la.

Andrew faz uma careta.

— Pode confiar em mim, Collins. Lembra do que me disse antes? Que você está aqui para ouvir as minhas esquisitices? Bem, eu também estou aqui para ouvir as suas. Você é a minha pequena esquisitona.

— Eu sei. — Pego um dos sachês de açúcar vazios diante dele e começo a picar o papel em pedacinhos. Algo para me distrair.

— Todos nós precisamos de alguém para falar sobre coisas embaraçosas. — Andrew tira o sachê das minhas mãos e empurra o montículo de papel picado para longe de mim. — Lembra daquela vez em que dormiu em casa na primeira série e, quando acordamos de manhã, você tinha molhado a cama? — Ele sorri com malícia.

— Foi você! — Dou risada, apesar de tudo. — Foi você que molhou a cama.

— Mas não podemos provar isso, podemos? — Andrew ergue as mãos. — Seja como for, o que você quer me perguntar não pode ser pior do que isso.

— É pior — digo, melancolicamente.

Andrew toma um gole de café, e então seus olhos se iluminam.

— Tudo bem, e, na sétima série, quando você... — Ele faz uma pausa, tropeça na palavra e prossegue: — ...hum, menstruou, e eu tive que te emprestar o meu moletom?

Recordo-me claramente do horror daquele dia. Eu me levantei no final da aula de matemática e notei uma pequena mancha vermelha na cadeira. Tive a impressão de que todo o ar da sala fora sugado e eu não conseguia respirar, nem me mexer. Ainda não era amiga das garotas e só tinha Andrew a quem recorrer. Segurei minha mochila, toda desajeitada, sobre o meu traseiro e puxei Andrew até um canto da sala, com o rosto ardendo enquanto despejava as palavras. Ele me deixou amarrar seu moletom em volta da minha cintura, e eu o usei pelo resto do dia. Nunca mais falamos disso. Foi uma das primeiras vezes que senti um tipo de distância estranha dele; quando comecei a perceber que eu era uma menina e Andrew um menino e nossas experiências se ramificariam em direções diferentes.

— Não acredito que você está falando disso. — Sinto um ardor tomar conta do meu rosto.

— Só estou dizendo que o que você quer me perguntar não pode ser mais constrangedor do que isso. — Andrew toma outro gole, coloca a xícara na mesa e se recosta na cadeira, esperando que eu fale.

Permaneço calada.

— Tudo bem, então eu vou fazer perguntas — ele diz, inclinando-se para a frente outra vez e juntando as mãos sobre o tampo. — A questão é semelhante ao grande acontecimento da menstruação da sétima série?

Faço que não com a cabeça.

— Tá, o que mais é problemático? Hummm... Tem a ver com... urinar ou defecar? Banheiros? Vasos sanitários?

Dou risada e volto a fazer que não com a cabeça.

— Nada a ver com vasos sanitários.

— Graças a Deus! — Andrew exclama e pensa por um momento. — Tem a ver com Hannah? É por isso que você não pode perguntar pra ela?

Suspiro, volto a fazer um gesto negativo com a cabeça e digo:

— Não posso perguntar pra ela porque ela é uma garota. Quer dizer, acho que poderia, mas eu sou... sabe... hétero.

— Certo. Tem a ver com James Dean?

Faço que sim com a cabeça, enfim.

— Ele fez alguma coisa? — Andrew se inclina para a frente, franzindo a testa. — Preciso matá-lo?

— Não. Nada disso.

Andrew relaxa.

— É uma questão de sexo? Ah, é por isso que você não consegue parar de dar risadinhas. Afinal, você tem cinco anos, né?

— Ei! — Mas acabo fazendo uma cara de conformada e suspiro.

Andrew está chegando muito perto, e não tenho certeza de querer continuar jogando o jogo. Se eu perguntar a ele, não haverá como voltar atrás. Não há garantia de que as coisas não se arruinarão entre nós para sempre. Isso é pior do que o grande acontecimento da menstruação da sétima série. Muito pior.

— Só quero alguns conselhos, Drew. E você parece saber o que faz. Quer dizer, eu te vi ficando com muitas garotas, então deve ser capaz de me ajudar um pouco.

A garçonete volta com nossa comida, e eu me assusto quando nos interrompe. Ela coloca as panquecas na mesa e eu forço um sorriso.

— Cuidado. Os pratos estão quentes — ela avisa com uma voz jovial enquanto se afasta. — Bom apetite!

Pego meu garfo e começo a batê-lo no tampo, sem tocar no meu café da manhã. Andrew come um grande pedaço de suas panquecas. Pelo visto, nada é esquisito o bastante para atenuar sua fome. Respiro fundo, e as palavras começam a escapar de mim:

— Quero transar com James Dean depois do baile de formatura, mas não sei o que fazer. Com certeza, ele é bastante experiente; tipo, ele está na faculdade, certo? Dean não sabe que sou virgem. Mas não sei se devo dizer a ele que sou, porque isso pode assustá-lo. Eu quero que ele goste de mim, sabe? E estou bastante nervosa, porque não faço a mínima ideia de como... Bem...

Por um instante, paro de falar, mas prossigo:

— E acredito que você poderia me ajudar. Foi ideia de Hannah. Então, tudo bem se não quiser, Drew. Não se sinta pressionado.

Andrew engole suas panquecas.

— Ah, tudo bem. Posso te dar algumas dicas, acho. — Ele passa a mão na testa, apertando as sobrancelhas com o polegar e o indicador, depois me olha, comendo outro pedaço de panqueca. — Por que eu me sentiria pressionado?

— Ah! — exclamo, percebendo que não cheguei ao ponto crucial. Na verdade, não disse a parte mais importante. — Não foi isso que eu quis dizer.

Pigarreio de novo e tomo um gole de café, que já está morno e amargo. Forço-me a engolir e empurro minha caneca para o lado. Baixo a voz para um sussurro, olhando para trás, para a mesa dos alunos chapados do segundo ano. Eles não estão prestando atenção em nós.

— Collins? — ele pergunta. — Keely?

— Estou farta de ser virgem, Drew. E eu confio em você. Você nunca espalharia boatos a meu respeito ou qualquer coisa assim. Só pensei que talvez... — Tusso um pouco. — Talvez se a gente transasse... Tipo, você poderia me ensinar. Nós poderíamos treinar.

Andrew emite um som de engasgo e bate com o cotovelo na sua caneca de café. Ela corre sobre a mesa na minha direção, derramando o líquido no meu colo. Levanto-me rapidamente, pegando uma pilha de guardanapos.

— Desculpe. — Andrew também se levanta depressa, antes de perceber que o café não está vindo em sua direção. Ele volta a se sentar e a ficar de pé, e apanha alguns guardanapos para ajudar.

— Sinto muito, Andrew. Esqueça o que eu disse, tá?

É muito humilhante. Não acredito que me convenci a perguntar a ele. Como poderia ter pensado que era uma boa ideia? Viro-me para ir embora, pegando minha mochila.

— Não, não — ele diz, baixinho. — Sente-se.

Sinto lágrimas nos cantos dos olhos e tento contê-las, já envergonhada o suficiente com isso.

— Keely... — Andrew murmura.

Volto a me acomodar, com meus olhos fixos na pilha de guardanapos sujos sobre o tampo. Por um momento, Andrew fica em silêncio, pensando. Então, sua voz sai baixa e tensa:

— Não tenho... Não temos... — Ele faz uma pausa. — Você é muito importante pra mim, e não é assim que eu...

— Você também é importante para mim. Essa é a questão.

Andrew afasta as panquecas, colocando seus guardanapos em cima do prato.

— Não gosto de você como gosto de Dean, Andrew. Então, não há pressão.

— Se você gosta de Dean, por que não transa com ele?

— Todos dizem que a primeira vez dói para uma garota — afirmo, hesitante. — Prefiro acabar logo com isso. É diferente para os homens. Sua primeira vez é... Bem, você não precisa se preocupar com dor, sangramento ou ser chamado de vagabunda. Você viu o que aconteceu com

Danielle. Pelo menos, ela dá conta disso. Eu morreria se alguém começasse a escrever coisas a meu respeito.

— E você acha que Dean faria isso?

— Não. — Suspiro. — Pra ser franca, não sei. Mas ser virgem complica as coisas. Só quero ser capaz de transar com ele sem importância adicional. Não é pra isso ter de significar *tudo*. — Coloco o garfo na mesa. — Mas não importa. Sinto muito. Eu estraguei tudo.

Vasculho a mochila, encontro minha carteira e ponho uma nota de vinte dólares em cima da mesa.

— O café da manhã é por minha conta hoje, ok? Vejo você na escola.

— Não, espere. — Andrew estende o braço para me deter. Sua expressão é inescrutável. Seus olhos estão enrugados nos cantos sob os óculos, e sua boca está pressionada em uma linha firme. — Ah, foda-se... — Ele respira fundo e passa a mão pelo cabelo. — Ok, ok, tudo bem.

Arregalo os olhos e perco o fôlego.

— Sério? — consigo dizer. Não sei como me sentir, se aliviada, animada ou horrorizada. — Tá. — Volto a me sentar.

— Ok. — Andrew esboça um sorriso tolo. — Bem, quando você quer?

— Ah... Certo. — Penso por um momento. — Bem, creio que será melhor na sua casa. Como dormimos mais na sua cama, talvez não seja tão estranho.

— Acho que meus pais vão sair com os seus na sexta-feira. Um concerto ou algo chato.

— Isso pode funcionar. O concerto dura três horas, não é? Dá tempo?

Andrew ri baixinho.

— Será tempo suficiente. — E me dirige um sorriso diabólico. — Transamos na cama dos meus pais e deixamos a embalagem da camisinha na mesa de cabeceira?

Dou uma palmada no braço de Andrew, aliviada por ele conseguir brincar em um momento como esse. Afinal, talvez eu não tenha estragado as coisas.

# CAPÍTULO 18

A IDA COM ANDREW DO JAN'S PARA A ESCOLA É NERVOSA E ESQUI-sita. Ambos estamos tentando agir normalmente, mas há uma corrente inusitada que circula em todas as nossas interações; um segredo que zumbe escondido embaixo de tudo o que dizemos. Se agi de forma estranha antes a respeito de tocá-lo, está ainda pior agora. Nós dois alcançamos o rádio ao mesmo tempo, e nossas mãos se tocam de leve. De imediato, solto uma gargalhada desconfortável, puxando a mão para trás como se eu tivesse sido queimada.

— Você vai ficar assim pra sempre, Collins? Porque se for, vou retirar o que eu disse.

— Não, não vai ser pra sempre. Só me deixe surtar pelo resto deste passeio de carro, e então voltarei ao normal. Prometo. Só estou... Ainda estou digerindo.

Andrew sorri para mim.

— Você teve bastante tempo pra digerir. Eu é que deveria estar surtando aqui.

— Sim, mas tenho muitas emoções — a afirmação sai em um tom mais alto do que o habitual.

Ele estende o braço e pega a minha mão. Tento soltá-la, mas Andrew a segura firme, entrelaçando seus dedos nos meus.

— Está vendo? — Andrew ergue as nossas mãos unidas. — Estamos nos tocando e o mundo não acabou.

— É. — Eu me acalmo um pouco.

Verdade, o toque dele é confortável, familiar e normal. Tenho segurado a mão dele há anos. Andrew tem uma cicatriz na palma, que é resultado da sua queda do *skate* na quinta série, e seu polegar direito tem um calo de tanto tocar violão.

Ele descansa nossas mãos no meu joelho, e as balança acompanhando o ritmo da música no rádio. É uma música antiga dos Arctic Monkeys, uma das minhas favoritas. Sorrio, sentindo-me relaxar.

Ao chegarmos à escola, nós nos separamos, indo para as nossas respectivas aulas. Eu envio uma mensagem para Andrew da aula de mitologia grega, sentindo-me leve e boba.

> Plano posto em ação. Faltam três dias até a conclusão. Câmbio e desligo.

Andrew responde e, discretamente, verifico a mensagem, tentando esconder meu celular da srta. Galloway, que tem a reputação de jogar os celulares dos alunos pela janela no gramado, mesmo que a sala de aula esteja no terceiro andar.

> Ouvi dizer que as Ilhas Virgens são legais nesta época do ano.

Sorrio, digitando de volta debaixo da carteira escolar. Logo, estamos trocando mensagens tão rápido que me esqueço de que estou na aula.

EU
> São muito legais mesmo. Muitas atividades divertidas.

ANDREW
> Ouvi dizer que a espeleologia é um programa excelente.

EU
> Espeleologia?

ANDREW
> Exploração de cavernas.

Dou risada e olho, culpada, para a srta. Galloway, tentando manter meu celular escondido. Ava me observa com curiosidade.
— James Dean? — ela balbucia, apontando na direção da tela.
— Senhoritas, celulares desligados ou serão confiscados. — A srta. Galloway para de escrever na lousa e cruza os braços. — E os irrigadores estão ligados neste momento no gramado. Portanto, imagino que não vão querer seus aparelhos lá fora.
Jogo o celular na mochila, olhando para a professora com perfeita inocência.

Acontece que é divertido compartilhar um segredo com Andrew. Parece com quando éramos crianças e costumávamos organizar missões secretas contra os nossos pais. Missão: roubar uma fatia de bolo da geladeira sem ser pego. Missão: rastejar sob a mesa da mãe enquanto ela está ao telefone e roubar um dos seus sapatos. Missão: tirar a virgindade de Keely.
Ainda não contei para Hannah sobre *O PLANO* — que se tornou um acordo tão monumental em meu cérebro que comecei a pensar nele com letra maiúscula —, e não posso garantir que vou contar. Uma parte de mim gosta do fato de o trato ficar apenas entre mim e Andrew. É nosso segredo. E, apesar de Hannah ter dado a ideia, sinto-me um pouco envergonhada de dizer a ela que decidi seguir em frente com isso. Que estou com muito medo de dizer a verdade para Dean.
A pesquisa me deixou um pouco louca. Quero ter certeza de que seremos muito cuidadosos. Já assisti a vários *reality shows* idiotas sobre gravidez na adolescência para saber que é uma má ideia. Também tenho curiosidade sobre dicas de sexo. Sei que a internet tem inúmeras informações, mas como encontrar esses sites? Além do mais, tenho medo de que, se eu procurar pornografia no meu celular, meus pais vejam isso na conta. Será que os sites que vemos são especificados na conta telefônica? Penso em pesquisar no Google para descobrir, mas será que também especificam isso na conta?
Decido que livros são mais seguros. Os livros estão cheios de informação útil e não podem ser muito explícitos com suas ilustrações. Afinal, vovós e crianças podem ter acesso a eles em uma livraria. Seleciono três, pagando em dinheiro, para ter mais segurança: um compêndio enorme, intitulado *Corpos Sexuais Explicados*; o guia ilustrado *A*

*Arte do Amor* — que apresenta ilustrações de um casal envolvido em centenas de posições esquisitas; e um romance de bolso, *Asas da Paixão*, que pego no último segundo, esperando que possa me dar uma visão emocional.

Começo a ler *A Arte do Amor* tarde da noite, debaixo das cobertas, tentando aprender o máximo possível. Há capítulos sobre beijos que estou morrendo de vontade de experimentar com Dean. O calor se apossa de mim ao ver as ilustrações, e imagino que somos nós dois, em vez do casal desenhado.

Quando *O Plano* estiver concluído, serei uma autêntica especialista em sexo, e James Dean não saberá o que o atingiu. É isso, eu sei que estou fazendo a coisa certa. Tenho que estar.

# CAPÍTULO 19

**A SEXTA-FEIRA CHEGOU MUITO RÁPIDO, E NÃO TIVE TEMPO SUFI-**ciente para pesquisar. Nem comecei a ler *Asas da Paixão* e, de repente, estou na cozinha da casa de Andrew e *O Plano* está prestes a acontecer. Acho que vou vomitar.

No balcão, há um prato com bolachas e *homus* diante de nós, mas mal consigo tocá-lo.

— Vocês têm certeza de que não querem vir? — a sra. Reed pergunta, prendendo um brinco.

Os nossos pais estão prestes a sair para assistir ao concerto, que será em um auditório a cerca de uma hora de distância, em Burlington. Então, eles vão ficar fora a maior parte da noite.

— Acredito que poderíamos conseguir alguns ingressos extras. Rob é amigo do primeiro-violinista.

— Não, vão vocês. — Andrew morde um biscoito.

Eu trouxe minha mochila. Dentro dela estão os livros de educação sexual e um monte de camisinhas que peguei na enfermaria da escola quando ninguém estava olhando. Tive que fingir uma dor de estômago para chegar perto o suficiente do balcão. Agora, posso sentir o peso dos livros nas minhas costas.

— Vamos ficar aqui. — Minha voz sai estridente, e Andrew me dá uma olhada.

Sei que estou agindo de forma suspeita, e precisamos que nossos pais saiam. Pigarreio e mastigo uma bolacha para me manter calada. Sinto um gosto salgado e seco na boca. Esqueço que estou tentando não falar e digo:

— A gente deve ver um filme, sei lá... — Engasgo um pouco com a bolacha. — Sabe, apenas coisas normais. Cara, esta bolacha é muito seca.

Andrew me dá um chute e semicerra os olhos.

— Ok, bem, chegaremos tarde em casa. — Minha mãe se aproxima de nós, beija o topo da minha cabeça ruidosamente e se move para beijar o topo da cabeça de Andrew.

— Mas não chamem mais ninguém — a sra. Reed diz, vestindo o casaco. — Não vamos voltar para casa *tão* tarde.

— Divirtam-se. Comportem-se. — Meu pai acena.

Então, finalmente, todos saem.

E nós estamos sozinhos.

Por alguns minutos, Andrew e eu ficamos no *homus* e nas bolachas. Permanecemos em silêncio. Posso ouvir o tique-taque do relógio na sala de estar e o zumbido do motor da geladeira.

Pego outro biscoito, ansiosa por algo para fazer, e o mordo. O esmigalhar da bolacha ecoa no recinto, praticamente ricocheteando nas paredes.

E aí começo a dar risadinhas, baixo a princípio, porque estou tentando reprimi-las.

— Sério? — Andrew pergunta. — Achei que o assunto estava resolvido.

Mas ele também começa a rir e, antes que eu possa evitar, bufo, espirrando pedaços de bolacha até o outro lado da bancada.

— Nojenta! — E ele passa a rir ainda mais agora.

Abro a boca e mostro a língua, exibindo para Andrew o resto da bolacha mastigada.

— Você parece um passarinho.

— Ah, devo dar um pouco pra você? — Eu abaixo a minha cabeça para que o biscoito pastoso em minha boca fique perigosamente perto de escapar e cair sobre ele.

— Não! — Andrew grita, levanta-se rapidamente e se afasta de mim, erguendo os braços em uma cruz para me afastar, como se eu fosse uma vampira.

— Tudo bem. — Engulo o biscoito.

Ele sorri para mim.

— É uma técnica de sedução realmente admirável. Mal posso resistir a você.

Meu sorriso diminui quando me lembro do motivo pelo qual estamos aqui. Por um momento, ficamos nos encarando, e não sei o que fazer. Limpo a garganta.

— Não... deveríamos começar?

— Ah! — Andrew exclama, subitamente nervoso. Ele passa a mão pelo cabelo, e isso me acalma um pouco. Sinto-me melhor sabendo que ele também está tenso, mesmo que já tenha feito isso um milhão de vezes. — Sim. Vamos subir. Tenho tudo preparado.

— O que você preparou? — pergunto, surpresa.

Eu o sigo pela escada e, quando chegamos ao seu quarto, sinto-me confortada com a sua familiaridade. Lá está o velho tapete azul-marinho desgastado nas bordas. Há o travesseiro que costurei para ele na aula de economia doméstica na sexta série, deformado e rosa-choque, porque sabia que isso o deixaria constrangido. O cheiro do seu quarto é o mesmo de sempre, como grama cortada e pinho e algo mais telúrico, o aroma almiscarado de *garoto*, e isso acalma meus nervos. Ele é apenas Andrew.

A única coisa diferente é a cama. Os lençóis geralmente amarrotados foram alisados — talvez até lavados —, e os cobertores, que sempre formam uma pilha bagunçada no chão, foram dobrados primorosamente e postos de lado. E em cima da cama ele espalhou um ramo de flores.

— São de um dos vasos do andar de baixo. — Andrew coça o nariz. — Nada demais.

— Não, está muito legal. — Sinto-me aquecida e confortável por dentro.

Andrew bate palmas e se vira para a cômoda do seu lado da cama.

— Vamos ao que interessa. — Andrew abre a gaveta superior e pega duas garrafas da minha bebida favorita, me entregando uma delas. — Desculpe, não está gelada, mas tive que deixá-las escondidas aqui em cima. Minha mãe anda bisbilhotando muito desde a festa.

— Obrigada. — Abro a garrafa. — Achei que você odiava minhas bebidas idiotas de melancia.

— Não são tão ruins. Mas eu gosto de encher o seu saco. — Ele se senta na beira da cama.

159

Sento-me ao seu lado. Brindamos tocando nossas garrafas. Sinto-me um pouco tonta. Já estive na sua cama muitas vezes, mas não parece que estou sentada na cama de Andrew, e sim na cama de um *garoto* — e é aterrorizante. Tomo um longo gole da minha bebida e engulo rápido, engasgando um pouco. Andrew dá um tapinha nas minhas costas.

— Então, hum... Como devemos fazer isso? — Tomo outro gole. — Precisamos tirar as roupas? Acho que as nossas calças, pelo menos, mas talvez não as nossas camisetas.

Sinto-me agitada, como se tivesse tomado vinte xícaras de café.

— Eu trouxe algumas... camisinhas da enfermaria da escola, mas não sei se são do tamanho certo. Isso importa? Ou é mais uma coisa de "tamanho único"? Você tem uma camisinha que prefere usar?

Percebo que estou divagando, mas não consigo parar.

— Podemos usar as que você trouxe, Collins. Quer dizer, uma das que você trouxe. — Andrew pigarreia. — Vai dar tudo certo.

— Ok, então devemos colocá-la. — Respiro fundo. — Talvez você devesse fazer isso, porque eu não sei como.

Termino o resto da minha bebida de uma vez e coloco a garrafa no chão. Ele põe a sua ao lado.

— Ei, devagar, garota. Tem certeza de que quer fazer isso?

— Tenho, sim. — Sorrio timidamente. — Ah! — levanto-me rápido e pego minha mochila. — Esqueci. Trouxe alguns livros. Como referência.

Abro o zíper da mochila, tiro *A Arte do Amor* e *Asas da Paixão* e os coloco sobre a cama. Andrew pega o segundo livro e sorri com malícia ao ver a ilustração da capa. Ele o folheia e começa a ler em voz alta uma das páginas:

— "Maryanne já tinha transado em um avião antes, mas nunca com um piloto como o comandante Reynolds. O sexo entre eles era rápido e intenso, cheio de uma paixão que ela nunca conhecera. O membro dele estava duro e latejante...".

— Ei! — exclamo, esforçando-me para pegar o livro de volta. — Achei que seria útil ler. Este aqui é melhor. — Abro *A Arte do Amor* e passo a folhear, vendo as ilustrações. — Tem várias posições e dicas, como um manual de instruções.

Acho o sumário e percorro a página com o polegar até chegar ao capítulo que quero. Então, eu o mostro para Andrew.

— Que tal tentar isto? — Aponto para o primeiro desenho. — Parece a posição mais fácil. Depois, talvez possamos chegar ao número dois e quatro, mas não sei... Parecem meio... assustadoras.

Andrew tira o livro das minhas mãos e o fecha, deixando-o de lado na mesa de cabeceira.

— Não precisamos disto.

— Ah, acho que é tudo intuitivo. Quer dizer, os animais aprendem a fazer, certo? — Penso por um instante. — Você acha que os animais observam outros animais primeiro para aprender? Ou eles simplesmente sabem?

— Acho que eles simplesmente sabem como fazer — Andrew responde. — E nós também. — Ele pega a minha mão.

— Tá. Então, o que você costuma fazer com as garotas? Mostre-me o primeiro passo.

— Venha cá. — Andrew usa as nossas mãos dadas para me puxar para mais perto, o suficiente para eu sentir o calor que irradia do seu corpo. Ele passa os dedos nos meus, ásperos e familiares. — Podemos ser naturais a respeito disso. Sem passos. Sem planejamento. Sem livros.

Faço que sim com a cabeça, incapaz de falar ou respirar.

— Apenas me diga se você quiser que eu pare. — Andrew levanta a outra mão e a apoia levemente no meu rosto. Em seguida, enfia uma mecha de cabelo atrás da minha orelha.

Inclino-me junto à sua palma, acostumando-me a senti-lo dessa nova maneira. Andrew se curva para mais perto de mim, e eu fecho os olhos, entreabrindo os lábios. Meu coração está batendo tão forte que tenho certeza de que ele pode ouvi-lo.

E então os seus lábios tocam os meus, macios e hesitantes. Inspiro, surpresa. Pressiono de volta, inclinando-me na direção dele, e sua mão no meu rosto se move para o meu cabelo, para a parte de trás da minha cabeça, puxando-me para ainda mais perto.

Andrew tem um gosto familiar, de uma maneira que eu não esperava. Abro a boca para saborear mais o gosto, sentindo sua língua deslizar na minha, aprofundando o beijo. Inesperadamente, sinto-me à vontade, acalmando-me enquanto derreto e rodopio, zonza, tonta. Ele desentrelaça os dedos dos meus e coloca a mão no meu braço, e acaricia a minha pele em um vaivém. Ponho a mão no seu peito, dando-me conta rapidamente de que nunca o toquei ali. É um território novo e inexplorado. Andrew parece forte e resistente; um contraste com o macio tecido tricotado do seu suéter.

Andrew se inclina para mim, e me sinto caindo para trás, deitando devagar sobre a colcha, em cima das estampas florais. Ele acomoda seu corpo sobre o meu, afundando-me no colchão. Ajeito-me para que nos alinhemos perfeitamente, tocando em todos os lugares. Ofegante, Andrew afasta seus lábios dos meus. Ele começa a dar beijos delicados no meu rosto e no meu pescoço. Solto uma risadinha quando sinto sua língua lamber um ponto sensível abaixo da minha orelha. Ele se afasta um pouco. Ergo as pálpebras, e pela primeira vez olho realmente para Andrew, sentindo-me atordoada quando ele entra em foco, com seus olhos verdes doces e levemente vidrados.

— Sente cócegas? — ele murmura.

Faço que sim, e ele sorri.

— Nunca pensei que você sentisse cócegas aí.

— Eu também não — murmuro de volta.

Mais uma vez, Andrew se inclina para capturar meus lábios com os seus. Hesitante, movo as mãos até a barra inferior do seu suéter, e depois as enfio por baixo dela, para tocar a pele macia do seu abdome. Há uma trilha de pelos que sai do seu umbigo e desce abaixo do cinto, algo que notei brevemente ao longo dos últimos anos, mas que tentei ignorar. Agora, dedico algum tempo afagando os pelos, sentindo a musculatura firme do seu abdome.

Andrew se inclina para longe de mim, tira o suéter e a camiseta, e os joga no chão. Observo os músculos dos seus braços, tirando minha mão do seu abdome para tocar o triângulo de sardas em seu ombro.

Ele se levanta, apoiando-se nos braços, para que possa estudar o meu rosto. Mordo o lábio, consciente de que está me olhando de tão de perto, me examinando como se eu fosse uma garota, uma garota *de verdade*, com quem ele quer estar. Ele leva a mão até a barra da minha camiseta, segurando com hesitação o tecido.

— Posso? — Andrew puxa a camiseta um pouco para cima, revelando um pedaço da minha barriga.

— Ah, claro... — digo, confusa.

Tiro a camiseta e a jogo longe. Ela se junta às roupas dele. Deito-me. Desta vez, estou usando o meu próprio sutiã, e não um de Danielle. Por isso ele se ajusta muito melhor, embora, sem dúvida, seja muito menos decotado.

— Então, e agora? — pergunto, com a voz rouca, como se eu tivesse acabado de acordar de uma soneca. — Eu nunca... Ninguém nunca viu... Nunca tirei o sutiã com Dean.

— Você quer que eu tire? — Andrew estende uma mão hesitante até o tecido da alça do sutiã, envolvendo-a entre os dedos. Ele puxa a alça para baixo, deixando-a cair pelo meu ombro. — Me diga se quiser que eu pare.

— Não quero que você pare — sussurro.

Em seguida, Andrew alcança o fecho do sutiã, e mexe nele por um tempo, incapaz de abri-lo. Então, estendo a mão e faço isso por ele, tirando o sutiã antes que eu tenha a chance de me convencer do contrário. Andrew sorri e se inclina para voltar a me beijar, cobrindo meu corpo com o seu. A sensação de pele contra pele é eletrizante.

— Keely — Andrew sussurra, puxando-me com mais força.

Ele estende a mão para cima para tocar o meu peito, lenta e delicadamente, e descubro que não me importo. Na verdade, gosto muito disso.

Alcanço o fecho da fivela do seu cinto com dedos hesitantes e puxo devagar a tira de couro. Ele tira as mãos de mim e se abaixa para ajudar, abrindo o zíper do jeans. Andrew precisa se sentar longe de mim para tirá-lo, e o jeans fica preso em torno dos seus pés.

Assim que ele consegue se livrar da calça, joga-a no piso e volta para mim apenas de cueca. Ela é verde-escura, com estampas de pequenos trevos de quatro folhas. Noto com emoção — medo, ansiedade ou excitação? — que há uma tenda armada na frente.

Andrew pega o botão do meu jeans, e eu ofego de surpresa quando sinto a pressão dos seus dedos através do tecido.

— Ainda tudo bem? — ele sussurra, mantendo os dedos no botão, sem movê-los.

Faço que sim, beijando-o de leve no lado da boca. Coloco minha mão sobre a sua e o ajudo a abrir o botão, respirando nervosamente enquanto ele puxa o zíper para baixo. É estranho; sinto como se eu estivesse em um sonho, como se fôssemos duas pessoas fora de nós. Ele tira a minha calça sem pressa, e, quando vê minha calcinha, abre um sorriso largo.

— Ursos-polares?

Fico vermelha e mordo o lábio para não rir. Andrew se livra do meu jeans e me beija de novo, voltando a se deitar em cima de mim e se acomodando. Tenho plena consciência de que tudo o que nos separa são duas camadas finas de algodão. Minha mente está cambaleando. Consigo sentir a dureza do seu membro pressionada contra mim, e eu a comprimo, fazendo-o ofegar. Andrew afasta o rosto do meu e fica olhando para mim, trazendo a mão para cima para apoiar o lado do meu rosto.

— Keely... — Andrew volta a sussurrar, com a voz tão baixa que mal consigo entender. — Você me deixa louco.

Andrew tira a mão do meu rosto e arrasta a ponta dos dedos pela minha nuca, e depois pela pele delicada da minha clavícula. Sinto um arrepio, e os meus olhos se fecham por vontade própria. Estamos à beira do penhasco, prestes a saltar. E, assim que saltarmos, não haverá como voltar atrás. Sei que o que fizemos já mudou tudo, mas talvez as cordas ainda possam ser desembaraçadas. Porém não se nós continuarmos; não depois disso.

— Você tem camisinha? — murmuro, com a voz entrecortada.

— Está na sua mochila, não está?

Afasto-me de Andrew e corro até a mochila, que está no chão, do outro lado da cama. Minhas mãos tremem tanto que me atrapalho para abri-la, mas finalmente pego a pequena embalagem quadrada e entrego a ele. Sinto-me um pouco zonza, com o quarto entrando e saindo de foco enquanto tento me orientar.

— Ok, então. — Não sei por que estou sussurrando, considerando que estamos sozinhos na casa, mas parece que falar com a voz normal interromperia alguma coisa. — Acho que você deveria abrir. Ou não, na verdade talvez eu devesse tentar colocar em você. Bom momento de aprendizado, certo? Você acha que Dean gostaria disso? Isso pareceria...

— Acho que não importa — Andrew afirma, tenso.

— Ele pode ficar impressionado se eu souber como...

Andrew volta a me beijar, de novo deitado sobre mim. Eu correspondo, esquecendo a camisinha por um momento ao sentir seus lábios e sua língua.

— Keely... — ele diz, e sinto a palavra junto aos meus lábios. — Vamos só...

Andrew não termina de falar. Em vez disso, ele dá beijinhos tremulantes em meu queixo. Andrew se afasta e me olha, com seu rosto quase a dois centímetros do meu.

— Eu coloco.

Concordo com ele, incapaz de falar.

— Tem certeza disso? — ele pergunta, me encarando. — Preciso que você me diga que tem certeza.

Volto a concordar, surpresa de quanto eu quero que ele continue. Desejo de uma maneira que não esperava. Agora que chegamos até aqui, é difícil parar. Quero continuar, e sinto de repente que falta um pequeno pedaço de mim.

É muito diferente de como me senti quando estava nessa mesma posição com Dean. Lembro-me da ansiedade que tomou conta de mim na ocasião, de como meu cérebro ficou se movendo em um milhão de direções diferentes e não consegui desacelerar. Agora parece mais lento; tranquilo e seguro. Deve ser porque me sinto confortável com Andrew; ele não é alguém que estou tentando impressionar.

— Acho que com Dean eu...

Mas Andrew se afasta de mim, com a testa enrugada.

— O que tem o Dean agora? — Ele passa a mão no rosto e se senta longe de mim na cama.

— Eu só ia dizer... — Trêmula de emoção, eu prossigo: — Não estou tão nervosa quanto estava com Dean. Bem, é claro que ainda estou nervosa, mas Dean era como... Outro nível. Você é diferente.

Rio sem jeito, esperando que ele ria também, mas isso não acontece.

— Você podia... simplesmente... — Andrew torna a me encarar. — É um saco você ficar falando de outro cara agora.

— Estamos fazendo isso por causa de outro cara. Não posso deixar de pensar nele. Quer dizer, Dean é o objetivo disso, não é?

— Tudo bem. Sim, mas se você continuar falando dele, ficará muito difícil eu conseguir... Não sou capaz de ligar e desligar como um interruptor de luz. É mais complicado do que isso. Você está zoando com a minha cabeça, sabia? — Desapontado, ele passa a mão pelo cabelo.

— Ah! — exclamo, confusa. Não tinha pensado nisso dessa forma; não me ocorrera que isso poderia ser difícil para ele. Por que Andrew está tendo dificuldades? É porque sou *eu*? Credo! Então, me sento ao lado dele na beira do colchão. — Você pode fingir que sou Cecilia, Abby ou algo assim, se isso facilita as coisas pra você.

— Não quero que você seja...

Mas eu o interrompo:

— Também não quero fazer isto, Drew. Apenas achei que fazia sentido. E você concordou, certo? — Sinto lágrimas nos cantos dos olhos. Aí, percebo que ainda estou nua da cintura para cima e me cubro com o cobertor. — Sei que não sou tão quente quanto as garotas que você costuma...

— Está interpretando mal tudo o que estou dizendo, Keely.

— Então o que você está dizendo? — Deixo escapar um suspiro irritado.

Por um momento, Andrew fica em silêncio, apenas me observando, com uma expressão inescrutável. Ele volta a passar a mão pelo cabelo, depois limpa o rosto como se estivesse exausto e respira fundo.

— Eu estou... — Mais uma pausa.

— O que, Drew? Se você não quer fazer isso, basta dizer.

Ele suspira.

— Acho que não devemos fazer isso.

Algo se quebra dentro de mim.

— Tudo bem. Desculpe por ter perguntado.

É como se alguém tivesse jogado um balde de água fria na minha cabeça. Todos os sentimentos aconchegantes e acolhedores escapam e são substituídos por algo hostil e rude. Não sei como me deixei empolgar tanto. Para começar, não devia ter pedido ajuda a Andrew — o que é muito óbvio agora —, mas também como me permiti começar a gostar disso? Não era para ser *divertido*; era um negócio. Apenas um treino. O maior erro foi me permitir sentir aconchegada e acolhida.

— Eu quero, Keely — Andrew diz, com a voz triste. — Não é isso. Só que você está tornando isso...

Ele faz uma pausa e tamborila os dedos na sua perna nua. Desvio o olhar.

— Achei que conseguia lidar com o fato de você me usar. Mas não consigo.

As palavras de Andrew me deixam pálida.

— Não estou... — começo a falar, tropeçando nas palavras. — Não estou usando você.

Meu celular toca em algum lugar da cama. Não quero atender. Não sei como poderia conversar com alguém neste momento. Andrew encontra o aparelho no meio dos cobertores e o entrega para mim, após ler o nome na tela.

— Por falar em James Dean...

Pego o celular da sua mão, mas não consigo atender. Como poderia falar com Dean agora, sentada na cama de Andrew? Minha camiseta ainda está em algum lugar no chão, misturada com as roupas dele. E, de repente, me ocorre como tudo está *bagunçado*. Será que Dean ficaria bravo se soubesse? Ou pior: e se ele nem se importasse? Imagino a situação ao contrário — Dean com uma garota seminua em sua cama — e experimento um embrulho desagradável no estômago. Mas essa é a questão, não é? Tem havido muitas garotas nuas na cama de Dean, e é por isso que estou aqui.

— Pode atender. — Andrew se abaixa para pegar sua camiseta e a veste.

O celular continua tocando.

Faço um gesto negativo com a cabeça.

— Não tem problema — ele afirma. — Vou te deixar à vontade. — E se vira para a porta.

— Espere, este é o seu quarto.

Andrew dá de ombros e sai, fechando a porta calmamente atrás de si. Coloco o celular na cama e o observo vibrando, esperando o toque parar. Enrolo o cobertor com mais força em torno de mim.

Após alguns minutos, eu me forço a me levantar e me vestir. Tudo o que quero é me aconchegar na minha cama e dormir. Ficar sozinha no meu quarto. Mas não posso deixar as coisas assim entre mim e Andrew. Tenho que descer e conversar com ele, mesmo sem saber o que dizer. Só quero que sejamos amigos de novo, deixando para trás todo esse suplício humilhante.

Eu me arrumo e vou atrás dele, descendo silenciosamente a escada familiar e me dirigindo à cozinha. Andrew não está lá. Examino a sala de estar e a sala de jantar e vejo que ele se foi. É quando noto que sua picape não está na entrada da garagem. Então, calço meus sapatos, visto meu casaco e começo uma caminhada sombria para casa.

# CAPÍTULO 20

**ENVIO UMA MENSAGEM PARA ANDREW ASSIM QUE CHEGO:**

> Sinto muito. Amigos?

Ele demora um pouco a responder, e, quando responde, é apenas uma palavra:

> Amigos.

Não consigo deixar de pensar no dia seguinte à transa de Danielle e Chase, quando ela disse a ele que eles ainda podiam ser amigos. Não quero "ainda ser amiga" de Andrew depois disso. Não do jeito falso que Danielle e Chase são.

Estou curiosa por saber aonde ele foi, mas não quero perguntar. De repente, ocorre-me que pode estar com uma garota. Andrew talvez tenha ido até ela para terminar o que começamos. Sinto o estômago revirar com a ideia, mesmo sabendo que não tenho o direito de ficar chateada.

Também envio uma mensagem para os meus pais, dizendo que não estou me sentindo bem e decidi voltar para casa.

Horas depois, ouço a chave na fechadura e os murmúrios abafados, que significam que eles estão tentando não me acordar. Minha mãe abre a porta do meu quarto e finjo estar dormindo.

Passo todo o sábado sentada no sofá, mergulhada na minha miséria. Como meus pais acham que estou doente, eles me rodeiam, procurando me animar com canecas de chá quente e pratos de bolachas salgadas. E eu me sinto doente, mas não da maneira como eles pensam.

Tenho evitado trabalhar em meu projeto final de história. Assim, decido me aplicar nele, espalhando meus livros na mesa de centro e folheando-os, mas não consigo fazer nada. É difícil me concentrar na escola quando já entrei na faculdade e tudo o que acontece na minha vida social parece muito mais imediato e inflamável.

Tento ler um capítulo sobre o Crescente Fértil, palavras que soam estranhamente sexuais e pertinentes a tudo o que está acontecendo, e, de repente, minha mente passa a vagar pelos acontecimentos da noite passada; lampejos de memória que me deixam zonza.

Percebo que é inútil, e começo a assistir a *House Hunters* na tevê. Há algo reconfortante na falta de sentido do programa: casais felizes cujo maior problema é se vão poder arcar com bancadas de granito para a cozinha ou quartos extras para seus gatos.

Só pouco antes das quatro da tarde é que finalmente crio coragem para ligar para Andrew. Ele não atende.

Deixo meu celular na mesa de centro e volto para a tevê, mas continuo olhando para o celular, querendo que ele toque ou apite. E então ele apita, indicando uma mensagem de texto. Eu o pego ansiosamente e me sinto um pouco desalentada quando vejo que é de Dean.

**DEAN**
Está se fazendo de difícil?

**EU**
O quê?

**DEAN**
Você não me ligou de volta.

Respiro fundo. Dean tem razão. Ontem à noite, esqueci completamente que ele ligou, quando eu ainda estava na casa de Andrew. Não acredito que não lembrei de responder. Em geral, exagero na análise das nossas mensagens, mas agora realmente não me importo. Parece que há coisas mais importantes.

Mas talvez isso seja algo bom. Danielle disse que eu devia me fazer de difícil. Mesmo que meu primeiro impulso seja pedir desculpas, penso no que Danielle diria.

> Estava ocupada.

Fecho os olhos, segurando o celular, mas incapaz de olhar para ele. Dean leva dois intervalos comerciais para responder.

> Quer comer pizza?

Funcionou. Claro que funcionou. Danielle é uma mestra.

São cinco e meia. Não acredito que desperdicei o dia todo no sofá. Minhas roupas parecem grudentas, e meu cabelo está emaranhado na testa. Meu estômago ronca. Tenho que sair de casa. Preciso fazer algo, qualquer coisa para tirar minha mente da minha miséria. E sair com James Dean parece a única coisa que pode me distrair plenamente.

**EU**
> Sempre quero comer pizza.

**DEAN**
> Posso passar aí para te pegar.

Envio para ele o meu endereço e subo correndo a escada para tomar banho e me trocar. Minha mãe bate na porta no momento em que estou fechando o zíper do meu jeans.

— Sente-se melhor, querida? — ela pergunta, preocupada.

— Sim, mãe.

Vasculho meu armário e encontro meu suéter de aniversário, mas lembro que ele está manchado de esmalte azul. Afasto-o rapidamente para que minha mãe não o veja.

— Você vai sair? — Ela adentra mais no meu quarto e estende o braço, como se quisesse me deter. — Não acho que seja uma boa ideia.

— Só vou comer uma pizza. Não comi nada o dia todo.

— Posso fazer algo para você. Acabamos de comprar verduras frescas na feira dos produtores.

— Tudo bem, eu prefiro sair.

Minha mãe me olha, inclina a cabeça e torce o nariz. E isso significa que ela está preocupada; essa é uma expressão especial para mim, que eu nunca a vi dirigir para mais ninguém.

— Mas volte cedo pra casa. — Ela suspira. — Você precisa de uma boa noite de sono.

Se fosse um ano atrás, minha mãe teria insistido para que eu ficasse em casa. No entanto, sei que ela está pensando no futuro — faltam apenas três meses para eu partir para a Califórnia, e então estarei por minha própria conta. Daqui a três meses nem ela nem meu pai estarão ao meu lado para cuidar de mim quando eu adoecer. Sei que ela vem tentando me preparar para isso, bem como a si mesma.

Minha mãe aperta o meu braço.

— Não fique na rua até muito tarde.

A campainha toca no andar de baixo e eu me sobressalto.

— Com quem você vai comer pizza? — ela pergunta, virando-se para sair do meu quarto.

— Espere! — digo, em um tom mais apavorado do que pretendia. — Eu atendo.

Passo por minha mãe e desço correndo a escada. Não acredito que não pensei que meus pais estariam em casa quando dei meu endereço para ele.

No entanto, quando abro a porta da frente, não é James Dean do outro lado.

É Andrew.

Com o cabelo molhado do chuveiro, ele está usando sua camiseta favorita, aquela com o nome do guitarrista mais legal do mundo escrito na frente. Sinto-me paralisada quando o vejo, e no mesmo instante os acontecimentos da última noite passam pela minha cabeça: seu peito nu, a expressão em seus olhos quando ele tirou minha camiseta, meu sutiã, minha calça. Ainda posso senti-lo em cima de mim, e o roçar dos seus lábios nos meus.

Dou-me conta de que o estou encarando e tento dizer algo:

— Oi. — O cumprimento sai como um grunhido.

— Posso entrar?

Minha mãe aparece atrás de mim.

— Andrew! Claro, entre. Você nunca precisa perguntar.

Ela o conduz pela porta, e todos entramos na sala de estar. Andrew e eu nos sentamos cada um em uma extremidade do sofá — o mais longe possível um do outro. Minha mãe fica parada junto à porta, nos observando.

— Mãe, você pode nos dar um minuto?

— Claro. Estarei lá em cima se vocês precisarem de mim.

Ela sai da sala, virando-se uma vez para nos observar antes de partir.

— Olá — ele diz depois que ficamos sozinhos.

— Olá — respondo.

E então nós dois dizemos ao mesmo tempo, com nossas vozes se sobrepondo:

— Sinto muito.

É muito bom quando sai. Como se eu pudesse finalmente respirar.

— As coisas não vão ficar estranhas entre nós, não é? — pergunto, brincando com as minhas mãos e fitando os meus dedos. Mal consigo olhar para Andrew. Claro que as coisas vão ficar estranhas. — Você é o meu melhor amigo. Espero não ter estragado a nossa amizade.

— Você não estragou nada — ele afirma, do outro lado do sofá.

— Ótimo. — Quem me dera acreditar nele. — Ok, então.

— Legal.

O silêncio paira pesado sobre nós, como um céu bastante carregado, anunciando que uma tempestade está prestes a cair. Andrew pega seu celular e começa a digitar uma mensagem, com a ponta da língua aparecendo no lado da boca.

— Para quem está escrevendo? — quero saber. — Parece importante.

Acho que estou tentando parecer natural e descontraída, procurando não bisbilhotar; o que é ridículo, porque não é como se eu fosse a namorada dele ou algo assim. A Keely de alguns dias atrás teria arrancado o celular das mãos de Andrew ou teria lido por cima do seu ombro. Mas não sei se algum dia serei capaz de recuperar a Keely de alguns dias atrás. Aquela garota não existe mais.

Andrew me olha e dá de ombros.

— Apenas uma garota.

— Outra garota, hein? — Esforço-me para sorrir. Tudo parece errado.

— Sim, outra garota — ele responde, enunciando claramente cada palavra. — Isso é permitido?

— Claro que é. Não foi isso que eu quis dizer.

Minha vontade é gritar de frustração. Não é assim que deveria ser.

Um ruído de pneus tritura o cascalho da entrada da garagem e, em seguida, uma buzina toca do lado de fora. Nós dois nos sobressaltamos. James Dean. Esqueci completamente que ele estava vindo. *Não, não, não, não, não.*

— Quem é? — Andrew fica de pé.

— Preciso ir. — Também me levanto. — Sinto muito mesmo. É que... Eu não sabia que você viria, então fiz planos. Você pode ficar aqui, se quiser, esteja à vontade. Só que... tenho de ir.

Praticamente, saio correndo da sala e me dirijo para a porta da frente. Andrew me segue.

— É o tal James Dean, não é?

Contraio-me e fecho os olhos.

— Sim.

Outro toque de buzina se faz ouvir, mais longo desta vez.

— Desculpe — digo, apesar de não ter total certeza do motivo pelo qual estou me desculpando.

— Quero conhecê-lo — Andrew afirma.

— O quê?

— Acho que mereço conhecer o cara depois de tudo isso. Quero olhar nos olhos do motivo de toda a confusão.

— Andrew, não.

Sei que eles vão acabar se conhecendo no baile, mas não tenho intenção de forçar a experiência antes do necessário. Ainda mais quando a noite passada ainda está tão fresca na minha mente.

— Se ele não tem a decência de, pelo menos, tocar a campainha... — Andrew resmunga, dirigindo-se para a porta.

Corro atrás dele.

— Andrew, espere!

Ele gira a maçaneta. E ali está James Dean empoleirado em uma moto, no meio da entrada da garagem, parecendo um recorte de revista. Acho que esperava que ele pegasse emprestado o carro de Cody novamente, mas não deveria me surpreender. Dean parece ótimo na moto; só não tenho certeza de como me sentiria andando nela. No entanto, não posso ser covarde. A Keely que sou para ele — a Keely que criei

— adoraria a oportunidade de andar de moto, assim como ela gosta de beber uísque. E há uma certa emoção em ser essa garota, aquela que não se preocupa com tudo o que pode dar errado. Não quero desapontar Dean, mas também não quero desapontar a Keely que criei. Também pretendo ser uma Grifinória.

Dean levanta a mão para me saudar e desce da moto, e inclina a cabeça para o lado quando vê o meu amigo.

— Ei, cara, e aí? — Andrew estende a mão para cumprimentá-lo. — Eu sou Andrew.

— Dean — ele responde, aceitando o cumprimento. — Você é o cara vidrado em Hitchcock?

— Sou um pouco mais do que o cara vidrado em Hitchcock. — Andrew enfia as mãos nos bolsos do jeans.

Dean dá uma risada.

— Entendi. Bem, nós vamos indo. Foi um prazer, cara. — Ele se vira para mim e acena com a cabeça na direção da moto. — Você quer subir nela?

Olho para a casa. Será que a minha mãe está observando? Ela me mataria se me visse na garupa da moto de um cara.

— Você tem outro capacete? — Andrew cruza os braços.

— O quê? — Dean retruca.

— Ela não pode andar de moto sem capacete.

— Sério, Andrew — digo, sentindo meu rosto ficar vermelho. — Você não é o meu pai.

— Seu corpo, seu templo. — Dean torna a sorrir.

Andrew se vira e caminha até a garagem, estendendo a mão e puxando com força a maçaneta da porta. Ela se abre lentamente e ele entra, e pega um capacete que está pendurado no guidão enferrujado de uma bicicleta. É branco com listras refletivas verdes brilhantes. Andrew o entrega para mim, e eu o viro, examinando o interior em busca de aranhas.

— Você pode usar isso, por favor?

— Drew... — Eu o fuzilo com os olhos, mas coloco o capacete. Sinceramente, fico contente com isso. Só queria que não parecesse que Andrew estava me forçando.

Andrew estende a mão para me ajudar a afivelá-lo, puxando as tiras com força sob o meu queixo.

— Ótimo. — Ele bate no topo da minha cabeça com os nós dos dedos.

— Tudo bem, graças a Deus que está resolvido. — Dean monta na moto e dá a partida.

O motor ronca e a moto treme. Sento-me na garupa, deslizando um pouco sobre o assento.

— Apenas me abrace... — Dean me olha por sobre o ombro. — ...pra você não cair. — Ele pega os meus dois braços e os envolve em torno de si, entrelaçando as minhas mãos.

Posso sentir a musculatura firme do seu abdome através da camiseta e passo minhas mãos sobre ela, tentando não ser óbvia.

Andrew chuta o cascalho do acesso da garagem.

— Aonde vocês vão?

Existem apenas dois lugares que fazem pizza na cidade. Um deles vende fatias baratas e sempre tem cheiro de cerveja rançosa. O outro é o Giovanni's, um pequeno restaurante italiano ao qual sempre vamos no meu aniversário. É o tipo de estabelecimento com toalhas de mesa quadriculadas e velas derretidas, e eu sempre quis ir lá com um cara.

— Devíamos comer uma boa pizza — digo. — Nada de fatias.

— Legal. Boa pizza é o canal! — Dean acena com a cabeça na direção de Andrew. — Até mais, cara.

Andrew levanta um braço para se despedir.

— Sim, até mais — ele diz, fazendo um sinal de positivo com o polegar.

Dean acelera a moto, saindo da entrada da garagem e espalhando uma nuvem de cascalho atrás de nós.

# CAPÍTULO 21

O TRAJETO ATÉ O GIOVANNI'S É SACOLEJANTE E RÁPIDO, E ME agarro a Dean para não cair. O vento bate no meu rosto, provocando lágrimas nos cantos dos meus olhos. Apoio a cabeça nas costas dele, contra o couro de sua jaqueta. As árvores passam como um borrão em cada lado do caminho. Nas curvas, a moto se inclina para o lado, e eu grito, rindo e abraçando a cintura de Dean com mais força. Ainda bem que Andrew me obrigou a usar o capacete, mas nunca vou admitir isso para ele.

Ao chegarmos ao restaurante, Dean estaciona a moto na calçada e desce. Na minha vez, sinto as pernas bambas. E estou zonza, com a adrenalina se apossando de mim como se eu tivesse acabado de sair de um parque de diversões. Quem diria que sentir-se fora do controle poderia ser tão *divertido*? Mesmo assim, agradeço por estar de volta à terra firme, e gosto da sensação da calçada sob os meus pés. *Continuo viva*.

— Toca aqui, par do baile. — Dean estende a palma da mão para mim, e eu dou nela uma palmada firme. — Você veio numa boa. Quer pilotar depois?

— Posso?! — pergunto, surpresa.

Dean também parece surpreso.

— Calma, valentona. Talvez uma volta no estacionamento.

Por um momento, sinto-me desalentada ao pensar que sua oferta foi apenas uma piada. Claro que ele achou que eu não iria querer tentar.

E quanto mais penso nisso, mais me dou conta de que é uma má ideia. Provavelmente, eu mataria nós dois.

Entramos no Giovanni's, que está na penumbra e aconchegante com a luz tremeluzente das velas. Uma música italiana preenche o ambiente, algo brega com violinos e acordeões. Tenho um lampejo de Dean e eu como os cães de *A Dama e o Vagabundo*, com nossos lábios deslizando juntos sobre um espaguete longo e escorregadio. Pergunto-me se isso é realmente possível, se alguém na vida real já tentou. Parece o tipo de coisa que Andrew acharia engraçado e, de repente, estou pensando em meus lábios deslizando na direção dos de Andrew, e afasto o pensamento para longe. Eu não devia estar pensando em Andrew.

— Bem-vindos ao Giovanni's — uma garçonete nos recebe. Ela parece ter a nossa idade, e seu olhar se fixa em Dean por um tempo um pouco longo demais, o que me deixa nervosa. — Temos uma mesa de canto livre. Tudo bem?

— Claro, tanto faz. — Dean dá de ombros.

Nós seguimos a garçonete até o local.

— Obrigada. — Sento-me à mesa.

Dean se acomoda diante de mim, deixando o capacete e a mochila na cadeira ao seu lado.

— Pode trazer um vinho para nós? — ele pede à garçonete.

Ela fica vermelha e brinca com o cabelo.

— Ah, hum... Vocês têm idade suficiente?

— Qual é? — Ele inclina a cabeça para o lado.

— Vou precisar ver as identidades — ela informa, com a voz trêmula.

— Claro. — Dean pega a carteira e entrega sua habilitação.

Ela a observa por um instante e depois a devolve. Em seguida, vira-se para mim.

— E você?

Fico paralisada. O que Dean espera que eu faça?

— Ela perdeu a dela no caminho pra cá. — Dean aponta para o capacete na cadeira. — Viemos de moto e sofremos uma pequena queda. A bolsa dela se abriu, e todo o conteúdo se espalhou por toda parte. Está faltando um monte dos documentos. Teremos de voltar e procurá-los pela manhã, quando não estiver tão escuro.

— Nossa, sinto muito. — A garçonete olha para mim e depois de volta para Dean.

— Juro que ela tem idade suficiente — ele continua. — Fez vinte e um anos algumas semanas atrás.

— Dia 2 de abril? — digo, inventando uma data. As palavras saem como uma pergunta. Não sei como Dean é tão bom em mentir.

— Tá, acho que tudo bem — a garçonete cede, enfim. — Só não conte ao meu gerente. Que vinho vocês querem?

— Tinto ou branco? — Dean pergunta para mim.

— Hum... — Finjo pensar para ganhar tempo.

Não sei o suficiente sobre vinhos para ter uma preferência. Tomei alguns goles aqui e ali, nas férias, mas nunca tive que escolher. Dean, por sua vez, parece tão experiente e confiante acerca de tantas coisas novas e assustadoras para mim. É desconcertante me sentir tão intimidada e tão atraída por ele ao mesmo tempo.

Digo-lhe para pedir vinho tinto, porque, por algum motivo, parece mais adulto.

— Ótimo. — Ele se volta para a garçonete: — Seu tinto mais barato.

Acho que não posso culpá-lo — não ganhamos muito na videolocadora, e não faço ideia de quanto custa uma garrafa de vinho.

— Pode deixar — a garçonete diz. — Já volto com os cardápios.

— Isso foi impressionante — comento, depois de a garçonete se afastar. — Como você arranjou isso? Tem uma carteira de habilitação falsa?

— Meu irmão mais velho. Ele tem vinte e três anos. Ele relatou a perda da carteira para que eu pudesse ficar com ela.

Dean diz isso de um jeito tão despreocupado, como se não fosse nada demais. Eu pareço bastante com minha prima Beth e, assim, creio que poderia me dar bem com a sua identidade, mas a ideia é assustadora.

A garçonete volta com a garrafa e duas taças de vinho, servindo um pouco em uma das taças e entregando a Dean.

— Gostou?

— Sim, tudo bem — ele diz, sem se incomodar em tomar um gole.

A garçonete continua servindo, enchendo nossas taças até a metade e depois deixando a garrafa na mesa. Dean ergue sua taça, e eu ergo a minha. Em seguida, brindamos.

— Saúde, par do baile — ele diz.

Sorrio e tomo um gole. A bebida é amarga, mas doce, como suco que azedou. Não odeio, mas também não gosto. Todavia, é muito melhor do que uísque.

Dean pousa a taça e se recosta no espaldar, cruzando as mãos casualmente sobre o tampo.

— Então, acho que seu amigo Andrew não gosta muito de mim.

Fico vermelha e tomo outro gole.

— Ele é muito protetor comigo. Nós nos conhecemos desde sempre. Acho que Drew não gosta de me ver com um cara porque acha que ainda sou uma criancinha.

Sinto um calor nas bochechas no momento que digo isso, e tomo outro gole para disfarçar meu constrangimento. Mal posso acreditar que acabei de me referir a mim mesma como criancinha.

— Pra mim, ele tem uma queda por você — Dean afirma, e eu engasgo com o meu vinho.

— Não é nada disso. Somos apenas amigos. Ele é como meu irmão.

Essas palavras sempre vieram naturalmente para mim, mas agora não parecem certas. Lembro-me do que aconteceu entre nós ontem à noite. *Irmão* não é a palavra certa.

Dean suspira.

— Não acho que você tem uma queda por ele, mas que ele tem uma queda por você. O cara pode ser seu irmão, mas você não é irmã dele. — Dean bebe um gole. — Quer dizer, não posso culpá-lo. Olhe só pra você.

Estendo a mão para alisar meu cabelo atrás da orelha, sentindo-me constrangida. Ainda não entendo o que faz Dean dizer coisas assim, por que ele me convidou para sair. Não consigo descobrir se estamos em um encontro romântico ou se isso é apenas uma parte do jogo — uma versão grande, cara e complicada de preliminares. Não consigo tirar da cabeça o conselho das minhas amigas. *Um cara como James Dean não quer namorar ninguém.* Elas eliminariam qualquer ideia romântica da minha cabeça tão rápido que ela rodopiaria. Na certa só estamos aqui porque Dean ainda não conseguiu transar comigo.

Mas eu quero que elas estejam erradas. Talvez a Keely que bebe uísque seja um pouco real, e essa é a garota por quem Dean se sente atraído. Eu gosto que ele a traga para fora de mim. Só espero que o pouquinho dela que Dean vê seja suficiente.

A garçonete nos traz os cardápios. Dean os devolve para ela sem sequer abri-los.

— Já sabemos o que queremos. Vamos pedir uma pizza grande. Sabor *pepperoni* e cogumelos. E você pode me trazer um molho *barbecue* à parte?

— Claro. Não demora nada. — A garçonete sorri e logo se afasta sem que eu tenha a chance de dizer qualquer coisa.

Estou chateada com Dean, que não me perguntou do que eu gostava, nem sequer me deixou olhar o cardápio. Ele não sabe que odeio cogumelos; sempre penso em lesmas quando me lembro da textura esponjosa deles.

— Tudo bem esse sabor de pizza para você? — ele, então, pergunta.

O que importa? Agora é tarde demais. Não quero bancar a chata, por isso, sorrio e concordo com um gesto de cabeça. Sempre posso tirar os cogumelos. Namoro é compromisso, certo?

— Deve ser difícil para o Garotão Apaixonado ver você comigo. — E isso traz a conversa de volta para Andrew.

— Juro que não acho que ele goste de mim — afirmo, tentando explicar isso para ele. — Andrew tem dez namoradas diferentes por semana.

Dean dá risada e se inclina para a frente.

— Sim, eu sei.

— Como assim, você sabe?

— Ele está com uma delas neste exato momento. — Dean está olhando para algo atrás de mim.

— O quê?! — exclamo e me viro.

Avisto Andrew parado na entrada, falando baixinho com a recepcionista. E há uma garota com ele, que está com a mão apoiada ligeiramente no seu braço. Posso ver o esmalte preto daqui.

É Danielle.

Meu queixo cai, e começo a tossir. O vinho transborda da minha taça e cai na toalha de mesa. O que Andrew faz aqui? O que ele está fazendo com *ela*?!

Andrew examina o salão e, quando me vê, ergue o braço para me saudar. Pelo menos ele tem a decência de parecer um pouco envergonhado. A recepcionista os conduz em nossa direção, para uma mesa a alguns metros de distância da nossa. Quando Danielle nos vê, ela se detém e diz:

— Keely?

— Bem, isso não é uma coincidência. — Dean sorri com malícia e serve um pouco mais de vinho em sua taça.

— Sim, desculpe. — Andrew ajeita o cabelo com os dedos. — Não há muitos restaurantes nesta cidade. Eu não queria levar Danielle a um restaurante chinês suspeito ou a uma pizzaria que vende fatias de pizza por um dólar. Entende?

E ele dá de ombros, como se fosse natural que ele e Danielle estivessem aqui. Era para ela que Andrew estava escrevendo uma mensagem em casa?

— Eu me lembro de você. James Dean, não é?

Dean esboça um sorriso largo para Danielle.

— Quase. Você estava naquela festa na minha casa? — Ele se inclina para ela. — Era você quem usava dois sutiãs?

— Não, essa era Ava. — Danielle dá risada. — Eu só uso um sutiã de cada vez. Mas isso é algo pessoal. — Danielle brinca com a alça do vestido, e meus olhos são atraídos para o colar de ouro que se acomoda sobre sua clavícula e desce pelo decote.

— Tem razão. — Dean ergue os braços em sinal de rendição. — Não devia ter perguntado.

Ele toma um gole de vinho.

Então, Danielle semicerra os olhos, indicando dúvida.

— Um minuto... Sério que vocês estão bebendo vinho?

— Você pode beber um pouco. — Dean entrega a ela a sua taça.

Danielle toma um gole e devolve a taça tão rápido que a mancha de batom vermelho na borda é a única prova de que isso aconteceu.

— Talvez seja melhor nós nos sentarmos. — Andrew olha para trás.

A recepcionista está olhando para seu celular, enviando uma mensagem, distraída.

Andrew se acomoda na cadeira ao meu lado, roçando sua perna na lateral da minha. Retraio-me com o contato e afasto a perna. Ele estende a mão até alcançar minha taça de vinho e tenta puxá-la discretamente em sua direção.

— Eu disse que você poderia tomar um gole? — Desfiro uma tapa na mão de Andrew. Estou chateada com ele, que veio até o Giovanni's e sentou-se à nossa mesa se sentindo em casa.

E não gosto dele com Danielle.

— *James Dean* disse que eu poderia tomar um pouco. — E Andrew bebe um gole.

Danielle se senta do outro lado da mesa.

— Na verdade, tenho uma garrafa de água vazia na minha mochila — Dean diz, vasculhando-a. — Vocês podem entornar nela um pouco de vinho debaixo da mesa e beber. Já fiz isso um milhão de vezes.

— Você é o melhor. — Danielle pisca. — Keely, segure esse cara. É sério.

Ela apanha a garrafa de vinho, olha ao redor para se certificar de que ninguém a observa e a puxa rápido para debaixo da mesa. Momentos depois, traz a garrafa de volta para cima, colocando-a inocentemente sobre a toalha. No momento que suas mãos soltam a garrafa, a nossa garçonete se aproxima, e Danielle se põe a examinar as unhas.

— Ei, mais dois? — A garçonete entrega os cardápios para Andrew e Danielle.

— Não — eu respondo. — Eles estão sentados a uma outra...

— Sim, vamos ficar aqui. — Andrew aceita o cardápio. — Obrigado.

— Ótimo! — a garçonete exclama. — Vão beber alguma coisa?

— Esta noite, não. — Danielle sorri com doçura. — Só água.

Eles pedem os pratos e, quando a moça se afasta, Danielle toma um longo gole de vinho da garrafa de água e a entrega a Andrew. Ele a ergue num brinde antes de beber, e ela sorri. Experimento uma sensação desagradável no estômago e baixo minha taça, sem querer beber demais antes de a pizza chegar.

Sinto uma vibração na minha bolsa, verifico o celular e encontro uma mensagem de Danielle.

> James Dean em um encontro de verdade? Belo trabalho. Não achei que você fosse capaz.

Ao fitá-la, vejo-a estendendo a mão sobre a toalha de mesa quadriculada em direção a Andrew. Algumas mechas rebeldes do cabelo cor de mel dele caíram em sua testa, e Danielle as recoloca delicadamente no lugar. Tenho um lampejo rápido de passar minhas mãos pelo mesmo cabelo na noite passada, e um calor toma conta de mim. Danielle sussurra algo para ele, e Andrew dá risada.

Parece que ela o paquera só para me torturar, apenas para jogar tudo na minha cara. Mas Danielle não sabe nada do que aconteceu. Ela não tem ideia do *Plano*.

Isso é ridículo. Estou sentada ao lado de James Dean; não devia me importar com mãos no cabelo de Andrew, as dela ou as minhas.

Respondo para Danielle.

> Sim, sem dúvida sou capaz.

Então, envio uma mensagem para Andrew:

> O que você está fazendo? Nem sequer gosta dela.

— Então, esta é a primeira vez que vocês participam de um encontro a quatro? — Danielle aponta para mim e Andrew. — Ah, esqueçam. Não quero saber o histórico de encontros deste cara. — Ela dá um tapa de brincadeira no braço de Andrew. — Sophie já me contou muita coisa.
— Você não consegue lidar com isso — Andrew diz para Danielle.
— Que bobagem, Reed. Eu consigo lidar com qualquer coisa.
— Isso é um desafio?
— Você vai ter que descobrir.

Já nem sei sobre o que eles estão falando. Aquela paquera parece muito idiota e roteirizada. O Andrew Baladeiro está com força máxima. Trago minha taça de vinho até os lábios e tento tomar um gole, mas percebo que ela está vazia.

**ANDREW**
Por que você acha que não gosto dela?

**EU**
Ela é uma granada de mão, lembra?

**ANDREW**
É isso o que torna a coisa excitante. ☺

— Keely, você quer um pouco da minha água? — Danielle me oferece o vinho.

Eu aceito, agradecida, e tomo um longo gole, que faz arder o fundo da minha garganta.

— Bem, qual é o lance entre vocês? — Dean dirige a questão a Danielle e Andrew.

— Sabe como é, sempre houve alguma coisa... — Danielle estende a mão para brincar com seu colar.

— Sempre? — pergunto, porque com certeza não é verdade.

Danielle me ignora e se inclina para a frente, com os olhos brilhando.

— Lembra quando você me mandou aquele cartão idiota de Dia dos Namorados na sexta série, Drew?

— Hum... — Andrew brinca com o garfo sobre o guardanapo dobrado diante de si. O som do talher batendo na mesa é irritante. As bochechas dele estão tingidas de rosa. — Tento não me lembrar disso.

— Tinha uma daquelas estranhas tartarugas guerreiras.

— Ninjas — Andrew corrige Danielle.

Penso nas horas que passamos no sofá no porão da casa dele assistindo às reprises do filme das tartarugas ninjas na tevê; como usamos tubos de papelão de papel-toalha como armas e corremos pelo espaço lutando um contra o outro. Não sei como o Andrew da sexta série achou que seria uma boa ideia enviar um cartão de Dia dos Namorados para Danielle tendo uma tartaruga ninja como tema.

— Tanto faz — ela diz. — O cartão dizia: "Eu te amo mais do que pizza".

— Não acredito que você ainda se lembra disso. — Andrew passa a mão na nuca. Ele parece um pouco suado, como se estivesse com febre.

— É difícil esquecer algo tão embaraçoso. Você era tão nerd...

Por que Andrew não me pediu conselhos na época? Parece algo que ele teria conversado comigo. Eu poderia ter lhe dito que mandar um cartão de Dia dos Namorados era uma péssima ideia; que ele deveria ter dado a Danielle algo com glitter. Estou surpresa por Andrew ter conseguido manter esse segredo por tantos anos. O que mais eu não sei?

A garçonete retorna com uma cesta de palitos de pão, um pouco de manteiga e molho. Coloca tudo na mesa e se afasta, sorrindo para Dean. Pego um palito e o quebro, espalhando migalhas sobre a toalha.

— De qualquer forma, você gosta de mim há anos. — Danielle inclina a cabeça na direção de Andrew.

— Você é bastante confiante. — Dean toma um gole do seu vinho.

Danielle dá de ombros.

— Sou, sim.

— Já saquei. — Dean entorta a boca, com ironia.

Danielle imita a expressão dele e dá um sorriso malicioso, o que destaca o vermelho artificial do seu batom.

De repente, me dou conta de que eles são muito parecidos. É Danielle quem deveria estar com Dean, e não eu. Mas aí a ficha cai: eu não a tenho imitado esse tempo todo? Dean está com Danielle, e ele nem faz ideia disso.

— Só não sei por que você levou tantos anos para agir, Andrew.

— Não foram tantos anos. — Andrew toma um gole. Sinto sua perna me roçar de novo sob a mesa e afasto a minha rapidamente. Está ficando cansativo tentar não tocar nele.

— Até o terceiro ano do ensino médio? É muito tempo, sim — Danielle afirma.

— Mas vocês estão no quarto ano... — Dean endireita a coluna. — ...e prestes a se formar, não é?

Danielle dá risada.

— Calma, James Dean, não surta. Você não está fazendo nada ilegal. Keely tem dezoito anos.

— O que aconteceu no terceiro ano? — Apanho outro palito e passo manteiga nele, segurando a faca com mais firmeza que o necessário.

— Não importa. — Andrew fala. — É estranho falarmos disso.

— Não, eu quero falar disso. — Mordo o palito e, embora esteja com manteiga, tenho dificuldade para engoli-lo. Noto os nós dos meus dedos ficando brancos ao redor do cabo da faca, e a coloco na mesa.

— Ava ficou tão brava comigo depois daquela festa... — É a vez de Danielle pegar um palito de pão. — Ela disse que, como não tinha ninguém para beijar à meia-noite, eu deveria ficar com ela e sacrificar minha própria noite. Ava ainda era obcecada por Tim Loggins e ficou chateadíssima por ele não ter aparecido. Pra começar, ele foi a razão pela qual ela deu a festa.

— Que festa? — Sinto a minha testa começando a ficar úmida de suor.

— De Ano-Novo. — Danielle morde o palito e, de alguma forma, consegue não espalhar migalhas. — Você não se lembra de como ela se zangou? Só porque eu fiquei com um cara e ela, não. Típico de Ava. Sempre pensando em si mesma.

Ao meu lado, Andrew, praticamente roxo, esfrega a nuca. Pergunto-me se ele se sente tão suado e desconfortável quanto eu.

Sei muito bem a que festa Danielle se refere. Os pais de Ava tinham saído, para passar o *réveillon* fora da cidade. Alguém pegou uma garrafa de aguardente de menta, e nós misturamos a bebida com calda de chocolate. Senti tanto açúcar no sangue que tive que ir para a cama cedo; acordei à meia-noite quando ouvi todo mundo comemorando no outro quarto. Voltei a dormir, na cama de solteiro do quarto de hóspedes, e, quando acordei de manhã, Andrew dormia estatelado no chão, como um cachorro, embrulhado em um cobertor.

    Ele ficou com Danielle naquela noite? Com quantas outras garotas ele ficou que não sei? Senti uma pontada aguda de traição ao pensar nisso, mas sei que é bobagem. Só dói o fato de ele não ter me dito. Andrew me falou de muitas outras garotas. Por que esse caso é tão diferente?

    — Mas o que *vocês* estão fazendo? — Danielle aponta para mim e Dean. Suas palavras começaram a fluir juntas, como uma frase musical, e posso dizer que o vinho bateu nela. — Me disseram que você vai ao baile de formatura, James Dean.

    — Parece. — Ele pisca para ela.

    — Você está animado?

    — Claro. — Dean pisca de novo.

    Danielle mergulha a ponta do palito no prato de molho e o leva à boca, dando uma mordida e ficando com um pouco de molho na borda do lábio.

    — Você está gostando do palito? — Dean pergunta, dando uma risada discreta.

    — Adoro palitos. — Danielle limpa o molho do lábio com o dedo indicador, de uma maneira que me garante que ela bebeu demais. — Você deve imaginar que Keely mal pode esperar pelo baile — prossegue, depois de limpar as mãos. — Ela gosta de palitos ainda mais do que eu.

    Andrew pigarreia ao meu lado. Eu me viro e vejo que ele olha fixo para a toalha de mesa quadriculada, com a testa enrugada e as pontas das orelhas vermelhíssimas.

    — Você acha? — Dean pergunta. — Me engana que eu gosto.

    Dou risada, tentando fingir que a piada não me deixou desconfortável. Meu celular torna a vibrar no meu colo — outra mensagem de Danielle:

> James Dean adora bastante recheio na massa, e linguiça extra.

    Cubro o celular rapidamente, temendo que Andrew possa ver o que diz. Danielle ri e depois digita outra coisa.

> Cuidado, ele pode te cobrir de molho branco.

Deixo o celular com a tela virada para baixo na mesa e encaro Danielle. Ela me olha de volta, balbuciando "O quê?" com um dar de ombros inocente.

— Sabe, nunca fui a um baile de formatura. Nem ao meu. — Dean se recosta no espaldar. — Será a primeira vez pra mim.

— Ah, também será o primeiro de Keely! — Danielle afirma.

Bato meu pé em cima do dela sob a mesa.

— Ai! — ela reclama.

— Como a nossa escola não tem baile no terceiro ano... — Andrew informa, e agradeço-lhe em silêncio por tentar me salvar. — ... nenhum de nós esteve antes em um baile de formatura. Mas quem liga?

— "Nenhum de nós", não. — Danielle aponta para si mesma. — Eu já estive em três bailes. Basta você ser convidada por um cara do quarto ano.

— Por que não foi ao seu baile de formatura, Dean? — pergunto a ele, ansiosa para me agarrar a um tema de conversa que não seja sobre a minha inexperiência.

— É que... — Ele torce a boca. — Sei lá, simplesmente não era a minha. Eu estava a fim de uma garota de uma banda punk, e a banda ia dar um grande show naquela noite. Então, fui ver. Era muito mais épico. Nosso baile foi no ginásio de esportes.

— Bem, você vai ter uma surpresa, James Dean. — Danielle arqueia uma sobrancelha. — Nosso baile de formatura é foda. Keely lhe disse que vai ser no Walcott?

— Aquele hotel grande e antigo no lago? O lugar é careta pra cacete.

— É muito bonito — digo, tentando deixá-lo animado. — Fui lá para um *brunch*, certa vez. Tem pés-direitos altos e lustres antigos incríveis. Parece um pouco com Hogwarts. — Noto que o interesse de Dean está em declínio. — E há passagens secretas — acrescento, esperando que isso o atinja.

— Passagens secretas em um baile de formatura? Parece perigoso. — Dean faz um ar de espanto e pega a minha mão, passando o polegar sobre a pele sensível da minha palma.

De repente, sinto falta de ar.

— Quem vai nos impedir de fugir juntos? — ele pergunta.

Suas palavras provocam uma palpitação nervosa no meu peito, mas também algo desconfortável.

— Vocês deveriam reservar um quarto pra depois — Danielle diz. — É isso que todos estão fazendo.

— Estou dentro. — Dean esboça um sorriso confuso. — Acha que devemos reservar um quarto, Keely? — Ele segura a minha mão com um pouco mais de força.

Sinto-me instável, como se a mão dele estivesse me fixando no lugar.

— Sim — respondo, tentando sorrir e me perguntando por que tenho que tentar. — Com certeza devemos reservar um quarto.

— Legal — Dean diz. — Vou cuidar de tudo.

Só preciso dizer aos meus pais que vou dormir na casa de Hannah ou algo assim. Espero que eles acreditem em mim.

— Com quem você vai ao baile? — Andrew indaga de repente, com a atenção concentrada em Danielle. Sua perna roça na minha mais uma vez quando ele se mexe na cadeira, e eu me afasto dele.

— O quê? — Danielle inclina a cabeça para o lado, obviamente surpresa.

— Você já tem companhia para o baile?

— Vou sozinha. — Danielle toma um gole de vinho. — Mas poderia ser convencida a mudar de ideia. — Ela se inclina para Andrew e baixa a voz: — Você não vai com Abby Feliciano? É o que todos estão dizendo.

— Ainda não convidei ninguém.

— É mesmo? — Danielle abre um sorriso.

— Quer ir comigo? — Andrew se inclina também, para imitar os movimentos de Danielle.

Sinto um inesperado nó na garganta, como se tivesse engolido algo muito rápido.

— Qual é, Reed? Você tem que se esforçar mais do que isso. Acha que eu vou com qualquer uma?

Andrew prende a mão dela entre as suas. Em seguida, leva-a até a boca e lhe dá um beijo gentil no pulso. Ele sempre foi bom nisso. E eu estou ficando um pouco enjoada.

— Venha comigo — ele diz, com a voz grave e rouca. — Danielle Oliver, quero que você me acompanhe ao baile.

Por alguns momentos, eles se encaram.

Desvio o olhar na direção de Dean, que está recostado na cadeira, observando-os com um sorriso relaxado.

— Muito bem — Danielle afirma, com o canto da boca erguido em um sorriso malicioso. — Se você insiste, Reed, não precisa implorar.

— Legal. — Ele abre um sorriso largo.

— Legal — ela repete, com seu sorriso combinando com o dele.

Neste momento, a garçonete chega com a nossa comida, colocando uma pizza grande de cogumelos e *pepperoni* diante de mim e de Dean, uma salada caesar na frente de Danielle e um prato de espaguete diante de Andrew. Observo o espaguete cheia de gula, vendo o molho fumegante e o pedaço de pão de alho encostado ao lado do prato, com um cheiro divino.

Ao ver a pizza, Andrew não esconde o espanto.

— Você vai comer cogumelos?! — Ele apanha o pote de queijo ralado.

Automaticamente, entrego-lhe alguns sachês de pimenta vermelha.

— Você odeia cogumelos, Collins.

— Eu não odeio cogumelos, Andrew.

— Você odeia cogumelos, sim — Danielle o apoia. — Já almoçamos juntas uma quinhentas vezes. — Ela se dirige a Dean, levando a mão à boca como se quisesse dividir um segredo, embora com a voz alta e relaxada: — Collins se alimenta como se tivesse cinco anos.

— *Odiar* é uma palavra muito forte. — Sirvo-me de uma fatia de pizza da bandeja, e me contraio quando o queijo quente queima meus dedos. — Cogumelos não são o que mais gosto de comer. Mas não tenho cinco anos.

Dean pega uma fatia e a dobra ao meio, mergulhando-a no molho barbecue e pondo-se a comê-la como se fosse um sanduíche.

Quero que Dean diga: "Me desculpe por não ter pedido sua opinião. Me desculpe, não perguntei o que você queria".

— Você pode tirar os cogumelos — Dean sugere, após engolir. — Não é nada demais.

Talvez ele tenha razão. Não quero ser a garota que cria problema com tudo, que adora um drama, que torna tudo difícil. Então, dou de ombros e como um pedaço da fatia de pizza, procurando não torcer o nariz quando sinto o cogumelo viscoso entre os dentes, procurando não pensar em como estou comendo um fungo de boa vontade.

— Vê? — Dean comenta. — São bons, não são? São necessárias sete refeições completas de algum alimento para que seu paladar se acostume com o gosto. Você só precisa provar mais coisas. — Ele se inclina para a frente de modo conspiratório. — Eu posso ser seu guia.

— Estão bons — digo, não querendo desapontá-lo. Quero provar coisas novas e quero que Dean seja quem as mostrará, mas cogumelos sempre serão cogumelos.

— Você fica uma graça quando mastiga, sabia? Seu nariz enruga. — Dean sorri.

Envergonhada, cubro o nariz com a mão, mas Dean a afasta.

— Não. Seu nariz é lindo.

Não posso evitar o pequeno orgulho que sinto provocado pelo seu elogio. De repente, não me importo com os cogumelos.

Ao meu lado, Andrew pigarreia.

— Vamos pedir a conta?

— Acabamos de receber os pratos. — Enrugo a testa.

— O que faremos depois? — Danielle remexe a salada com o garfo.

— Podemos ir para a minha casa e curtir por um tempo — Dean convida. — Vocês querem vir? Vou deixar a moto. Podemos ir a pé daqui.

— Não sei... — Andrew fita Danielle. — É meio tarde.

— Devemos ir, sim — ela diz.

Todos os três olham para mim, como se esperassem que eu tomasse a decisão.

— Tudo bem — concordo. — Acho que podemos ir por um tempinho.

# CAPÍTULO 22

**ALGUMAS HORAS E OUTRA GARRAFA DE VINHO DEPOIS, ESTAMOS** sentados na sala de estar da casa de Dean, reunidos em torno da tevê, onde disputamos uma rodada bastante competitiva de *Mario Kart*.

Dean e eu nos acomodamos em um sofá junto de Cody. Nós três, inclinados para a frente, olhamos fixamente para a tela, tentando vencer. Danielle é a única que não está jogando. Ela preferiu ficar deitada no sofá de dois assentos, com as pernas no colo de Andrew.

Costumo me dar muito bem nesse videogame, mas sinto que meus dedos não estão muito ligados ao meu cérebro. Estou com muita dificuldade para me concentrar na corrida ao ver as longas pernas bronzeadas de Danielle com o canto do olho.

O vinho combinado com o movimento circular dos carros na tela me deixou um pouco zonza.

— Como está sua amiga Ava, Danielle? — Cody pergunta, quando seu carro fica pendurado na beira de um precipício. Ele deixa o controle cair no sofá e se recosta, desistindo do jogo. — Por que ela não veio?

— Quem liga? — Danielle se senta, passa um braço em torno do ombro de Andrew, e tenta trazer a atenção dele da partida para si. Seu cabelo está jogado para cima, em um rabo de cavalo desleixado, e suas bochechas estão bem rosadas.

— Ava é uma garota divertida. Além disso, ela é o máximo.

— Sim, Cody. Se você curte cabelo roxo.

Andrew está competindo com o carro da Princesa Peach, e eu observo quando ela lança um obstáculo contra o meu carro, pilotado pelo meu Toad, tirando-o da pista. Viro-me para Andrew e resmungo, mas ele está tão à frente na liderança agora que não há como alcançá-lo. Os carros fazem uma curva e, então, o carro de Dean, pilotado por Mario, passa zumbindo pela linha de chegada em primeiro lugar. A musiquinha que sai da tevê se torna triunfante, enquanto os personagens dançam na tela em comemoração.

— É isso aí! — Dean grita, dando um soco no ar. — Tomem essa, seus merdas!

Andrew bate o controle na palma da mão, e eu o vejo olhar em volta, aborrecido. Dean se levanta rápido do sofá e coloca o controle no chão. Em seguida, desliga a tevê e se vira para mim.

— Keely, você quer vir ficar no meu quarto? — ele me convida.

A pergunta me pega de surpresa. Olho para Andrew, que está encarando seu controle.

— Hum... que horas são? — pergunto.

— É só meia-noite e meia — Cody informa, na maneira casual de um universitário que não mora mais com os pais.

— Sério? — Quase pulo do sofá. — Eu não disse pra minha mãe onde estava. Prometi a ela que voltaria cedo pra casa.

Procuro o celular na minha bolsa e o pego, e vejo ali três mensagens de voz. Como é que me esqueci de verificar?

— Já volto — E desapareço no corredor. Não quero que Dean me ouça falando com a minha mãe.

Ela atende depois de um toque.

— Oi, mãe — digo. — Sim, estou com Andrew.

Tento explicar-lhe a situação, que fomos à casa de um amigo depois da pizza e perdemos a noção do tempo. Ela esbraveja a respeito da minha festa de aniversário e de como preciso ser mais responsável. É como se ela estivesse tentando me afastar antes mesmo de eu sair de casa. Suspiro e prometo que não vou demorar, encerro a ligação e volto para a sala.

— Sinto muito, mas tenho mesmo que ir.

— Posso levá-la de moto — Dean oferece. — A gente vai a pé até o Giovanni's.

— Nem pensar — Andrew intervém. — Você tomou no mínimo duas garrafas de vinho.

— E daí? Faço isso o tempo todo.

— Ah, então você é um profissional — Andrew comenta, em um tom monocórdico e sarcástico, e se vira para mim. — Eu te levo. Não bebi mais nada desde o restaurante.

— Tudo bem — concordo, apesar de hesitante.

Andrew se vira para Danielle.

— Posso te deixar no caminho.

— Ah, eu posso ir a pé daqui.

— Não é nenhum problema, Danielle.

— Sim, mas é só meia-noite e meia. — Danielle faz beicinho. — Não quero ir embora ainda. Nem todos nós temos de obedecer ao toque de recolher.

— Não é um toque de recolher — contradigo. — Minha mãe está preocupada porque esqueci de dizer a ela onde eu estava.

Sei que os pais de Danielle não dão a mínima para onde ela vai. Foi por isso que pudemos sair da casa dela há algumas semanas para irmos à festa de Dean. Mas não gosto da ideia de Danielle ficar aqui sozinha com Dean, principalmente porque os dois beberam.

Pelo visto, Andrew pensa da mesma maneira.

— Deixe-me levá-la para sua casa — ele insiste.

— Pra você poder me dar um beijo de boa-noite? — Ela esboça um sorriso malicioso e se inclina na direção de Andrew.

— Sim. — Ele passa a mão pelo cabelo. — Era um encontro romântico, não era?

— Não beijo no primeiro encontro — Danielle responde, mas ainda assim se levanta e segue Andrew até a porta. — Até mais, James Dean. Até mais, Cody.

— Sinto muito — digo para Dean. — Gostaria de poder ficar.

— Eu também gostaria que você pudesse. — Dean me puxa para seus braços e me beija na frente de todos.

Nunca tive uma plateia para um beijo antes. Isso me faz sentir poderosa, como se eu fosse finalmente uma garota de verdade. Uma garota que conta. Mas há outra parte de mim que não consegue evitar o constrangimento quando Dean se afasta.

Eu sei que é porque Andrew está vendo.

A picape de Andrew só tem dois assentos de verdade, com um pequeno banco ligando-os, que só é grande o suficiente para uma criança. Felizmente, tenho quase o tamanho de uma criança. Então, todos nos acomodamos na frente: Andrew, no assento do motorista, Danielle, no assento do passageiro, e eu espremida entre eles.

É desconfortável, para dizer o mínimo.

— Tem certeza de que está bem para dirigir, Andrew? — pergunto quando ele coloca a chave na ignição.

Danielle liga o rádio e, quando uma música de Beyoncé começa a tocar, ela acompanha, cantando alto, com a voz estridente e desafinada.

— Estou bem! — Andrew grita para que eu possa ouvi-lo.

Abaixo o volume.

— Vadia! — Danielle me xinga. Ela desiste de aumentar, mas continua cantarolando a letra.

— Só tomei alguns goles no restaurante, Collins. Sabia que se ficasse bêbado eu, bem... Não seria uma boa ideia.

— Obrigada. — Entendi o que ele quis dizer, e que não quer revelar na frente de Danielle. Andrew se preocupou com o fato de que, se bebesse, teria revelado, teria deixado escapar algo sobre *O Plano* que não seria capaz de explicar. — E obrigada por me levar pra casa.

— Você está a caminho — Andrew afirma, e sua descontração dói um pouco.

A noite está quente, mas o ar que entra pela janela provoca arrepios na pele nua dos meus braços. Sinto-me estranha sentada entre os dois, como se eu fosse uma intrusa. Este é o fim do encontro deles, a parte em que Andrew leva Danielle para casa, deixa-a e diz que se divertiu. Agora estou eu aqui, espremida no meio deles, cada lado de mim tocando um e o outro.

Todos permanecem calados, e eu me pergunto se eles também se sentem esquisitos. Sou grata pela música que toca no rádio, porque abafa alguns dos meus pensamentos ansiosos.

São apenas cinco minutos para chegarmos à casa de Danielle. Quando Andrew encosta na entrada da garagem, sinto a estranheza se expandindo, como se a picape fosse um tanque cheio de água e estivéssemos nos afogando lentamente.

— Você vai entrar, né? — Andrew pergunta.

Danielle vasculha a bolsa em busca de suas chaves e tira um chaveiro com um coração com estampa de onça. Ela puxa para baixo o quebra-sol do lado do passageiro e se examina no espelho, usando o polegar para limpar a pele ao redor dos olhos.

— Meus pais vão dormir às nove e meia. — Danielle fecha o quebra-sol e se vira para nós, sorrindo para Andrew e para mim com igual brilho. — Mas só por precaução: estou cheirando a bebida?

Danielle se inclina para mim e expele o ar no meu rosto. Dou uma tossida. A respiração dela é ácida e picante. Restos do vinho tinto. Começo a fazer que sim com a cabeça, mas, então, ela passa a se inclinar na direção de Andrew.

— Você também bebeu, Collins. Não consegue sentir o cheiro.

Então, Danielle agarra a camiseta de Andrew e o puxa, de modo que sua boca fica a apenas alguns centímetros da dele. Ela torna a expelir o ar.

— Tudo certo?

Andrew dá risada e faz que não com a cabeça.

— Você está com cheiro de bar.

— Cala a boca, Reed — Danielle diz. — Como se você já tivesse estado em um bar.

E suas bocas ainda continuam muito perto uma da outra. Danielle está debruçada sobre mim, com seu corpo pressionado no meu, como se eu não estivesse lá, e seu cabelo esbarra no meu rosto. Eu o afasto para que possa ver os dois, ainda que vê-los esteja dificultando a respiração.

— Obrigada pelo jantar. — E Danielle beija Andrew diretamente na boca.

Não se trata de um beijo de verdade, é apenas um selinho e acaba em um instante, mas me acerta em cheio no peito. Antes que consiga evitar, emito um som abafado e sinto meu rosto ficar muito vermelho, porque fiquei envergonhada de ter emitido esse ruído.

Danielle se afasta e então parece lembrar que estou sentada entre eles.

— Ah, desculpe, Collins. — Ela joga o cabelo para trás do ombro, para que fique longe do meu rosto. — Esqueci que você estava aí.

Eu me viro para observar o rosto de Andrew, para ver se ele está constrangido, excitado ou arrependido, mas sua expressão é vazia e inescrutável.

— Muito bem. — Danielle abre a porta da picape e salta para fora.

— Vejo vocês mais tarde.

Enfim, Andrew e eu ficamos sozinhos.

Andrew não dá a partida imediatamente, e permanecemos sentados em silêncio um ao lado do outro, ouvindo o rádio, que agora toca uma música idiota sobre frutas e verduras. É um comercial de um supermercado local. Concentro-me atentamente na letra da música, procurando não pensar no que acabou de acontecer.

Não quero processar meus pensamentos, não quero pensar na dor aguda no peito, na maneira como minha respiração ficou sufocada quando vi os lábios deles se tocarem. Já vi Andrew beijar muitas garotas, e com muito mais intimidade — línguas, dentes e mãos —, portanto, aquele selinho inocente não deveria importar. É que foi a primeira vez que vi Andrew beijar uma garota desde que ele me beijou.

Ele tamborila os dedos no volante e, em seguida, estende a mão e gira a chave. O motor ronca.

— Tá, vou te levar pra sua casa.

Certo, então ele não vai falar sobre isso.

Andrew olha para trás e dá ré para tirar o veículo da entrada da garagem. Passo para o assento do passageiro e afivelo o cinto de segurança, bastante longe dele agora para que nossos braços não fiquem mais se tocando.

— Por que não me contou nada sobre a festa de Ano-Novo? — pergunto de repente, porque não aguento o silêncio entre nós.

— Não preciso contar tudo pra você — ele responde, enunciando cada palavra, com a postura ereta e tensa.

— Por que está bravo?

Ele passa a mão pelo cabelo, provando ainda mais o meu ponto de vista.

— Não estou. Só não entendo que diferença faz pra você eu não ter contado.

— Não faz diferença alguma.

Percebo que não vamos chegar a lugar nenhum. Continuaremos a girar em círculos, a menos que um de nós comece a falar a verdade.

— Então, você está num rolo com Danielle? — Eu me viro para encará-lo.

Nossos olhares se encontram, e não consigo suportar. Passo a fitar as minhas mãos e começo a mexer nas unhas. Gostaria de tê-las pintado, coisa que nunca faço, para ter algo para lascar.

— Sim — Andrew responde.

— E Abby? Você já acabou com ela?

— Nunca tive nada com Abby.
— Muito bem, e Cecilia?
— Cecilia sabia o que ia acontecer.
— Isso não quer dizer que é uma coisa muito legal de se fazer com alguém.
— Porque você é especialista em relacionamentos.

As palavras de Andrew me magoam.

— Algumas dessas garotas podem gostar de verdade de você, sabia? Já gostou de verdade de alguma delas, Drew?
— Ah, elas podem gostar de mim, é? — ele diz, sarcástico. — Obrigado por me tranquilizar. É bom imaginar que uma garota pode ficar comigo porque quer, e não apenas pra treinar.

Sinto a culpa de ontem à noite de repente e completamente. *O Plano* estúpido está se espalhando entre nós como um vírus. Mesmo que tenhamos dito que nada mudaria, não há como voltarmos a ser como éramos antes. Nossa amizade está contaminada.

— Não foi isso que eu quis dizer. — Sinto que estou perdendo o controle, como se precisasse encontrar um apoio pra me firmar, mas só conseguindo agarrar o ar. — Você é legal com as garotas, Drew. Não é um insulto. Só acho que talvez você seja legal *demais* com elas. Tipo, Sophie Piznarski gostou muito de você, e você a largou sem mais nem menos. E agora se tornou esse padrão...

— Isso foi no primeiro ano, Collins. Está me criticando por algo que aconteceu três anos atrás?

— Não! Mas você não teve outra namorada. Tem passado para uma nova garota sempre que vê algo melhor. Desde então, você não namorou ninguém.

— Nem você — Andrew atira minhas palavras de volta pra mim.
— A menos que esteja namorando Dean. Mas não acho que você veja dessa maneira.

O meu estômago se contrai quando ouço isso.

— E por que devo ter uma namorada? — Andrew prossegue. — Por que está me pressionando, Collins?

— Não estou te pressionando. — Esfrego o rosto com as mãos. Não sei mais o que estou dizendo. Não quero que Andrew tenha uma namorada, principalmente alguém como Cecilia ou Danielle, mas de alguma forma tudo o que digo está saindo de um jeito errado. — Só quero que você pare de agir como se as meninas não importassem. Isso é um insulto!

— Elas sabem muito bem no que estão se metendo. — Andrew eleva a voz: — E quem é você pra dizer que elas não gostam tanto de transar quanto eu? Não pode condenar uma garota por gostar de sexo só porque você não gosta.

Aquilo foi um tapa na cara. Posso sentir o impacto quando o meu rosto fica vermelho.

Chegamos à minha casa, e ele encosta a picape, mas nenhum de nós se mexe. Andrew respira fundo e começa a falar baixo, quase sussurrando:

— E elas não são estúpidas. Sabem muito bem no que estão se metendo. Além disso, eu...

— Elas sabem que você não gosta delas? Que você vai dispensá-las? Como poderiam saber?

— Porque eu lhes digo! Falo a todas que não quero nada sério.

Não sei por que o estou pressionando. É como se eu estivesse cutucando uma ferida.

— Mas por quê?

— Porque já estou apaixonado por alguém! — A respiração de Andrew é irregular, como se tivesse acabado de correr uma maratona. Ele leva a mão ao cabelo e puxa as pontas para que fiquem espetadas.

O impacto do que acabo de ouvir me tira o fôlego, e tenho dificuldade para respirar. Por que Andrew não me disse que estava apaixonado por alguém? Achei que contávamos tudo um ao outro. Isso é o que os melhores amigos fazem. Estamos aqui para ouvir as esquisitices um do outro. Lidamos com isso.

Acho que não sou tão boa em analisá-lo como sempre imaginei que fosse.

— Por quem? — pergunto, baixinho.

— Como? — Ele parece atordoado, e pisca para mim como se tivesse acabado de perceber que estou lá.

— Quem é a garota? Por quem você está apaixonado?

Andrew zomba, com um som curto e ofegante que fica preso no fundo da sua garganta.

— Não importa — ele diz.

Toda a energia parece drenada dele.

— Importa, sim. Sempre te ajudei com as garotas, não é?

Andrew ri um pouco, inclina-se para a frente e descansa a cabeça nas mãos.

— Não quero te contar enquanto você está bêbada.

— Não estou bêbada.

Sinto-me um pouco tonta, mas já faz algumas horas que parei de beber vinho. E, com certeza, esta conversa me deixou sóbria.

— Você disse pra ela?

— O quê? — ele pergunta, afastando a cabeça das mãos.

— Você disse para ela que a ama?

— É complicado.

Há um momento de silêncio enquanto penso no que ele disse. Então, Andrew vira um pouco a cabeça para me encarar e pousa a mão sobre a minha, dando-lhe um aperto reconfortante. Perco o fôlego, inesperadamente satisfeita com a sensação da palma da mão dele na minha pele. Parece como ontem à noite, quando Andrew me puxou para si na cama e me disse para esquecer as regras.

— Eu... — Começo a falar, mas paro, sem saber o que dizer. Balanço a cabeça, tentando acordar do transe. — Você deveria contar a ela. Não pode manter algo assim reprimido. Você vai explodir.

— Tudo bem. — Andrew diz e toma fôlego. — Você tem razão.

— Vai revelar pra mim primeiro? Quero saber quem é.

Livro minha mão da dele e prendo uma mecha do meu cabelo atrás da orelha. De repente, lembro-me do que Dean me falou no início da noite: "Acho que ele tem uma queda por você. Ele pode ser seu irmão, mas você não é irmã dele". Tenho um lampejo rápido da noite passada, da sensação palpitante em meu peito quando seus lábios tocaram os meus, de como eu desejava seguir em frente com tudo, de quanto doeu quando Andrew foi embora.

Mas afasto tudo isso. Sinto que tudo está misturado dentro de mim e não consigo pôr meus pensamentos em ordem. Imaginar que Andrew possa sentir algo por mim é assustador. As coisas não deviam seguir por esse caminho. Ele é o meu melhor amigo. Somos apenas amigos. É isso.

— Espere, Andrew. Sou eu? Não sou eu, sou? — Sinto o rosto ardendo, e imediatamente quero recuperar as palavras, mas não é possível.

Andrew se afasta de mim e dá uma risada sem graça.

— Tá de sacanagem comigo?

— O quê? — pergunto, surpresa. — Não. Só quero me certificar. Quer dizer, é só pra saber... Às vezes, amigos acabam gostando um do outro e....

— Não é você — Andrew emite as palavras como um insulto. — Não se preocupe.

Sinto-me perfurada, como se um balão dentro de mim fosse aos poucos se esvaziando.

— Tá — digo. — Tá — repito, precisando dizer de novo.

Estou estranhamente magoada e desapontada. Sem dúvida, não sou eu. Ontem à noite, quando estávamos juntos, ele basicamente me disse que não podia continuar.

— Ok, então quem é? — insisto.

Andrew semicerra um pouco os olhos e, em seguida, pigarreia. Sua resposta é tão óbvia que não sei como não me passou pela cabeça, mesmo que ela estivesse conosco apenas alguns minutos antes, com sua fenda entre os seios pressionada contra meu ombro ao se inclinar sobre mim para beijá-lo.

— Se liga, Collins. Estou apaixonado por Danielle.

# CAPÍTULO 23

**VIRO O ROSTO PARA O OUTRO LADO PARA QUE ANDREW NÃO** possa vê-lo. Eu não devia estar surpresa e, para ser franca, não estou. Devia ter imaginado. Andrew não me ama. Por que ele me amaria quando tem um desfile de belas garotas à sua disposição? E Danielle é a mais bonita, a mais convencida, a mais poderosa. Tudo o que Cecilia, Abbie, Sophie e todo o resto de descartes de Andrew sempre quiseram ser. Por que ele não seria atraído por esse poder?

Faço um gesto negativo com a cabeça, tentando remover os pensamentos que me rondam. É besteira ficar chateada. Não quero Andrew dessa maneira. Tenho James Dean. Só que, por um momento, pareceu legal acreditar que Andrew também podia me ver como uma daquelas meninas, uma das garotas como Danielle, que usa a pele como um casaco elegante, em vez de algo que não se ajusta perfeitamente.

Ao começar a namorar Sophie Piznarski, Andrew compartilhava tudo comigo: que ele achava que ela ficava melhor no suéter com listras em rosa e azul; como ela odiava comida apimentada, mas adorava qualquer coisa com pasta de amendoim; como às vezes eles davam uns amassos no sofá da sala de estar enquanto seus pais trabalhavam até tarde. Andrew reclamava comigo de ter que assistir aos recitais de dança dela, e me arrastava para alguns deles, para que pudéssemos cochichar um com o outro.

E, depois de Sophie, acostumei-me a ouvir detalhes sobre as meninas de que Andrew gostava, observando enquanto ele subia uma escada de mãos dadas com uma delas, levando-a para um quarto, um banheiro ou um closet, e ouvindo suas risadas altas, ébrias e felizes.

Contudo, Andrew escondeu Danielle de mim. Isso significa que ela é especial. Ela não era uma garota para falar a respeito na manhã seguinte, comendo panquecas no Jan's. Danielle era para manter escondida, alguém secreto e significativo.

— Você está apaixonado por ela? — Apanho um fio que está se soltando da almofada do assento. Olho para Andrew, e ele desvia o olhar.

— Sim.

— Não fazia ideia.

— Sei disso. Eu estou... — Andrew faz uma pausa, e de novo passa a mão pelo cabelo para que fique espetado, como se tivesse sido eletrificado.

Sinto-me como aquele cabelo, enrijecida e alerta, como se eu tivesse levado um choque elétrico.

— Você podia ter me contado antes. Não precisava manter em segredo. — Tento dar uma risada, mas fica presa no fundo da garganta. — Entendo. Ela é Danielle Oliver.

— Você acha que... — Andrew para de falar.

Completo o resto da pergunta na minha cabeça: "Você acha que tenho alguma chance? Você acha que ela também gosta de mim? Você acha que ainda seremos amigos depois de tudo isso?".

— Sim. — Abro a porta da picape. — Vai dar tudo certo, Drew. Como eu disse, você deveria contar pra ela. Vai levá-la ao baile, não é? Será o momento perfeito. Você pode fazer algo grande pra Danielle. Algo que realmente faça valer a pena.

— Sim.

Desembarco, subo a entrada escura da garagem e entro em casa. Então, observo pela janela o carro dar ré e se afastar.

Parece que nós dois vamos ter o baile de formatura perfeito, no qual conseguiremos tudo o que queremos na hora certa, como o final de um filme de adolescentes. Mas se tudo está tão perfeito, por que parece tão errado?

Hannah e eu planejamos ir às compras dos vestidos do baile de formatura na manhã seguinte. Por isso, ela vem me buscar com seu Jeep, e pegamos o longo caminho até o shopping. Hannah prometeu me comprar um rolinho de canela se eu me comportasse bem. Então, estou tentando cooperar, mas acho que não uso um vestido desde que fui daminha de honra no casamento da minha tia, aos nove anos.

No fundo, estou realmente empolgada com tudo, ainda que não tenha ideia do que estou fazendo. Por sorte, Hannah assumiu o papel de fada madrinha, escolhendo vestidos de estilos e cores diferentes e mostrando-os para mim, implorando com os olhos arregalados que eu provasse algo.

Ainda não contei para ela o que aconteceu com Andrew na sexta-feira. Não sei se conseguirei falar a respeito disso alguma vez. Posso conceder a Andrew essa única coisa, agora que ele vai dizer a Danielle que a ama. Não quero arruinar isso para ele. No entanto, preciso perguntar a Hannah sobre Andrew e Danielle, tenho de virar a pedra nas minhas mãos, examinando-a de todos os ângulos.

Estamos juntas em um dos provadores da Macy's, cercadas por tantos vestidos bufantes que estão me provocando um aneurisma. Enfim, tenho uma pane e pergunto a ela:

— Você sabia que Andrew e Danielle estão ficando?

Hannah coloca diante de si uma monstruosidade rosa e branca com estampa de zebra, que acho que deve ter pegado como piada, e a veste.

— Sinto muito — ela diz através do tecido em sua cabeça. Em seguida, desliza o vestido para baixo, passando os braços pelas mangas. — Terceiro ano, na festa de Ano-Novo de Ava.

Hannah me dá as costas para olhar a arara com vestidos pendurados ao seu lado na parede, como se os estivesse inspecionando. Como que para me evitar.

— Você sabia? — Provo um vestido verde que me faz parecer muito com a Sininho, por eu ser toda minúscula e loira. — Como soube antes de mim? Todos sabem?

— Você foi dormir cedo naquela noite. — Hannah dá as costas para o espelho para me encarar. — Todo mundo os viu dando uns amassos à meia-noite. Típico do Andrew Baladeiro. Não foi nada demais.

Ah, foi importante, sim. Se não tivesse sido nada demais, teríamos rido disso na manhã seguinte, quando ele acordou ao pé da minha cama com o cabelo espetado em todas as direções, com a marca do tapete estampada no lado direito do rosto.

"Senti sua falta ontem à noite, Collins", foi tudo o que ele disse. E então arrancou os cobertores de cima de mim para que eu gritasse por causa do ar gelado da manhã.

Um ano inteiro se passou sem que eu tomasse conhecimento disso.

— Por que não me contou, Hannah?

— Porque você não iria gostar.

— Não precisava me proteger, tá? Eu não teria me importado.

— Teria, sim. Sei que você não gosta de Danielle. Você a atura porque eu e ela somos amigas; mas gostar, não gosta. E eu sempre quis que vocês se dessem bem. Esforcei-me muito pra uni-las, porque adoro as duas, e sei que essa história arruinaria isso. Seria a coisa que tornaria oficial, que converteria você e Danielle em antagonistas.

— Não teria sido assim — protesto, embora não possa garantir que acredito.

— E você protege Andrew, Keely. Porque ele é seu.

— Hannah, ele não é *meu*, isso é...

— E eu sabia que você ficaria magoada com o fato de ele ter ficado com ela.

— Andrew fica com garotas o tempo todo, Hannah.

— Sim, mas elas não importam pra você como Danielle. Mesmo se não fosse nada demais pra ele, eu sabia que você iria...

— Foi importante pra ele. — Dou uma risada sem graça.

— Não foi — Hannah garante. — Por isso não precisei contar pra você. Só teria piorado as coisas, como está agora...

— Andrew está apaixonado por ela — enfim, deixo as palavras escaparem.

— O quê?! — Hannah empalidece.

— Ele me disse ontem à noite.

— Mas isso não é... — Hannah põe a mão no cabelo e o tira do rosto, fazendo um coque, como se para se acalmar. — Isso não é verdade.

— Eles vão juntos ao baile — informo, como se isso estivesse resolvido.

— Achei... — Hannah para de falar de novo, e posso vê-la processando a informação. — Isso não faz o menor sentido.

— No baile, Andrew dirá a Danielle que a ama.

— Mas eles não conhecem um ao outro. — Hannah abre o zíper do vestido com estampa de zebra.

— Claro que se conhecem. Estudamos juntos há uns dez anos.

Danielle se mudou para Prescott na quarta série do fundamental, um mês depois do início das aulas. Aos dez anos de idade ela já tinha o mesmo cabelo escuro abundante, maçãs do rosto salientes e personalidade poderosa, que prometia mais por vir. Ainda assim, todo mundo queria pegar carona.

Andrew e eu estávamos sentados juntos no fundo do ônibus quando o motorista parou e Danielle entrou. Em uma escola tão pequena quanto a nossa, crianças novas nunca conseguiam passar despercebidas; elas eram um *acontecimento*, uma das poucas coisas empolgantes que aconteciam.

Danielle não pareceu ansiosa para procurar um lugar para se sentar. Em vez disso, ela subiu os degraus, com as pernas finas sob uma saia turquesa e as mãos postas nas alças de uma mochila vermelha, e *rodopiou*. Fiquei fascinada — quem era a garota que parecia ter saído do set de algum filme da Disney, cujas roupas eram tão brilhantes e ousadas como ela, que parecia querer se destacar, chamar atenção na mesma medida que eu sempre quis me camuflar? Danielle se tornou o sol ao redor do qual todos nós gravitávamos. Ela conseguiu isso trinta segundos depois de entrar no ônibus escolar naquele primeiro dia. Mas, assim como o sol, nunca podíamos chegar muito perto, nunca podíamos olhar por muito tempo ou nos queimaríamos. Porque Danielle podia *queimar*. Não demorou muito para descobrirmos.

Talvez Andrew tenha reparado nela desde então, tenha ficado fascinado por ela como eu, mas de um jeito diferente. É possível que ele tenha se sentido atraído pela luz solar de Danielle durante anos, sempre girando na sua órbita.

— Claro que eles se conhecem — repito para Hannah.

— Não — ela é teimosa. — Eles só se conhecem como... versões envernizadas um do outro. Mas isso não é conhecer alguém de verdade. O Andrew Baladeiro não é realmente Andrew. Você sabe disso. Vocês se conhecem sem tretas. O que Andrew e Danielle têm são apenas tretas.

— Mas não é isso que mantém a relação emocionante? O não saber?

— No começo, talvez seja emocionante, Keely. É a emoção da caça, de que alguém pode gostar de você. Chamar atenção é um barato. No entanto, isso não é amor. Amor é quando sua esquisitice combina com a esquisitice de outra pessoa. Quando você se sente à vontade sendo exatamente você. — Hannah põe a mão no pescoço, no lugar onde a correntinha de Charlie costumava ficar. Então, ela tamborila os dedos com delicadeza, distraidamente, no vazio em sua pele.

— Sim. — Viro-me para o espelho.

Tenho vontade de chorar, o que não faz nenhum sentido. Respiro fundo algumas vezes, dando as costas para Hannah, para que ela não possa ver. Não sei o que há de errado comigo.

— Vai levar esse vestido, Keely? Você está incrível. O que Dean usará?

— Nem imagino. Ainda não conversamos a respeito.

De repente, o vestido parece importante. Algo que tenho de acertar para que o resto da minha noite com Dean também siga o caminho certo. Mas como vou saber o que Dean quer? Nem ao menos sei a cor favorita dele.

# CAPÍTULO 24

**NA MANHÃ SEGUINTE, NA ESCOLA, GASTO A MAIOR PARTE DA** minha energia em não olhar para Andrew, o que é quase impossível porque ele parece estar em toda parte. Nunca reparei no quanto do meu dia costumo passar com ele, como estou sempre ciente dele em minha visão periférica, da mesma forma que estou ciente dos meus pés, mãos e nariz.

Agora sinto a presença dele de uma maneira diferente. Toda vez que Andrew entra em um lugar, sinto-me tensa, como se os fios dentro de mim tivessem sido esticados e carregados de eletricidade. Quando ele adentra a sala de estudos e se senta à minha mesa, me retraio. Forço-me a olhá-lo e tento sorrir. Posso agir como um ser humano normal e funcional. Tenho que fazer isso se quero meu amigo de volta.

— Oi — digo, batendo minha caneta no tampo.

— Oi. — Andrew está usando uma camiseta verde-escura que ressalta o tom de seus olhos.

Balanço a cabeça, sentindo-me idiota por reparar nos olhos dele. Amigos não reparam na cor dos olhos dos amigos. Menos ainda nos olhos de amigos que estão apaixonados por Danielle Oliver.

— Como foi o resto do seu fim de semana? — ele quer saber.

— Legal.

— Estou tão cansado.

— Segunda-feira é um saco.

— Sim.

Ótimo, agora estamos conversando como estranhos.

Cada vez que olho para Andrew, os últimos acontecimentos voltam para me assombrar: a sensação dos seus lábios nos meus, a camisinha em sua mão, os dedos de Danielle percorrendo o seu cabelo no jantar, Danielle sorrindo maliciosamente para ele, Danielle fazendo beicinho. *Danielle, Danielle, Danielle.*

Andrew a ama. Neste exato momento, curvado sobre a mesa e reclamando das segundas-feiras, ele a ama. Andrew vai amá-la quando erguer a mão para registrar presença, quando percorrer o corredor a caminho do almoço. É uma constante; um zumbido subjacente que nunca desaparecerá. Danielle é parte dele agora. O amor não é isso? Outra pessoa se ligando ao seu cérebro, corroendo seu coração, sua alma, consumindo você inteiramente? O amor é apenas um parasita.

Dou-me conta de que estou olhando fixo para Andrew e viro o rosto, fingindo vasculhar minha mochila para parecer ocupada. Andrew me evita e começa a bater o lápis na mesa.

Receio que Danielle o transforme no Andrew Baladeiro para sempre, que ela pegue as partes dele que o tornam único, interessante e maravilhoso e as arruíne, que o achate sob o seu poder. Mas tenho que aceitar. Tenho que deixá-los juntos se é isso que ele quer. Só vai levar um tempinho para eu me acostumar.

— Você e Andrew brigaram? — Hannah me pergunta mais tarde, a caminho do almoço. — Os dois têm agido de modo muito estranho.

Andrew está atrás de nós, no final do corredor, com Chase. Ele não gritou para nos cumprimentar. Na verdade, fez que não nos viu. Sinto-me culpada por não ter contado para Hannah que fui em frente com *O Plano*, mas tento jogar isso para escanteio.

— Estamos numa boa.

— É por causa do lance de Danielle?

— É tão esquisito isso... Você não vai contar pra ela que Andrew a ama, vai, Hannah?

— Claro que não! Isso é problema dele. — Ela olha por sobre o ombro, na direção de Andrew e Chase, que estão rindo de alguma coisa. — Se Andrew está apaixonado por Danielle, por que ele seria amigo de Chase?

Até agora não tinha me ocorrido que Andrew se chateou na sua festa quando Chase ficou com Danielle. Andrew ficou muito perturbado quando Danielle lhe pediu desculpas na escola. Naquela noite, acho que Cecilia foi sua segunda escolha. Outro cara conseguiu a garota que Andrew queria, e então ele pirou. Mas as pessoas não deixam de ser amigas de Chase Brosner, nem mesmo por um rabo de saia.

Bem, é Andrew quem está com Danielle agora. Ou quase. Ele só tem que contar para ela.

Avistamos Danielle e Ava e nos sentamos com elas. Ambas têm copos verdes de coca-couve diante de si.

— Foi tão divertido no sábado à noite... — Danielle diz quando Hannah e eu nos sentamos. — James Dean é *très chic*.

— Vocês saíram no sábado? Por que ninguém me contou?

— Foi um encontro a quatro, Ava — Danielle responde. — Você teria sido um número ímpar.

— Eu poderia ter encontrado um par. Não sou leprosa.

— Ei, leprosas ainda têm direito ao amor — afirmo.

— *Leprosos Apaixonados*. — Hannah suspira de brincadeira. — Eu assistiria a um *reality show* assim.

— Claro, Ava. Tenho certeza de que você poderia ter encontrado dez pares. É sua especialidade. — Danielle vasculha a mochila em busca do celular. — Mas nem tudo gira ao seu redor. Talvez Collins e eu quiséssemos sair juntas.

Ava deixa escapar um choramingo, como se fosse uma gatinha ferida. Em seguida, ela se recosta na cadeira, cruzando os braços.

— Foi de última hora — informo, tentando fazê-la se sentir melhor.

— Nós meio que nos cruzamos.

— Mas Dean nos arranjou vinho. — Os olhos de Danielle cintilam. — Fomos ao Giovanni's.

— Quem era o seu par? — Ava, sem dúvida, está em guerra entre sua frustração com Danielle e sua curiosidade. — Um dos amigos de Dean? Espere, era o Cody?

— Oi, pessoal — Andrew nos saúda, puxa uma cadeira ao lado da minha e se senta.

Danielle está enviando mensagens pelo celular e mal olha para ele. Sei que é uma de suas táticas; uma das jogadas que ela tentou me ensinar quando conheci Dean.

209

— Por que vocês não estão comendo lá fora? — Andrew pergunta.
— Está muito agradável ao ar livre.

Ótimo. Estamos falando do tempo. Chegou mesmo a esse ponto?

— Aqui é melhor para mantermos nossas coca-couves longe do sol — Ava responde. — O suco fica muito nojento quente.

— Também é nojento frio. — Hannah faz uma careta.

— Ah, tá. — Andrew olha para aquela que de fato lhe interessa. — Oi, Danielle.

Ela coloca o celular no tampo.

— Ah, oi, Drew.

— Como foi o resto do seu fim de semana?

— Tranquilo.

Penso no que Hannah disse sobre eles não se conhecerem. Neste momento, de certa forma, parece verdade. Por outro lado, no entanto, talvez eles estejam nervosos. Pode ser que Andrew se sinta desconfortável por ter confessado seu segredo para mim, por saber que estou atenta à interação deles.

Por um instante, Ava observa Andrew. Depois, Danielle. Depois, a mim. Ela olha de relance para todos nós tão rápido que deve ter ficado meio zonza.

— Seu encontro foi com esse cara? — Ava pergunta.

— Eu sou o cara — Andrew diz.

Ava estala a língua.

— Claro que é você. Eu devia saber. — Em seguida, ela se levanta, pega a bandeja vazia e o copo de lodo. — Ninguém me conta nada.


Na quinta-feira, depois da escola, tenho que trabalhar com Dean. É a primeira vez que o vejo desde o maldito encontro a quatro. Por incrível que pareça, estou tranquila quanto a isso. É um alívio não ficar mais nervosa toda vez que o vejo, sobretudo desde que virei uma bagunça ansiosa perto de Andrew.

Maio chegou, e o clima se tornou subitamente mais quente. No interior da loja, o ar está pesado e parado. O verão vem chegando, e o fim do ano letivo se encontra tão próximo que quase posso sentir o seu gosto.

Como qualquer outra coisa, o calor fica bem em Dean. Ele tem uma camada fina de suor nos braços e na testa que o faz brilhar.

— Este lugar não tem ar-condicionado? — pergunto, abanando-me com a mão na frente do rosto para me refrescar. Deixo minha mochila em uma cadeira na sala de descanso e volto, bastante consciente de como estou grudenta em todos os lugares mais desagradáveis.

Dean dá seu sorriso torto, ergue os ombros e diz:

— Tem um ventilador na sala dos fundos, mas na minha opinião você fica muito bem toda corada.

Com suas palavras, sinto meu rosto ainda mais quente e vermelho. Mas esqueço de ficar constrangida quando ele agarra meu traseiro e me puxa para si, abraçando-me com força. Dean me beija, deixando sua mão ali e apertando. Não acredito que, agora, sua mão no meu traseiro pareça algo normal. Sinto que estou a um milhão de anos de distância da garota que ficou nervosa quando o joelho dele tocou o dela.

Deixo todas as minhas preocupações se dissiparem, e a minha mente se dissolver em uma poça de calor. Seu beijo provoca uma palpitação no meu peito. Estou excitada. Isto é do que eu mais preciso. Por que fiquei tão ansiosa por causa de Andrew?

— Você se divertiu no sábado? — pergunto, recuando.

— Foi legal — Dean responde.

Ah, claro, sinal de ansiedade.

— Legal?

— Quer dizer, seus amigos são... — Dean para de falar, sem terminar seu pensamento. Em vez disso, ele se vira para o balcão e começa a mexer em alguns fios presos nos alto-falantes. — Vou achar uma trilha sonora incrível para nós hoje.

— Meus amigos são exatamente o quê? — pergunto, com minha voz soando mais ríspida do que eu pretendia, enquanto ele conecta seu celular nos aparelhos.

— Quer dizer, eles são tão... colegiais. — Dean clica em um botão, e trompetes e violinos ressoam pela loja, triunfantes. — John Williams. — Ele fecha os olhos e deixa o som dos trompetes se apossar dele. — Esse cara compôs todas as trilhas sonoras mais famosas de todos os tempos. O homem é um gênio. Ele pega bons filmes e os torna ótimos, inesquecíveis. Esse aqui é...

— *Jurassic Park*. Eu sei. — Retomo o assunto que me interessa: — E o que isso quer dizer? Nós estamos no colégio.

Não gosto de lembrá-lo disso, mas algo em seu tom está me pondo na defensiva.

— Olha só, eu aqui tentando ensinar o que você já sabe. — Dean mexe em seu celular e muda para outra música. Essa é grave e ameaçadora. *Ba dum. Ba dum.*

— *Tubarão* — digo automaticamente.

Dean deixa a música tocar no fundo, crescendo cada vez mais.

— O que quero dizer é que, quando estou com você, só quero estar com você. E seus amigos se envolvem demais. Eles querem saber de tudo, quando, na verdade, não é da conta deles. Tipo, a primeira vez que você foi lá em casa, levou junto todo um batalhão. Isso é que é o colégio. — E Dean volta a mexer no celular.

A música agora inclui cornetas estridentes.

— Não conhecer esta música é um crime. Como gerente da loja, sinceramente, não poderei deixar você trabalhar aqui se não souber de que filme ela é.

— Sem dúvida, é o tema de *Guerra nas Estrelas*. — Balanço a cabeça.

— Tá, mas seus amigos também se envolvem. Por exemplo, Cody.

— Mas não levo Cody junto com a gente pra jantar. Não convido Cody para ver a gente se beijando no meu quarto. — Dean me dirige um sorriso malicioso. — A menos que você curta isso.

Ele volta a mexer no celular.

— Eu não sou... Não... — gaguejo.

O tema de *Guerra nas Estrelas* continua tocando, triunfante.

— Você convidou todos nós depois do Giovanni's, Dean. Achei que estivéssemos nos divertindo.

— E estávamos. Só estou dizendo que não precisa ser tão complicado. A vida não é tão dramática. É apenas a vida. — Ele sorri e sacode os ombros e os braços, como que para fazer a tensão sair deles. — Deixe John Williams te acalmar. Feche os olhos e ouça o mestre.

Dean seleciona o tema de *A Lista de Schindler*, que parece deslocada em nossa lojinha quente e ensolarada.

Talvez Dean tenha razão e os amigos só compliquem as coisas. Com certeza, Andrew complica. Quem sabe seja melhor manter amigos e relacionamentos separados, como comida em uma bandeja que não pode transbordar... Uma seção para ervilhas, outra para purê de batatas. Com sorte, isso impediria que minha vida ficasse tão bagunçada.

# CAPÍTULO 25

**NUNCA PENSEI QUE FICARIA GRATA PELAS PROVAS FINAIS, MAS DE** repente são as duas últimas semanas de escola, e todos estão tão ocupados que os dramas são deixados de lado. Finalmente, forço-me a terminar meu projeto de história, e depois passo todas as noites do resto da semana preparando cartões de memorização e estudando mitologia grega e francês.

No último dia de aula, não me preocupo mais com isso. Mas ao sair da minha última prova, sou varrida por uma onda de tristeza. É engraçado como a gente pode odiar tanto o colégio quando está lá, mas começa a sentir saudade antes mesmo de sair dele. De repente, me conscientizo de que tudo que estou fazendo é pela última vez. A última vez que terei que encostar o ombro na porta do meu guarda-volumes para conseguir fechá-lo, a última fatia velha de pizza da cantina, as últimas horas que passarei olhando pela janela, contando os minutos até que tudo se acabe. De alguma forma, ainda que todas as aulas parecessem durar para sempre, o fim chegou rápido demais.

É uma tradição do meu colégio, tanto quanto toda e qualquer pessoa se lembre, que os alunos do último ano se reúnam no mirante do lago para tirar fotos e depois se amontoar em limusines para ir ao baile de formatura. Em geral, o local do baile é um pouco mais longe, mas o Walcott fica apenas a cerca de doze minutos, na outra margem. Mesmo assim, alugamos limusines, porque não queremos perder nada.

Danielle vai dar uma festa — na noite anterior ao baile — que ela intitulou de "A Última Ceia", porque quer cozinhar para todos e, segundo ela, toda festa precisa de um bom tema. Ela convidou toda a turma, até mesmo Ryder e Simon Terst, com quem está brava há semanas. Agora que as aulas acabaram, é como se todas as fronteiras sociais arbitrárias que nos mantiveram segregados nem existissem. Minha prima Beth, sete anos mais velha do que eu, me disse que seria assim: apenas alguns meses após o fim do colégio, não daríamos mais importância a quem era popular, ou a quem transou com quem, ou a quem deveríamos odiar. Não acreditei nela, na época, mas agora acredito. Já estou com a impressão de que o colégio foi há muito tempo, mesmo estando ainda esvaziando o meu guarda-volumes.

Como planejamos, Hannah e eu embarcamos no seu Jeep com a capota abaixada e gritamos quando saímos do estacionamento a toda a velocidade. Colocamos *Free Bird* no aparelho de som, no volume mais alto possível, baixando as janelas e rindo, apontando os dedos do meio para o céu. É agridoce estar aqui sem Andrew. Na versão cinematográfica de hoje — a que eu planejei na minha cabeça —, nós três estávamos juntos, gargalhando e fugindo da escola; o mesmo trio que éramos no começo da nona série agora no final da décima segunda. Mas eu o vi sair mais cedo com Danielle e nem sequer me despedi.

À tarde, todos vamos para o lago e nos deitamos em câmaras de ar coloridas e fatias de pizza infláveis. Há um grande isopor cheio de cerveja na grama, na beira da água, escondido sob uma pilha de toalhas de praia, para que policiais, pais ou quaisquer adultos que estejam por perto não saibam que estamos bebendo. A praia está lotada. Quase todos da nossa turma estão aqui, como se cada um estivesse tentando sugar cada último minuto que temos uns com os outros, saborear até a última gota. O sol, alto no céu, lança uma névoa dourada de verão sobre tudo, e a beleza disso me comove. Sei que nunca mais será como agora, nunca mais.

Estou deitada em um colchão inflável em formato de pizza, tirando uma soneca, mas um grito animado me acorda. Sinto uma pancada na água à minha esquerda. Ao me virar, deparo com Andrew e Danielle lutando para caber na mesma câmara de ar. Danielle está com o cabelo preso em um nó molhado no alto da cabeça. Ela se esforça para manter o biquíni vermelho amarrado enquanto se joga sobre os ombros de Andrew, tentando afundá-lo. Não consigo desviar o olhar. Os dois são muito bonitos, como se estivessem em algum anúncio de chiclete na *Teen Vogue*. A visão me deixa um pouco aborrecida. Quem me dera eles não parecessem tanto pertencer um ao outro.

Andrew me nota olhando para eles e acena, espanando a água do cabelo como um cachorro. Aceno de volta, e seu sorriso vacila por um instante. Sei que ele sente da mesma maneira que eu. Não devíamos estar acenando um para o outro no lago. Não hoje.

— Oi, Collins — Danielle grita um pouco para que eu possa ouvi--la. — Acha que James Dean nos compraria alguma bebida alcoólica pra hoje à noite?

Na verdade, não quero envolver Dean nisso, não quando há tantas outras opções disponíveis. O primo de Andrew, por exemplo, ou quem quer que tenha fornecido as cervejas que, no momento, estão no isopor na praia. Mas sei que, para Danielle, é algum tipo de teste. Ela quer ver se consigo, se tenho coragem.

— Eu te dou o dinheiro. Nós precisamos da sua ajuda, Collins! — Danielle passa um braço escorregadio em torno do pescoço de Andrew e o puxa para mais perto. *Nós*. Como se os dois fossem uma unidade.

— Sim — respondo para eles. — Tudo bem.

**DANIELLE**
E aííí, já falou com James Dean sobre as bebidas?

**EU**
Ainda não.

**DANIELLE**
Veja se ele consegue cerveja para os rapazes. Meus pais têm uma máquina de margarita. Então, peça pra ele comprar tequila, e também alguns energéticos. 😉

**EU**
Não sei, é muita coisa pra comprar com uma identidade falsa.

**DANIELLE**
É só pedir, Collins. Se não tivermos bebida na festa, a culpa será sua.

\* \* \*

**EU**
Oi.

**DEAN**
E aí?

**EU**
Posso te perguntar uma coisa?

**DEAN**
...

**DEAN**
O quê?

**EU**
Danielle vai dar uma festa esta noite e precisa de álcool.

**DEAN**
Isso não é uma pergunta.

**EU**
Você acha que pode arranjar alguma coisa pra gente?

**EU**
Sem pressão.

**EU**
Depois te pago.

**DEAN**
Como?

**EU**
...

**DEAN**
Vou ver o que posso fazer.

\* \* \*

**ANDREW**
Oi.

**EU**
Oi.

**ANDREW**
Você vai à "Última Ceia"?

**EU**
Sim. E você?

**ANDREW**
Quer ir comigo?

**ANDREW**
Digo, quer carona?

**EU**
Não posso. Vou até a casa de Dean primeiro.

**EU**
Para pegar as bebidas.

**ANDREW**
Ah, sim. Provavelmente vou passar a noite lá. Então, não vai rolar uma carona pra você na volta.

**ANDREW**
A menos que você também queira passar a noite lá. Depois eu poderia te levar para sua casa.

> **EU**
> Sim, podemos passar a noite lá.

> **EU**
> Tipo, eu sei que você vai passar a noite com Danielle. Só quis dizer que vou também pernoitar lá, mas dormindo no sofá.

> **ANDREW**
> Sim, entendi.

> **EU**
> Ok, te vejo lá!

Quando chego à casa de Dean, encontro uma caixa à minha espera cheia de pacotes de cerveja, algumas garrafas de tequila e algo com um dragão no rótulo que parece capaz de matar um homem adulto. Ele está sentado no sofá com Cody, e os dois jogam *Mario Kart* de novo. É como se o mundo fosse acabar se eles parassem.

— Tem certeza de que não quer vir? — pergunto a ele, tentando erguer a caixa, que é muito mais pesada do que eu imaginava.

— Não, tô de boa — Dean responde. — Mas você deveria voltar depois.

— Não sei se vou conseguir uma carona.

Se todo o conteúdo dessa caixa for consumido, será impossível que alguém consiga dirigir antes de amanhã. E não quero atravessar o *campus* a pé no meio da noite.

— O conceito de última ceia é um pouco estranho — Dean comenta. — Eu me sentiria meio deslocado indo à sua coisa de final do ensino médio. Se você quiser, podemos ignorar a festa e beber tudo isso aqui.

Dean sorri de um jeito que me faz pensar que ele está brincando, que não é uma proposta de verdade. O esquisito, porém, é que acho que não aceitaria a proposta dele mesmo que fosse de verdade. Por algum motivo, mesmo que tenha passado todo o ensino médio reclamando de festas, estou realmente ansiosa por essa. Acho que é porque pode ser a nossa última.

— Não vai ser nada estranho, Dean.

— Te vejo amanhã, tá? Para o baile. Essa será a festa de verdade.

— Dean está tão empolgado com o baile que por pouco não faz xixi na calça. — Cody dá risada.

Aquilo seria sarcasmo? Tenho a sensação de que o que ele disse é um pouco cruel, mas não dá para ter certeza.

— Tá.

— São duzentos e cinquenta pelas bebidas — Dean diz.

Vasculho minha carteira e entrego a ele o dinheiro que Danielle me deu.

— Te vejo amanhã à noite, ok? Não está zangada, né? Ainda animada com o baile?

Com grande esforço, pego a caixa e me dirijo à saída.

— Sim — respondo. — Ainda estou animada com o baile.

# CAPÍTULO 26

**A FESTA JÁ ESTÁ A TODO O VAPOR QUANDO CHEGO. A CASA VIBRA** com barulho e energia, e parece que todo mundo está aqui. Toda a turma do último ano e a maioria do penúltimo.

Os Oliver têm o tipo de residência cheia de espaços ociosos: recintos que custam uma fortuna para decorar, mas que ninguém realmente usa. A escadaria para o segundo andar se projeta do hall de entrada como uma peça digna de museu. É um tipo de escada na qual se espera que uma fila de coristas dance em um antigo show de variedades. Neste exato momento, está repleta de gente.

Há um grande cartaz colado na parede dos fundos com as palavras "Última Ceia" escritas em tinta vermelha. Isso é arriscado, porque a tinta não parece totalmente seca, e todos os móveis aqui devem ter custado mais do que um carro. Na parte inferior do cartaz, alguém rabiscou: "E aí?". E outra pessoa: "Chupa o meu pau!".

Abaixo do cartaz, há uma mesa dobrável cheia de comida: bandejas de biscoitos e pães feitos por Danielle, além de alguns *brownies* de aparência suspeita que ela com certeza não fez. Há velas de *LED* por toda parte, que dão um brilho suave à festa.

Carrego a caixa de bebidas para a cozinha, com meus braços tensos, tentando passar por grupos de pessoas que parecem não me ver ou não se importarem em sair do caminho. Dou uma olhada na sala e avisto Hannah dançando com algumas garotas do time de hóquei sobre grama. Antes que eu possa tentar chegar até elas, Chase se aproxima de mim, acenando com a cabeça na direção da caixa de papelão cheia de garrafas.

— Collins, o que você trouxe pra mim? — ele diz.

Inclino a caixa para Chase, e ele sorri, pegando uma garrafa de tequila.

— Parece que não precisávamos disto. — Indico toda aquela gente ao nosso redor que já está bêbada e chapada.

— Cara, não, você é uma deusa. — Chase abre a garrafa, toma um longo gole e limpa a boca com a mão.

— Você está bebendo direto? — Torço o nariz, com aversão.

— Acredite-me, preciso disto agora. — Ele toma outro longo gole e passa a garrafa para mim.

Ponho a caixa no chão.

— Não, obrigada. — Não quero ficar com a cabeça muito confusa, principalmente por algo como tequila, que Ava sempre disse que "faz suas roupas caírem". — Ei, você viu Andrew?

Chase acena com a cabeça para trás de si.

— Ele está com a dona da casa.

Olho para onde Chase apontou, e é quando os vejo: Andrew sentado no sofá da sala de tevê, com Danielle empoleirada em seu colo. A mão dele repousa de leve sobre a fina tira de pele exposta entre a camiseta e o short jeans dela.

— Eles parecem confortáveis — comento.

— Eles ficaram um em cima do outro a noite toda — Chase revela.

— Drew é como o tumor dela.

Chase toma outro gole de tequila. Antes que eu saiba o que estou fazendo, estendo a mão e agarro o gargalo da garrafa.

— Posso beber um pouco? Mudei de ideia.

— Fique à vontade. — E Chase me entrega a garrafa.

Eu derramo a tequila em um copo e misturo com um pouco de margarita. Contraio-me quando levo a bebida aos lábios.

— Não é veneno, Collins.

— Na verdade, meio que é. — Tomo um gole esperando sentir o mesmo asco que experimentei ao beber uísque, mas é surpreendentemente bom. Perigosamente bom. De repente, entendo por que as pessoas cantam músicas alto-astral e praianas sobre margaritas. Sei que vou ter que beber muito lentamente ou ficarei de barato muito rápido.

Neste momento, vejo Andrew prendendo uma mecha de cabelo atrás da orelha de Danielle. Algo faz meu estômago embrulhar. Não sei o que há de errado comigo. Meu estômago funcionava muito bem antes do plano estúpido.

— Ei, posso te perguntar uma coisa, Chase? — Eu o encaro. Esta é a ocasião perfeita para tirar informações dele, pois estamos do mesmo lado.

— Sim, Collins, manda. Você já me viu pelado, então o que resta a esconder?

— Foi você que escreveu os bilhetes?

— Que bilhetes?

Balanço a cabeça.

— Quer dizer, a coisa escrita na parede do salão. Sobre Danielle.

— Lógico que não. Eu nunca seria um idiota assim.

Acredito nele.

— Tá, mas então por que você contou pra todo mundo que transou com ela? — Tomo outro gole e sinto o calor se espalhar pelo meu peito, deixando-me mais confiante. Não sei se passei dos limites e Chase ficou bravo, mas, neste momento, não me importo mais.

Para minha surpresa, ele apenas dá de ombros, indiferente.

— Pisei na bola. Não devia ter contado pra Ryder. Conheço o cara desde o jardim de infância e sei que ele é linguarudo, mas é o meu melhor amigo. Quando você finalmente consegue a garota de que gosta, não pode contar para o seu melhor amigo?

Pensei em todas as coisas pessoais que já revelei para Hannah, tipo como me chateei ao saber que Andrew ficou com Danielle e não me contou. Como posso me zangar com Chase por ter revelado um segredo que o deixava empolgado quando é algo que todos nós fazemos?

— Você gosta de Danielle? — pergunto e olho para o sofá onde ela e Andrew estão sentados.

Claro que ele gosta.

Chase segue o meu olhar.

— É tarde demais agora, Collins. Eu ferrei tudo.

— Foi Ryder quem ferrou tudo. Você tem razão... Danielle não pode te culpar por falar pra alguém. Não foi você quem contou para toda a escola. Por que não disse nada pra ele?

— Para Ryder? Estamos na reta final do colégio. Melhor seguir em frente, Collins. — Então, em um brinde, ele tilinta sua garrafa de tequila no meu copo. — Depois da próxima semana, nunca mais vamos precisar ver nenhuma dessas pessoas.

Em seguida, Chase sorri e se afasta, passando o braço em torno da cintura de Cecilia, que acabou de entrar na sala e está olhando, muito carrancuda, na direção do sofá. Tenho a impressão de que, embora tenha visto Chase nu, eu não o conheço, não.

Vou até Hannah e constato que ela está um tantinho embriagada, com suas bochechas rosadas e a franja despenteada.

— Keely! — ela grita ao me ver, como se não nos víssemos há três anos, e não três horas. — Feliz último dia dos exames finais!

Ela está com Molly Moye. As duas se balançam para a frente e para trás ao ritmo de uma música antiga de Ariana Grande.

— O que andou bebendo? — pergunto, gostando da sensação dela ao meu lado, quente e segura.

— Tudo! — Hannah bate de leve no meu nariz.

— Animada pra amanhã, Collins? — Molly estende seu copo na direção do meu.

Eu bato o meu no dela e tomo outro gole longo e picante. Estou prestes a dizer algo sobre o baile e como é um momento importante e todas as outras frases que venho forçando na minha cabeça durante a última semana ou mais... porém, de repente, percebo que não, que na verdade não estou tão animada para amanhã. Quando penso na próxima noite, a imagem que me vem não é do baile em si, de dançar com os amigos e amigas, comemorando o fim da escola, os últimos momentos que ainda estaremos juntos. Tudo em que consigo pensar é no quarto de hotel que Dean e eu reservamos, no momento que nós dois estaremos despidos, bem no limite. O momento que eu prometi para ele.

Perder a virgindade deve ser emocionante, não é? A expectativa de amanhã à noite está me causando frio na barriga de ansiedade. Mas agora quero deixar isso para lá. Então, tomo outro longo gole da minha margarita e minto para Molly:

— Mal posso esperar.

Alegre, Molly se ilumina como uma árvore de Natal e entrelaça o braço de Hannah, para que todas nós fiquemos interligadas, em uma espécie de sexo a três embriagado.

— Eu também — Molly diz.

— Idem — Hannah concorda.

— Vou sentir a sua falta no ano que vem — Molly afirma.

Talvez seja apenas o álcool nos deixando sentimentais, porque mal conheço Molly Moye. Bem, isso não é verdade. Conheço todos os fatos sobre Molly: ela está namorando Edwin Chang, joga hóquei sobre grama desde a quinta série e vai para a Faculdade de Dartmouth no outono. Mas conhecer esses detalhes sobre a vida de Molly não significa que sei o que se passa dentro dela. E, mesmo assim, quando ela diz que sentirá saudade, entendo o que quer dizer. Porque também vou sentir falta de Molly. Ela faz parte do meu ecossistema. Estou acostumada com sua vida orbitando ao redor da minha, como se Molly sempre estivesse no limite da minha visão. E sei que depois que nos formarmos, depois que o verão acabar, quando eu for para a Califórnia, Hannah para Nova York e Molly para New Hampshire, provavelmente nunca mais tornarei a vê-la.

Perambulo sem rumo pela casa, sentindo-me um pouco perdida naquela multidão, na massa suada de corpos. Tomo a minha segunda margarita, e a tequila começa a desfocar os rostos, transformando-os em estranhos.

Na cozinha, encontro Danielle e Ava. Quem diria, Danielle se afastou do colo de Andrew... Aonde será que ele foi?

Há uma assadeira na bancada, com chips de tortilha e queijo espalhados nela com dedos oleosos. Como são nachos de Danielle, também há outros ingredientes: azeitonas pretas, pimentas *jalapeño*, cebolas em rodelas e tomates. Posso imaginá-la cortando verduras antes da festa e colocando-as em tigelinhas, como minha mãe faz.

— Collins! — Ava grita ao me ver. — Venha comer a última ceia conosco! Estamos fazendo um banquete.

Ava cuidando de um forno me parece uma má ideia, mas fico feliz que ela tenha trocado a coca-couve pelos nachos. Espero que Danielle a impeça de incendiar a casa.

— Onde está Andrew? — Pego um chip da assadeira e o mordo.

— Espere! — Ava reclama. — Ainda não estão prontos!

— Vamos fazer guacamole. — Danielle apanha alguns abacates na cesta de frutas na bancada e escolhe uma faca comprida.

— Não! — Ava exclama. — Você vai cortar a mão. Li um artigo sobre isso no BuzzFeed. Tipo centenas de pessoas acabam no hospital com ferimentos relacionados ao guacamole.

— Você não me conhece mesmo... — Danielle corta habilmente a casca do abacate, enfia a faca o caroço e o jogo na composteira. — Se eu me ferir por causa de um abacate algum dia, me matem.

— Vocês viram o Andrew? — insisto.

— Não por enquanto. — Danielle coloca a assadeira dos nachos no forno. — Espere até que os nachos fiquem prontos e ele vai aparecer como mágica. Os caras não resistem a um queijo derretido. É ciência.

— Vou procurá-lo. — Eu me viro e as deixo cuidando do forno.

Jason Ryder e Susie Palmer estão encostados na parede, no corredor dos fundos, praticamente se devorando. Eu os contorno e continuo em frente no corredor. Alcanço uma porta de tela que leva à varanda. O ar noturno está quente, e o zumbido dos grilos, alto mesmo com a música da festa.

Começo a sair, mas paraliso no lugar ao deparar com Andrew, que está acompanhado... de Cecilia.

Fecho a porta de tela, escondendo-me atrás da parede para poder observá-los. Ela se sentou no parapeito da varanda, com Andrew diante dela, para que os seus rostos fiquem nivelados. A princípio, acho que eles vão se beijar, mas então percebo que estão conversando, em voz baixa. Tenho de me esforçar para ouvi-los.

— Quer dizer que você vai fingir que não aconteceu? — Cecilia coloca a lata de cerveja de lado, e move a lingueta de metal da tampa para a frente e para trás. — Mal olhou pra mim a noite toda, Drew.

Ele se afasta e estende a mão para coçar o pescoço.

— Sinto muito. Danielle e eu...

— Sim, eu sei — Cecilia retruca. — Você vai ao baile com ela. Quer dizer que acabou comigo pra sempre?

— Achei que não significava nada, Cecilia. Você disse aquilo. Eu não teria...

— Disse aquilo porque sabia que era o que você queria ouvir. Meu Deus, Andrew, você simplesmente não entende.

— Por que você mentiria sobre isso? Não achei que fosse...

— Menti porque tinha de mentir! — A voz de Cecilia agora soa alta, aguda e tensa. Ela ajeita os seus cachos loiros, grandes e rebeldes por causa da umidade. — Eu sabia que você não gostava de mim. Sabia que só queria ficar comigo, mas eu queria que namorássemos. Isso é desesperador, não é? Os sentimentos são uma droga. — Uma risada hostil. — Assim, peguei as partes de você que consegui. Sei que nunca teria ido atrás de mim se soubesse que eu gostava de você, Drew. Isso estraga tudo. Todos sabem que você é um mulherengo.

— Não sou, não.

Quero sacudir Andrew. Cecilia está dizendo a ele o que venho tentado lhe falar há anos.

Andrew ergue a lata de cerveja para tomar um gole, mas depois faz um gesto negativo com a cabeça e a recoloca no parapeito, passando a mão pelo rosto.

— Ah, sem essa, Andrew!

Pergunto-me quanto Cecilia teve que beber, se ela teria tido coragem para dizer essas coisas para ele se estivesse sóbria.

Cecilia apanha sua lata no parapeito e a agarra com tal força entre os dedos que a amassa. Ela vai beber ou jogar na cara dele?

— Você acha que é um cara legal, mas caras legais não ficam com uma garota e depois somem no instante em que encontram outra melhor.

— Sinto muito — Andrew diz, com a voz entrecortada. — Simplesmente não achei... Sabe, pensei que estivéssemos na mesma sintonia. Eu não teria sido assim... — Ele luta com as palavras. — Imaginei que você soubesse.

— Não é meu dever ser aquela com quem você fica enquanto espera pela garota certa. Não estou aqui para entretê-lo até você encontrar alguém.

— Sinto muito — ele repete. — Sério. Eu não vi a coisa dessa maneira.

— Que se dane. Eu devia ter ouvido Susie. Ela ficava me dizendo pra não perder meu tempo. Mas achei que talvez conseguisse mudá-lo; que talvez eu fosse especial. Que babaca que eu sou, não é?

— Nada disso, Cecilia, o babaca sou eu.

Cecilia contrai o canto da boca, como se tentasse não rir.

— Você é um puta babaca. — Em seguida, ela ergue a lata de cerveja na direção dele, e Andrew tilinta sua lata na dela, em um brinde.

Então, sei que ela o perdoou. Por que é tão fácil perdoar as pessoas de quem gostamos? E aí vem o arrependimento por tudo o que falei de Cecilia, pelo jeito como tirei sarro dela com Andrew. Não sou melhor do que essa menina.

— Estamos na boa? — Andrew pergunta.

Cecilia sorri, inclinando a cabeça para ele de uma maneira claramente sedutora. Tipo, como mesmo depois de tudo isso, ela, no fundo, acha que ainda tem alguma chance? Mesmo sabendo que não devia...

— Você está se safando fácil, Drew. Se tivesse transado comigo e depois me largado, eu derramaria minha cerveja em você.

— Sempre podemos remediar isso. — Ele esboça um sorriso largo.

As palavras de Cecilia me pegam desprevenida. "Se tivesse transado comigo..." *Se*, como se nunca houvesse acontecido. Mas isso é impossível. Eles estavam saindo havia meses, não estavam?

— Não me teste. — Cecilia ergue a lata de cerveja sobre a cabeça dele, rindo.

Andrew se esquiva um pouco, com seu sorriso combinando com o dela.

— Faça isso. Depois, pego outra para você. Prometo. — Andrew fecha os olhos e aperta o nariz antecipadamente.

Sem hesitação, ela derrama a cerveja nele, gritando como se pudesse sentir o líquido frio na própria nuca.

Andrew chacoalha a cabeça, e a cerveja espirra em Cecilia, que torna a gritar e salta do parapeito para fugir. Ela está vindo direto para mim. Assim, entro correndo na casa; não quero que nenhum deles me flagre espionando. Ainda posso ouvir os dois rindo enquanto corro pelo corredor, como se fossem os melhores amigos.

Danielle não vai deixar Andrew se safar desse jeito. Ela é mais forte que Cecilia. Esse é o seu superpoder: sempre ser capaz de dizer o que ela quer dizer quando quer dizer. No entanto, nem Danielle é completamente destemida; ela ainda sai com Ryder e paquera Chase, como se tudo entre eles estivesse completamente bem. Nesse sentido, Danielle é como Cecilia, exatamente como a maioria das garotas: paquera, porque é mais fácil paquerar e perdoar do que ficar brava; afinal, como garotas, fomos treinadas a vida toda para dar aos homens o que eles querem, para pedir desculpas quando o que realmente queremos dizer é "foda-se".

Sinto o cheiro dos nachos na cozinha; queijo quente, derretido e fumegante. Mas ninguém está comendo. Um grupo se reuniu na sala de lazer, onde algo mais interessante parece estar rolando. E então eu vejo: Danielle segurando uma garrafa vazia de tequila, com um sorriso sacana no rosto.

— Quem quer brincar do jogo de girar a garrafa? — Ela encara a audiência, provocante.

— Fala sério! Não estamos mais na oitava série, não precisamos de um jogo para dar uns beijos. — Ava puxa a regata para baixo, e seus peitos ficam perto de aparecer.

— Talvez você não precise de um jogo para ajudar a beijar alguém, mas nem todas nós somos tão... talentosas. — Danielle arqueia uma sobrancelha, dá as costas para Ava e coloca a garrafa no chão. — Venham aqui todos vocês!

Jason Ryder desce a escada, com Susie vindo logo atrás, e entra na sala, berrando:

— É isso aí! — Ele derrama no chão um pouco da cerveja que segura.

Alguns caras chegam da garagem. Sophie Piznarski e Molly Moye, que cochichavam no canto, avançam para se juntar ao pessoal. Ouço um barulho atrás de mim — Cecilia e Andrew surgem da varanda dos fundos. O cabelo dele está pingando cerveja.

Este é o meu pesadelo. Não há ninguém na escola que eu queira beijar. E, com certeza, não quero ver quando a garrafa girar de Andrew para qualquer uma das garotas com quem ele ficou. Qual seria a pior? Cecilia? Sophie? Danielle?

Hannah aparece atrás de mim e passa o braço em torno do meu ombro.

— Esse é o seu jogo favorito, não é? — E ela me mostra a língua, para deixar claro que está brincando.

Hannah deve ter parado de beber, porque parece muito mais controlada do que na última vez que a vi. Suas bochechas também estão menos avermelhadas. Ou talvez tenhamos trocado de lugar. Talvez agora eu seja a bêbada. Tento rir junto com ela, mas me sinto enjoada. O recinto fica um pouco desfocado e balanço a cabeça, procurando limpar a tequila do meu organismo.

— Acho que não vou jogar — digo, tentando sair do círculo.

— Você está aqui — Andrew afirma ao se aproximar de mim. Seu braço molhado de cerveja roça no meu, e eu me afasto um pouco para não nos tocarmos. — Estava te procurando.

O sorriso de Andrew me chateia, porque sei que ele mentiu. Ele estava à minha procura quando Danielle se empoleirou no seu colo na sala de estar? Quando Cecilia o paquerava na varanda? Essa é uma frase que Andrew sempre usa com garotas nas festas, e agora resolveu usar comigo. Viro a minha cabeça e não respondo nada.

— Ei, Chase, vem jogar! — Danielle grita. — Brosner, vem logo!

E porque ela ordenou, Chase aparece, andando a passos lentos em nossa direção, com as mãos cheias de nachos. *Por que Danielle quer que ele jogue?*

Danielle se senta, e todos seguem a sua liderança, espalhando-se em um grande círculo no piso de madeira. De alguma forma, também me vejo sentada.

— Ava! Você é profissional. — E Danielle entrega a ela a garrafa. Ava a coloca com cuidado no meio do círculo.

— Uma bebida, por favor — Ava pede, exibindo a palma da mão vazia.

Chase lhe entrega outra garrafa de tequila, que ainda está na metade. Ava se serve de um gole gigante, estala os lábios, balança a cabeça e estremece toda.

— Obrigada, Chase. — Ela dá um tapinha delicado no rosto dele, deixando seus dedos ficarem lá por um tempo um pouco longo demais. Em seguida, estende a mão e gira a garrafa.

Todos nós observamos, movendo nossa cabeça de um lado para o outro, com as possibilidades e combinações percorrendo nossa mente.

A garrafa para de girar em Jason Ryder. Todo mundo festeja, e Ryder levanta um braço e fecha o punho para comemorar, derramando um pouco de cerveja na camisa ao fazer isso. Ao lado dele, insatisfeita, Susie franze a testa, mas continua sorrindo. Todos sabemos que as regras do colégio significam que ela não pode agir como se se importasse.

— Ah, não tem graça. — Ava faz beicinho. — A gente já transou.

Mas Ava se inclina para a frente e o beija. Ryder se afasta estalando os lábios e, em seguida, aperta o peito dela. Todos festejam, e eu forço uma risada, mesmo que não ache engraçado, mesmo que veja a expressão de desaprovação de Ava por uma fração de segundo. Pergunto-me se as outras garotas no círculo sabem que isso também está errado, se todas elas estão forçando risos porque os rapazes estão rindo, se estão eufóricas porque é Ava, e isso deixa tudo certo.

E então Ava também ri.

— Não na frente de todos, Ryder. — Ela se senta de volta em seu lugar no círculo. — Comporte-se.

Agora é a vez de Ryder girar a garrafa. Ela gira, gira, gira, e rezo para que não pare em mim. Imaginar a língua de Jason Ryder na minha boca me causa ânsia de vômito.

A garrafa para em Chase.

Todos piram.

— Nem fodendo! — Ryder exclama. — Os caras não têm que se beijar. — Ele aponta para o lado. — Susie está bem aqui. Vou beijá-la.

— Jason... — Danielle apanha a garrafa, como se, ao segurá-la, tivesse o poder de decidir. — Minha casa, minhas regras. E eu digo que você tem que beijar Chase.

Vejo o brilho nos olhos de Danielle. Ela está adorando isso. Essa é a vingança dela contra Ryder pelo que ele acabou de fazer com Ava e pelo que ele disse a Danielle no salão dos alunos do último ano. E é a vingança dela contra Chase por muito mais.

— Vamos lá, rapazes, não temos a noite toda. — Danielle sorri com malícia e bate a garrafa na palma da mão.

— Esse jogo é estúpido. Não preciso dessa merda pra ficar com as garotas. — Ryder se levanta. — Vou pegar outra cerveja.

— Isso quer dizer que você está fora, Jason? — Danielle pergunta, com a voz doce como sacarina.

Jason se dirige à cozinha e mostra o dedo do meio sem se virar.

— Tão sensível... — Danielle ironiza.

— Posso girar? — Chase estende a mão para Danielle.

Por um momento, ela olha para ele, suspira e coloca a garrafa na palma da sua mão.

— Use-a para o bem, Brosner.

— Então, vou beijar você. — E Chase move a garrafa para que ela aponte na direção de Danielle. — Quero que a garrafa pare em você.

— Não são essas as regras — Danielle afirma, e move a garrafa de volta para ele. — Gire a garrafa.

— Dani... — ele murmura.

— Gire.

Chase respira fundo e estende o braço para a frente, girando a garrafa. Para em Danielle, claro. Porque é assim que as coisas funcionam para ele. Exprimindo descrença, ela olha em volta e se inclina na direção de Chase.

— Tudo bem, Brosner, o que é justo é justo. Me dê um beijo.

Chase sorri e agarra a nuca de Danielle, puxando-a com delicadeza em sua direção. Danielle mantém os lábios bem apertados à medida que ele se aproxima cada vez mais. No entanto, vejo-a abrir um sorriso pouco antes dos lábios se tocarem, como se não conseguisse evitar, como se tivesse querido beijá-lo todo o tempo.

Dou uma olhada em Andrew, esperando que ele não pareça muito chateado, mas ele mal observava. Está olhando para o chão, desenhando um padrão na madeira com o polegar. Andrew deve ter sentido meu olhar nele, porque levanta o rosto e olha para mim.

"Você tá legal?", pergunto-lhe dentro da minha cabeça. "É difícil ver isso?"

"Esse jogo é horrível", posso ouvi-lo dizer.

Danielle coloca a garrafa no chão e a faz girar. Todos nós ficamos observando. Tomo um longo gole de tequila. Neste momento, a margarita não é necessária, porque a tequila sozinha começou a ter um gosto muito bom, meio doce e picante ao mesmo tempo. Quando torno a olhar para todos, percebo que a garrafa aponta direto para Andrew.

No círculo, todos festejam. Danielle engatinha na direção dele, usando o dedo para pedir que Andrew se aproxime. Eles se encontram no meio do caminho. Andrew desliza a mão pelo cabelo dela e, então, eles se beijam.

Eu já os vi se beijando no carro, mas não assim. Não desde que soube que Andrew a amava. Percebo que ainda estou segurando a garrafa de tequila e a entrego de volta para a pessoa ao meu lado.

Então, é a vez de Andrew girar a garrafa, e sinto falta de ar. Não quero que pare em mim, porque não quero beijá-lo na frente de ninguém, na frente de todo mundo. Mas também não desejo que a garrafa pare em mais ninguém. Nem pensar no que isso significa.

— Reed já beijou todas as garotas do círculo! — Simon diz.

— Nem todas — Andrew afirma.

— Ele não beijou Collins! — Edwin diz.

Contraio-me. Andrew fica vermelho, mas continua rindo. A garrafa está girando, girando, girando. Alguém me entrega a tequila e tomo um gole, e meus olhos perdem o foco, minha garganta queima, meu estômago se enche de calor.

Por um momento, Andrew olha para mim. Nossos olhares se encontram rapidamente. Em seguida, ele volta a fitar a garrafa, e eu me pergunto no que ele está pensando; se tem receio de que a garrada pare em mim.

A garrafa perde velocidade e para. De repente, me sinto prestes a chorar.

231

Ela aponta para Hannah.

Levo a mão à boca para tentar abafar o som que deixei escapar. De alguma forma, não considerei essa possibilidade — que é a pior. Sei que não deveria importar. É um jogo, por isso não conta.

Ansiosa, começo a ofegar. Quero dizer a eles que não me sinto bem, e pedir que parem, pois estão me deixando zonza. Mas que direito eu tenho? Todos nós conhecíamos as regras do jogo quando nos sentamos para jogar. Só vou envergonhar a mim mesma se disser alguma coisa, só vou fazer Danielle achar que sinto algo que não sinto.

Encaro o chão, tentando não observar, fixando o olhar em uma imperfeição da madeira: uma longa marca de arranhão onde alguém deve ter arrastado uma cadeira ou uma mesa.

Todos estão eufóricos, mas mal posso ouvi-los. Levanto os olhos, porque não consigo resistir, porque sempre nos sentimos atraídos pelas coisas que mais nos repugnam.

Andrew e Hannah não estão se beijando. Os dois estão olhando para mim.

— O que estão esperando? — Danielle pergunta. — Beijinho, beijinho.

— Não posso — Hannah afirma.

Sinto um alívio, um alívio que não tenho o direito de sentir.

— Não podemos — Andrew confirma.

— Não sejam idiotas! — Danielle diz. — Todo mundo se beijou. Vocês já podiam ter terminado.

Andrew dá uma olhada rápida de um lado para o outro, de mim para Hannah e depois para Danielle, e de volta para mim.

— Vamos, se beijem! — Simon grita.

— Eu não quero, tá? — A voz de Hannah ficou mais aguda. — Não podemos decidir mutuamente nos retirarmos dessa rodada? Ele é o seu par do baile de formatura, Danielle. É muito estranho.

Danielle se vira para Andrew.

— Como seu par do baile de formatura, dou-lhe minha permissão.

— Não vai rolar — ele responde.

Sei que os dois estão agindo assim por minha causa e lhes sou grata, mas também isso me deixa nervosa. Será que eles não perceberam o pânico que tentei tanto esconder?

— Ótimo. — Danielle cruza os braços e faz beicinho. — Ótimo. Novas regras. Dane-se. Hannah, então dê o seu beijo para outra pessoa.

— Ei! — Ava reclama. — Isso não é justo. Eu não teria beijado Ryder se não precisasse.

— Pare de fingir que não gosta dele — Danielle retruca, e Ava desvia o olhar. — Tudo bem, Hannah. Quem você quer que o Andrew beije no seu lugar?

— Escolha Chase! — Cecilia diz. — Escolha Edwin!

"Me escolha", sei que ela está pensando.

Mas é claro que Hannah escolherá Danielle. Ela sabe que Andrew é apaixonado por ela; o segredo que eu não devia contar. É por isso que Danielle está mudando as regras. Porque ela sabe que Hannah vai escolhê-la.

Hannah pega a garrafa e a segura entre as mãos, hesitante. Então, ela a move para que aponte para mim.

— Keely.

# CAPÍTULO 27

— O QUÊ?! — EXCLAMO, PERDENDO O FÔLEGO. — ISSO NÃO É...

— Keely ainda não teve sua vez — Hannah diz.

O que ela está pensando? Ela sabe que Andrew e eu estamos pisando em ovos, tentando fingir que tudo continua normal. Mas então me dou conta... Ela não sabe. Ainda não falei para ela que fui em frente com *O Plano*. Não contei que Andrew e eu já nos beijamos, que já fizemos muito mais coisas. Há muito tempo, Hannah quer que fiquemos juntos. Claro que ela não perderia essa chance. Hannah deve se achar um gênio.

Eu a fuzilo com os olhos.

— Então? — Danielle aponta para Andrew e para mim. — Estamos todos esperando.

— Certo. — Andrew passa as mãos na bermuda e depois se aproxima de mim.

Ele vai mesmo fazer isso. Meu pulso acelera. Minha boca está seca, e, quando umedeço os lábios com a língua, sinto o gosto de tequila neles. Isso não vai ser tão ruim. Terminará em alguns segundos. É tudo o que vai demorar.

Todo o pessoal está esperando. Apenas alguns segundos, os lábios dele nos meus em um selinho. Então, pronto. Exceto que uma parte de mim não quer que seja tão rápido. Uma parte de mim quer mais do que alguns segundos, mais do que alguns minutos. Quero mergulhar nele, quero me fundir nele. Balanço a cabeça e afasto essa parte de mim para longe.

— Tá. — Deixo escapar um suspiro.

— Ok. — Andrew passa a mão pelo meu cabelo.

Pergunto-me se alguma parte dele também quer isso. Não posso deixar minhas emoções transparecerem, para o caso de nenhuma parte dele me querer.

Pelo canto do olho, vejo Sophie Piznarski se levantar e sair da sala, e Cecilia se inclinar para a frente para ver, com as mãos pressionadas com tanta força no piso que estão ficando brancas. Mas então tudo o que consigo ver é Andrew, com seus olhos verdes focados nos meus. E na sequência já não vejo mais nada quando meus olhos se fecham e nossos lábios se tocam.

É exatamente como eu me lembro. Não sabia que é possível nos familiarizarmos com os beijos de uma pessoa depois de beijá-la apenas uma vez, mas é isso: familiar. Andrew tem gosto de casa. Nunca soube que casa tinha um gosto, um cheiro, podia sentir como os lábios de alguém nos meus: um pouco secos e rachados e polvilhados com sal. Tudo o que ouço é meu coração aos pulos. Se alguém está aplaudindo ou festejando, não faço a menor ideia.

Tudo termina tão rápido quanto começou. Quando me afasto, abro os olhos pestanejando e me lembro de onde estamos: cercados por pessoas, cercados por garotas do passado e do presente de Andrew. Desvio o olhar dele, tentando focar meus olhos em alguém, em qualquer outra coisa.

— Collins, sua vez de girar! — Danielle me entrega a garrafa e eu a pego com as mãos trêmulas, meu coração ainda disparado.

Sinto-me um pouco fora do corpo, como se tudo estivesse acontecendo com outra pessoa, e não comigo. Volto a me sentar, e partes do círculo abrem espaço para Andrew e Hannah se acomodarem cada um de um lado meu. Hannah aperta meu joelho, e olho para ela. Ela abre um sorriso largo, satisfeitíssima consigo mesma.

— Gire, Collins! — Danielle repete a ordem, tamborilando as unhas negras no piso de madeira.

Zonza, me inclino para a frente e coloco a garrafa no piso. Não quero girar. Já estou muito confusa, muito desorientada, e beijar Ryder, Chase ou Simon ou qualquer pessoa só vai me perturbar ainda mais. Quero pensar no que acabou de acontecer com Andrew, descobrir o que isso significa. Se é que significa algo.

— Gire! — Ava grita, alegre.

Viro a cabeça muito rápido para olhar para ela, e Ava fica desfocada: duas Avas em uma, quatro peitos saltando enquanto ela bate palmas. Ava ergue os braços para animar, e um rastro de luz e cor segue o movimento. Preciso balançar a cabeça para apagá-lo.

— Gire! — outro alguém diz e, em seguida, começa um canto: *gire, gire, gire*.

Oscilo para a frente e levo minha mão trêmula até a boca.

— Não estou me sentindo bem... Vou vomitar... — Tropeço ao tentar ficar de pé, com minha meia escorregando no piso de madeira polida.

— Ai, Reed! — alguém provoca. — Como está seu hálito?

Corro pelo corredor até o banheiro e fecho a porta com força antes que alguém possa vir atrás de mim, mantendo de fora o som das risadas e zombarias da sala. Debruçada sobre a pia, abro a água fria e molho o rosto. Em seguida, descanso a testa no espelho, sentindo-me melhor em contato com o vidro frio. Talvez eu possa me esconder aqui, com meu rosto no vidro, até todos seguirem em frente, continuarem bebendo e esquecerem que eu estava aqui. Será que alguém notaria?

Ouço uma batida leve na porta.

— Collins? — É Andrew, com a voz abafada. — Você está bem?

Não respondo.

— Posso entrar?

Por um bom tempo, permaneço em silêncio, considerando se consigo afastar minha testa do espelho. Não sei se quero ficar perto dele.

— Estou bem — respondo, enfim, um tanto rouca. — Só não estava mais com vontade de jogar.

— Porque eu beijo muito mal? — ele pergunta, brincalhão. — Sei que não é verdade. Tenho fontes.

Ouço alguns sons embaralhados do lado de fora. É o tamborilar dos seus dedos na porta.

— Talvez eu beije tão bem que você acabou sendo dominada pela sede de sangue e teve que sair de lá. É...

— Sede de sangue é desejo de vingança. — Afasto a testa do espelho. — Não quero te matar.

Entreabro a porta e deparo com Andrew sorrindo do outro lado. Ele entra no banheiro e fecha a porta, sentando-se ao meu lado na beira da banheira de hidromassagem. Embora seja o banheiro do andar de baixo, bem ao lado do quarto de hóspedes, ainda assim é enorme, com duas vezes o tamanho do banheiro dos meus pais. Ao lado da pia, há uma foto emoldurada de Danielle do tempo do ensino fundamental, orgulhosamente ao lado de um cavalo. Dou as costas para o seu olhar.

Ficamos sentados ali, em silêncio. De alguma forma era mais fácil conversar com Andrew com a porta entre nós, me lembrar de como ser sua amiga quando não podia vê-lo. Agora que ele está junto a mim, com sua perna esquerda encostada na minha perna direita, quando sinto o cheiro leve dele — seu suor, seu xampu, a cerveja que agora seca em seu cabelo —, estou ficando tonta.

— É assim que vai ser? — Pego um fio solto do meu short. — Sempre me orgulhei de nós porque conseguimos continuar amigos depois de crescer. Mas talvez tenhamos que aceitar o fato de que não funciona.

— Lógico que funciona, Collins. Funciona há anos. Só porque nos beijamos em um jogo idiota, não significa que não podemos...

— Não foi só esse jogo idiota, Andrew, mas todo o resto. Foi *O Plano*. Foi você me vendo nua, tocando nos meus peitos.

Ao dizer isso, caio numa gargalhada inesperada. Andrew também começa a rir, e experimento um certo alívio.

— Seus peitos são muito bonitos — ele elogia, e dou-lhe um tapa.

Andrew arregala os olhos, perde o equilíbrio e cai para trás, dentro da banheira vazia. Dou um grito quando ele me puxa para que eu desabe sobre sua barriga, e bato o cotovelo na porcelana.

— Ai! — Seguro meu cotovelo onde sei que um hematoma vai se formar, mas posso sentir Andrew morrendo de rir debaixo de mim. Também começo a dar risada. Tudo parece tão natural de novo, como nos velhos tempos. — Podemos ficar aqui o resto da noite? Não quero voltar lá.

— Fechado! — Andrew se reacomoda na banheira vazia para que nós dois caibamos confortavelmente.

Ele apoia as costas numa extremidade e leva as pernas para dentro, dobradas. Eu apoio as costas na outra extremidade, para que fiquemos frente a frente. O bocal da banheira está bem ao lado do meu pescoço e preciso inclinar a cabeça para a esquerda para evitá-lo. Andrew cruza os braços na nuca e fecha os olhos, fingindo que estamos em uma hidromassagem cheia de água.

— Confortável? — pergunto.

Andrew concorda, com as pálpebras cerradas.

— Lembra quando costumávamos tomar banho juntos? Como a gente sempre se encaixava dentro da banheira?

— Você não tinha trinta metros de altura naquela época.

— Você ainda tem o mesmo tamanho. — Ele abre um sorriso largo.

— Na maioria dos lugares.

— Cala a boca! — Eu o empurro com meu joelho dobrado.

— Ei, que tal ligarmos a água e fingirmos estar naquela época, dez anos atrás? Máquina do tempo em forma de banheira de hidromassagem.

— O quê? — pergunto, ainda que eu o tenha ouvido.

— Vamos encher a banheira.

— Estamos de roupa — digo, sabendo que, ao dizer isso, comecei a ficar vermelha.

— E daí? Faz parte da diversão. Tenho mesmo que lavar o cabelo.

— Sim, você está cheirando mal.

— Cecilia derramou cerveja em mim.

— Você deve ter merecido.

— Sim, mereci. — Então, Andrew endireita a perna e estende o pé para abrir a torneira, ensopando o meu ombro.

— Desligue isso, está gelado! — Esforço-me para escapar do jato, mas quanto mais me mexo, mais escorrego, com a água espirrando por toda parte.

— Vai esquentar em um segundo.

Estendo a mão sob a torneira para espirrar água nele. Mas, assim que faço isso, sinto que ela ficou deliciosamente quente.

— Viu? — Andrew enxuga o rosto e passa a mão molhada pelo cabelo.

Desisto e me recosto na extremidade da banheira, aproveitando a sensação da água quente que corre pelo meu pescoço e pelos ombros. Lentamente, a banheira se enche, e meu short fica pesado e desconfortável.

A camiseta cinza de Andrew vai ficando mais escura à medida que umedece, grudando nele como uma segunda pele. Olho para a minha própria camiseta, esperando que não grude da mesma maneira. Puxo a barra inferior, afastando-a da forma do meu corpo para que ele não possa ver.

— Foda-se. — Andrew estende a mão, tira a camiseta e a joga no chão de ladrilhos, onde ela cai com uma pancada encharcada. — Muito melhor.

— Drew! — eu o repreendo, ainda que algo em mim me deixe tensa ao ver o seu peito nu novamente, ao ver a trilha de pelos entre seu umbigo e a cintura da bermuda. Seu cabelo está molhado e espetado em todas as direções, e gotinhas de água estão presas em seus cílios como flocos de neve.

— O que foi? — Ele tira as mãos da água para apontar para seu peito nu. — Não tem nada demais.

— Certo. — Procuro respirar fundo, lembrando com muita facilidade o nosso beijo de pouco antes. — Não vou tirar a minha.

— Tudo bem. — Ele dá um peteleco na água com o polegar. — Não estou esperando que você tire.

— Tudo bem.

— Tudo bem.

E então estendo minhas mãos até a barra da minha camiseta como se elas não me pertencessem, como se fossem as mãos de outra pessoa e não estivessem sob o meu controle. Tiro a camiseta e a coloco ao lado da banheira. Meu sutiã é de algodão cinza, e talvez seja um pouco transparente, mas procuro não pensar nisso. Andrew está me encarando, e eu o encaro de volta. A ar entre nós fica denso.

Andrew mergulha a mão e abre o botão de sua bermuda, e eu o imito, para abrir o meu short. Nós começamos a nos despir ao mesmo tempo, e a água transborda da banheira. Inclino-me para a frente, tentando me livrar do tecido pesado e encharcado. Andrew também se inclina para a frente, levanta os joelhos e coloca uma perna em cada lado meu, me prendendo no lugar. Sua bermuda ainda está baixada pela metade, mas ele parou de se despir, porque agora a frente do seu corpo está pressionada contra a minha frente, e nossos rostos ficam bem próximos um do outro, e eu não consigo pensar nem respirar. O calor da água faz a minha cabeça girar e me sinto zonza de novo, mas não de uma maneira desagradável, como antes. Não é como se eu fosse vomitar. Não, parece o momento no alto da montanha-russa, o momento que antecede a queda, o momento em que você está sem peso.

Então, Andrew fecha o espaço entre os nossos lábios e me beija, com seu peito molhado pressionado contra o meu, escorregadio, quente e delicioso. A água ainda sai da torneira atrás de mim, com o som dela parecido com o do meu coração aos pulos. Andrew leva a mão até o meu cabelo molhado e me puxa para ainda mais perto dele, mordendo meu lábio inferior. Sinto um calafrio percorrer meu corpo, apesar do calor do banho.

Só o que consigo pensar é *mais, mais, mais*. Preciso chegar mais perto dele. Quero ficar o mais próximo possível dele, para me tornar uma parte de Andrew e queimarmos juntos como duas partículas atômicas.

É quando ouvimos uma batida forte na porta do banheiro.

Eu me assusto e abro os olhos tão rápido que vejo estrelinhas. Os olhos de Andrew também estão abertos, e noto sua respiração irregular. Ele se inclina para mim, tentando capturar meus lábios novamente.

— Ignore — ele diz.

As batidas continuam, fortes e insistentes.

Balanço a cabeça, procurando me orientar, para voltar ao meu corpo. E então o peso de tudo desaba sobre mim, tudo em que venho tentando não pensar.

— Keely, você está aí? — É Hannah.

Estendo a mão para trás e fecho a torneira. Quando o barulho da água desaparece, o silêncio se abate sobre nós. Chacoalho a cabeça e tento me afastar de Andrew, mas seus joelhos ainda me mantêm no lugar, e estamos enroscados em sua bermuda. Lembro-me do que ele me disse antes: "Eu estava te procurando". A mesma frase que ele usa com todas as garotas, em todas as festas. Andrew disse isso para Cecilia no meu aniversário e, em seguida, a levou ao banheiro, para o chuveiro. Não acredito que caí nessa, não quando tenho o seu roteiro memorizado. Sempre me senti mal por causa das garotas que foram enganadas pelo Andrew Baladeiro. E agora eu sou uma delas.

— Me solte — digo, tentando me safar dele.

A água transborda e cai no piso de ladrilhos. Andrew move os joelhos, apoiando-se contra a lateral da banheira e puxando a bermuda para cima.

— Essa é uma das suas jogadas, não é?

Andrew passa a mão pelo cabelo e balança a cabeça, espalhando água em todas as direções.

— Do que você está falando?

— Com quantas garotas já tomou banho, Andrew?

— Keely! — Hannah ainda me chama do outro lado da porta, com a voz alta e tensa. Percebo pelo tom que algo está errado. Tento ficar de pé, mas o piso da banheira está escorregadio. Eu cambaleio e uso as mãos para me equilibrar. — Não acredito que depois de tudo você está tentando ficar comigo.

— Não estou tentando ficar com você — Andrew diz.

Sei que tenho tanta culpa por isso quanto ele, mas é muito difícil raciocinar. É como o que ele me disse alguns meses atrás, sobre como é mais fácil não sentir nada do que se magoar. Talvez seja por esse motivo que Andrew não contou a verdade para Danielle e está me usando como uma distração.

— Preciso ir. — Saio da banheira, visto minha camiseta molhada e sinto muito frio e umidade na pele.

— Espere — Andrew pede.

Por um instante, paro, com a mão na maçaneta. Mas não posso dar meia-volta.

Hannah continua batendo na porta, e eu a abro. Levo um susto ao vê-la chorando. Trilhas de rímel escorrem pelo seu rosto e sua respiração está saindo em pequenos suspiros.

— O que houve? — pergunto e a puxo para um abraço, esquecendo que minhas roupas estão molhadas, que Andrew está de pé atrás de mim, ainda na banheira, sem camiseta.

Hannah não parece perceber.

— Ele voltou para passar o verão. — Hannah tenta enxugar as lágrimas. — Ele está aqui na festa.

— Quem? — pergunto, embora seja óbvio. Só existe uma pessoa capaz de deixar Hannah tão frágil, tão fácil de rasgar em pedacinhos, como uma versão de boneca de papel de si mesma.

— Charlie — ela responde. — Charlie está aqui.

# CAPÍTULO 28

— ONDE ELE ESTÁ? — LIBERO HANNAH DO MEU ABRAÇO PARA EXAminar o ambiente. Já estava chateada antes disso, mas agora estou me sentindo sanguinária, e Charlie é o alvo perfeito.

— Não sei. — Hannah limpa o rosto. — Só o vi por um segundo e saí correndo. Não queria que ele me visse chorando — prossegue, com a voz saindo aos soquinhos. — Ele não pode me ver assim.

Sinto a presença de Andrew atrás de mim e, em seguida, sua mão no tecido molhado das minhas costas.

— Vocês estão bem? — ele pergunta.

Afasto-me dele.

— Estamos. — Aproximo-me de Hannah. Não consigo ficar perto de Andrew.

Hannah olha alternadamente para nós dois, arregalando os olhos. Ela enfim se deu conta dos nossos cabelos molhados e de que Andrew não está usando sua camiseta.

— Espere, o que está acontecendo? — Hannah quer saber.

— Venha, vamos levá-la pra casa antes que Charlie apareça aqui.

— Keely. — Andrew estende a mão para nos deter. — Vocês iam ficar aqui, não iam? Posso levá-las pra casa amanhã.

— Não posso ficar. — Viro-me de costas para ele. De repente, sinto-me tão frágil quanto Hannah, como uma boneca de papel. Não sei se é a tequila que ainda está me deixando tão zonza, tão instável, ou se estou apenas me recuperando da proximidade de Andrew. Há gotinhas de água escorrendo pelo seu peito, e meus olhos seguem uma que desce pela sua pele e desaparece sob a cintura da sua bermuda. — E vista a camiseta — ordeno. Agarro Hannah e a puxo pelo corredor, deixando-o para trás.

Não há ninguém sóbrio para dirigir. Então, Hannah e eu decidimos ir a pé. Faz muito calor, mesmo a esta hora da noite. Prefiro andar alguns quilômetros com minhas roupas molhadas a passar mais tempo nessa festa, com Andrew, Danielle e Charlie, o Comensal da Morte. Além disso, é bom me mexer — assim, a tequila vai saindo do meu corpo e limpando minha cabeça a cada passo.

Mal passamos da entrada da garagem e Hannah parte para o ataque:

— Que diabos foi aquilo lá dentro? Por que Andrew estava sem a camiseta?

— Não sei do que você está falando.

Como contar tudo para ela? Para começar, *O Plano* foi ideia de Hannah. Sério, devia ter falado para ela assim que perguntei a Andrew. É que agora é tarde demais. E falar sobre Andrew em voz alta — e de todas as coisas que aconteceram e quase aconteceram entre nós — me deixa com medo do que posso vir a revelar.

Começo a andar mais rápido, como se houvesse uma chance de superar os meus problemas. Hannah também acelera o passo.

— Qual é, Keely? Não sou idiota.

Ela parou de chorar e parece feroz, selvagem. Se há algo bom que pode resultar de hoje à noite, do meu erro com Andrew, é que Charlie parece ter desaparecido da mente de Hannah. Andrew e eu somos a distração perfeita.

— Vocês estavam se pegando? — Hannah sugere.

— Não! — Parece mais fácil negar tudo do que ter de admitir a verdade. Mas não posso fazer isso com Hannah. — Quer dizer, não sei. Sim, estávamos... nos beijando. Nós nos beijamos, ok? Nós nos beijamos muito rápido. — Lanço minhas mãos para o ar, desejando poder recuperar as últimas horas. Ou, melhor ainda, os últimos meses. — Mas não importa. Fui idiota. Andrew está apaixonado por Danielle, e eu *sei* disso, mas ainda caí nessa. Sempre soubemos que ele era um mulherengo, não é? Só que nunca imaginei que ele fosse brincar comigo.

Estou quase correndo agora, e Hannah se mantém ao meu lado.

— Ei, devagar! — Ela estende um braço na minha direção, eu paro de repente e Hannah quase se choca contra as minhas costas. — Ele não está tentando brincar com você. Andrew nunca faria isso, Keely.

Ela põe a mão no meu ombro, e eu a afasto.

— Como você sabe?

— Porque ele te ama.

— Pare! — Sinto ainda mais dificuldade para respirar.

Não consigo lidar com nada disso agora. Uma onda de náusea sobe do estômago até o peito e cerro os dentes até que passe.

— Sério, Keely — Hannah prossegue, num sussurro.

Hannah é tão incrível que está me confortando quando, poucos minutos atrás, era ela quem se lamentava.

— Andrew faria qualquer coisa por você — ela diz.

Sei que tenho que contar a Hannah sobre *O Plano*, porque tudo ficou muito confuso. Então, ela saberá por que está errada.

Há uma faixa de luz no horizonte, e o céu ao nosso redor se mostra nebuloso e azulado, quase de manhã. Há um pássaro gorjeando em algum lugar, mas não sei dizer de que espécie. Esqueci todos os cantos de pássaro que aprendemos no jardim de infância. Pergunto-me quanto tempo vou demorar para esquecer todo o resto.

Suspiro e me viro para Hannah.

— Não foi a primeira vez, tá?

— Eu sei — ela responde.

Não era o que eu estava esperando.

— O quê?

— Vocês são os meus melhores amigos e têm agido de maneira muito estranha um com o outro ultimamente. Achou que eu não tinha notado? Vocês mal conseguem ficar no mesmo lugar juntos. Claro que algo está acontecendo.

— Eu menti para Dean sobre ser virgem, lembra? — Experimento uma dor aguda na cabeça e pressiono a testa com a mão, desejando pela milionésima vez não ter tomado vinte mil margaritas. Posso sentir a tequila triturando o meu estômago.

— Claro que me lembro. Keely, você transou com Andrew?

— Foi aquela coisa que você disse no almoço naquele dia — deixo escapar as palavras. — Que Andrew era um puta especialista, que ele sabia o que fazia. Ele poderia me ajudar a treinar...

— Quer dizer que tem treinado com ele?

Não consigo deixar de notar que Hannah parece um tanto animada, com os olhos brilhando.

— Hannah, pare! Essa não é uma boa notícia.

— Como não? É uma ótima notícia! — E agora ela abre um sorriso largo.

— Não, Andrew e eu não somos mais amigos, tá?

Parece libertador finalmente dizer isso a alguém. Eu não fazia ideia do quanto precisava falar a respeito com ela, do quanto estava sofrendo por perdê-lo.

— Pra começar, Andrew nunca quis... treinar... comigo. Nós nem fomos até o fim, porque ele não conseguiu. Drew simplesmente... foi embora.

Saímos da rua de Danielle e seguimos rumo à cidade. Passamos pelo *campus* da EVmU e pegamos a Main Street. De repente, fico com medo de encontrarmos Dean, que pode ter parado de jogar *Mario Kart* e decidido vir a um bar. Não posso vê-lo agora. Não comigo deste jeito.

— Isso não faz nenhum sentido, Keely. Não era isso que devia acontecer.

— Você não pode se intrometer na vida de outras pessoas, sabia? — digo, de forma mais dura do que pretendia.

Hannah empalidece, fica de queixo caído e fecha os olhos por um instante. Posso dizer que a magoei.

— Eu não sabia que tudo isso era culpa *minha*.

— Você tenta nos juntar há anos, Hannah. Se tivesse ficado de fora disso, nada dessa loucura teria acontecido.

Passamos pelo Jan's. As janelas ainda estão escuras. Dói saber que nunca mais comerei panquecas no café da manhã com Andrew aqui. O cheiro de algo assando flutua no ar ao nosso redor, e isso me deixa enjoada.

— Não te forcei a fazer nada, Keely.

— Sim, mas veja como você ficou feliz por eu ter posto *O Plano* em ação!

— Eu estava brincando! — Ela afirma, dando uma risada sem graça. — Quando te disse pra treinar com Andrew, nunca pensei que você levaria a sério.

— Não estava brincando, não, Hannah! Você não pode voltar atrás em relação a isso só porque não saiu como planejou.

— Eu não planejei nada — ela afirma, mas o entrecortado em sua voz diz o contrário.

— Você queria que nos apaixonássemos e, em vez disso, arruinou minha amizade com Andrew. E agora vem me dizer que era tudo uma brincadeira. Bem, lamento que seu plano não tenha dado certo. Algumas de nós sabem que não vale a pena se apaixonar por caras mulherengos. Esse não é o seu caso. Charlie é o melhor exemplo.

O rosto de Hannah fica bastante vermelho, como se eu tivesse lhe dado um tapa; e meio que dei.

Hannah se vira para mim e dispara, venenosa:

— Se você acha que não está apaixonada por Andrew, está delirando.

— Ele é o meu melhor amigo. — É a minha frase habitual, a frase que costumava vir naturalmente, mas agora parece mentira.

— É, e daí? Ele é seu melhor amigo e você está apaixonada por ele, e isso está te destruindo. Se contar pra ele, tudo pode voltar ao normal, Keely. Do que tem tanto medo?

— Preciso ir. — Acelero o passo e espero que ela não me siga. Quero me livrar dela. E ficar sozinha.

— Pra onde? — Hannah pergunta, mas não está vindo atrás de mim.

A verdade é que estou com medo. De amanhã à noite, do futuro, de quem estará lá e de quem desaparecerá com o colégio, como aqueles cantos de pássaro que aprendemos no jardim de infância. Mas sobretudo tenho medo de que Hannah esteja certa. Porque se estou apaixonada por Andrew, *se estou apaixonada por Andrew*, significa que me ferrei completamente. Afinal, Andrew continua apaixonado por Danielle.

# CAPÍTULO 29

ACONTECE QUE A ÚNICA COISA PIOR DO QUE SE PREPARAR PARA o baile é se preparar para o baile sozinha. Hannah e eu deveríamos nos vestir juntas, mas ela me ignorou mais cedo quando enviei uma mensagem para revisar os detalhes. Então, acho que deixamos de nos falar.

    Estou na frente do espelho com um curvex, encarando-o como se fosse uma arma de tortura. Os acontecimentos de ontem continuam lampejando na minha cabeça como um filme dos meus grandes erros: jogando o jogo de girar a garrafa, tomando banho com Andrew, brigando com Hannah. Sei que eu disse coisas confusas para ela sobre Charlie, mas não consigo me lembrar delas. Só me recordo de como Hannah ficou pálida, da indisposição no meu estômago quando ela me falou que eu estava delirando. Quando ela garantiu que eu era apaixonada por Andrew.

    Afasto tudo da minha mente e tento a sorte com o curvex. Sei que deveria ter mandado uma mensagem para Danielle ou Ava. Uma delas teria me acolhido hoje, mas Hannah deve estar com elas. Além disso, não suportaria ver Danielle se arrumar ouvindo sua tagarelice histérica sobre sua noite idiota com Andrew.

    Mas, enquanto brigo com o curvex e todo o resto, desejo mais do que nunca ter Hannah aqui como fada madrinha. E é o que eu teria se não a tivesse afastado.

    Minha mãe aparece para me salvar. Nunca me dei conta de que ela saberia como fazer isso. Afinal, sempre está bem-vestida e tranquila.

Talvez parte de ser uma mulher seja aprender a como vestir essa armadura. Ela pinta meus lábios de vermelho-escuro e penteia meu cabelo para o lado, com ondulações suaves caindo pelas minhas costas. Hannah me fez comprar o vestido verde da loja do shopping, e acho que não parece tão ridículo quanto eu pensava. Quando me olho no espelho, não me reconheço. Pela primeira vez, acho que entendo o que Dean vê em mim.

— Você está linda — minha mãe me elogia quando termina de me arrumar.

Sorrio, porque concordo plenamente.

Combinei com Dean que ele me encontraria no lago. Então, meus pais me levam até lá para tirar fotos. Peço que eles fiquem no carro, mas sei que não ficarão. Isso deve ser ainda mais significativo para eles do que para mim. Minha mãe precisa dessas fotos para quando eu estiver na Califórnia.

Ao chegarmos, encontramos todos reunidos em pequenos grupos, tontos de empolgação e nervosismo. Procuro por Dean no estacionamento, mas não o vejo, e o terrível pensamento de que ele talvez não apareça se apossa de mim. Observo ao redor e sinto toda a minha confiança anterior desaparecer; procuro alguém com quem ficar, para não ser a garota sozinha com os pais. Pela milionésima vez, gostaria de não ter rechaçado Hannah ontem à noite, porque, mais do que tudo, eu a quero aqui comigo. Desejo pedir-lhe desculpas, perguntar sobre Charlie e constatar se ela está bem.

— Ah, ali estão Diane e Robert. — Minha mãe aponta para onde estão os pais de Andrew. — Vamos cumprimentá-los.

Tento fixar os calcanhares no chão para impedir que ela me arraste até lá, porque a perspectiva de ver Andrew depois de ontem à noite é insuportável. Quando eu o vejo, com os seus pais, perco o fôlego. Ele está de terno azul-marinho e com o cabelo penteado liso junto à cabeça. Sinto falta do jeito como seu cabelo cai em seus olhos. Ele gira e põe uma perna em cima do mourão da cerca para uma foto idiota. Ouço a mãe dele dizer, quando nos aproximamos:

— Não é possível pelo menos tirar uma foto séria?

— Mãe, espere até Danielle chegar — ele diz.

À menção do nome dela, sinto como se tivesse recebido uma punhalada no coração.

— Só quero uma bela foto do meu filho usando terno.

Andrew balança a cabeça, rindo, enquanto Diane tira fotos furiosamente com a câmera. Então, ele se vira e olha direto para mim, e eu paro de andar, como se tivesse me chocado contra uma parede de tijolos invisível. O sorriso fica congelado no rosto de Andrew, seus olhos saltitam, e estão muito verdes. Não consigo deixar de pensar na noite passada, quando havia gotas de água em seus cílios como orvalho matinal sobre a grama.

Meus pais continuam caminhando e se encontram com os dele. Os quatro se cumprimentam com abraços e apertos de mão, mas mal registro, porque não consigo me mexer, não consigo parar de olhar para Andrew, não consigo respirar. Tudo o que é possível para mim é pensar, olhando nos olhos dele, no quanto eu quero beijá-lo. Quero estar de volta naquela banheira, com a pele lisa de Andrew encostada na minha, suas mãos passando pelo meu cabelo, puxando-me com tanta força para ele que é como se tivéssemos sido feitos das mesmas partículas.

E me dou conta de que Hannah tem razão. Hannah tem toda a razão. Ela sempre esteve certa. Estou apaixonada por Andrew.

Mas não serei como Cecilia, como tantas outras garotas que se apaixonaram por ele da mesma maneira e foram descartadas. Nada de ser apenas a garota que ele beijou em uma banheira em uma festa depois de muitas margaritas, aquela que se deixou enganar por suas frases estúpidas mesmo sabendo que não valia a pena. Porque minha paixão não é pelo Andrew Baladeiro. Estou apaixonada por Andrew. Meu melhor amigo.

No entanto, isso não facilita as coisas.

Andrew deve ter percebido que estou tendo problemas em me locomover, pois vem caminhando na minha direção, diminuindo a distância entre nós.

— Oi.

— Oi — respondo, subitamente acanhada.

— Você está muito... — Mas ele não conclui.

Quero que Andrew diga que estou bonita, mas não sei se será apenas outra frase.

— Obrigada — agradeço, como se ele já tivesse concluído.

— Precisamos de uma foto de vocês dois para a porta da geladeira! — Minha mãe acena com sua câmera. — Fiquem juntos.

Nossos pais avançam e nos empurram um para o outro, e alisam as ondulações do meu cabelo, tiram fiapos imaginários do paletó dele, para que pareçamos perfeitos.

— Drew, passe o braço em torno dela — meu pai diz. — Do que tem medo, rapaz?

— Vejam como vocês cresceram... — Diane pisca para reprimir uma lágrima nostálgica.

— Os dois são tão bonitos... — Minha mãe leva a mão ao peito.

É estranho para mim ver como os nossos pais não têm ideia do que está rolando entre nós. Antigamente, eles sabiam tudo sobre nossa vida, e agora há tanto sob a superfície que eles nunca entenderão. Meu pai está tão desinformado que pode pedir para Andrew me abraçar e não se dar conta de que o braço de Andrew em torno de mim é, ao mesmo tempo, a melhor e a pior coisa do mundo.

Andrew me olha, e depois fita nossos pais. E obedece respeitosamente, colocando o braço com delicadeza em torno da minha cintura, com a mão mal se apoiando no tecido que cobre o meu quadril. Penso em quantas vezes, no passado, Andrew colocou o braço no meu ombro, apoiando-se em mim nas festas, me puxando com força para si como se não fosse nada demais. Lembro da rede no quintal da casa dele e de todas as vezes que ficamos ali juntos, deixando a gravidade nos arrastar quase um em cima do outro. Tocá-lo agora não devia importar, não devia ser um problema, mas sua mão no meu quadril está quente e pesada, e não consigo raciocinar.

Nossos pais tiram um milhão de fotos e depois Andrew e eu nos afastamos o mais rápido possível para não nos tocarmos. Por um momento, pergunto-me se voltaremos a nos tocar. Não posso ficar perto dele, não se a sensação for assim.

Dou uma olhada no estacionamento. Danielle chegou, junto com Ava, e ela se parece com alguém que você gostaria de pintar, com seu vestido cor de vinho tinto, com uma fenda que chega quase até o pescoço. Ryder vem atrás delas, bebendo de uma garrafinha não muito discretamente. Ainda que ele e Ava estejam aqui juntos, não estão juntos como namorados. Ava queria estar sozinha. Então, Chase se dirige até eles, abraçando Cecilia.

Quando a escola é pequena, no fim das contas é apenas um grande jogo de girar a garrafa.

Começo a me mover na direção do grupo, mas Andrew estende a mão para me deter.

— Espere. Antes que nós... Quer dizer — Ele baixa a voz para que nossos pais não possam ouvir, mas eles não estão prestando muita atenção, pois se mantêm muito entretidos olhando as fotos na câmera digital. — Sobre ontem à noite... Não tive a intenção... Quer dizer, eu tive a intenção, eu quis, eu simplesmente...

— Não se preocupe com isso, Andrew. Naquele momento, eu era cerca de oitenta por cento feita de tequila, então...

— Eu sei. — Ele se inclina para mim, e dói porque seus lábios estão a apenas cinco centímetros dos meus. É engraçado como algo pode estar tão perto, mas na verdade tão longe. — Eu não devia ter te beijado.

— Eu também te beijei — digo, tentando controlar a emoção.

— Mas você estava bêbada.

— Você também. — É como se nossa conversa não levasse a lugar nenhum. — Vamos esquecer que isso aconteceu, tá? Tudo isso.

E me afasto dele, indo para o estacionamento. Quando me viro, fico surpresa ao ver que Andrew não me seguiu. Ele continua parado ali, raspando um dos seus belos sapatos na grama. Então, Andrew acena com a cabeça e passa por mim, encaminhando-se na direção de Danielle. Ela sorri quando o vê e passa os braços em torno do seu pescoço, abraçando-o para que fiquem bem juntos. Sinto como se alguém me apunhalasse várias vezes com uma faca cega.

Ouço o ronco de um motor e, em seguida, uma moto entra no estacionamento. *Graças a Deus*, é Dean. Ele parece ótimo. Melhor que ótimo. É como se ele estivesse saindo direto de um filme de ação em seu smoking preto. Ele não é mais James Dean. Ele agora é James Bond.

Aproximo-me dele no exato momento que Dean está descendo da moto. Posso sentir seus olhos me avaliando, com seu olhar percorrendo lentamente todo o meu corpo, prolongando-se em todos os lugares que estão um pouco mais expostos do que o habitual.

— Você está linda, par do baile — ele me elogia.

Em seguida, Dean tenta me pegar, para me beijar na frente de todos. Mas eu me afasto dele, porque sei que meus pais estão observando.

— Obrigada por vir — digo, aliviada.

— Eu não perderia o meu primeiro baile de formatura. — Então, Dean pega a minha mão e entrelaça os dedos nos meus.

Espero a comichão habitual se formar no meu estômago, a falta de ar que sempre acompanha seu toque, mas isso não acontece. Não sinto nada.

Percebo que minha paixonite se foi, indubitável e completamente. De repente, os sentimentos que eu tinha por ele parecem tolos. Como fui capaz de ter gostado tanto de Dean quando Andrew estava bem na minha frente o tempo todo?

Meus pais se aproximam e se apresentam. Como sempre, Dean se mostra encantador. Eu deveria saber que ele seria. De alguma forma, Dean os tranquiliza a respeito da motocicleta, promete à minha mãe que nunca me deixaria dirigi-la e até consegue fazê-la sorrir. No momento que eles não estão olhando, Dean se inclina para mim e sussurra no meu ouvido:

— É um belo vestido. Mal posso esperar para tirá-lo de você.

Viro-me e dou um tapa de brincadeira no peito dele, mas por dentro sinto como se estivesse prestes a me dividir em um milhão de pedaços diferentes.

Nesse instante, o Jeep de Hannah entra no estacionamento, e sinto uma pontada de culpa por não estar ao seu lado, por ter sido tão arrogante e teimosa demais para admitir que ela estava com a razão. Hannah não tinha um par, e agora chega aqui sozinha. Sou a pior amiga do mundo.

Mas de repente as portas do carro se abrem e eu sinto um frio na barriga, porque ela não está sozinha. Ela está com *Charlie*.

Eles se aproximam de nós. Hannah não consegue me encarar, como se soubesse que fez algo errado e temesse a minha crítica.

— Collins... — Charlie me oferece seu punho para um soquinho, na espera de que eu o cumprimente desse modo. Como não o faço, ele estende o punho para Dean. — E aí, cara? Sou Charlie.

Dean dá um sorriso malicioso.

— O famoso Charlie...

E eles se cumprimentam, daquela maneira típica. Em seguida, iniciam uma conversa sobre ser mais velho e estar na faculdade.

Os pais nos encurralam em um grande grupo para que possam tirar fotos. Depois, chega o momento de irmos embora. Nós nos amontoamos em uma limusine. Todos os pais acenam, choram e pedem que nos cuidemos. Sei que deveria estar me divertindo, mas tudo parece distorcido demais.

No segundo em que as portas da limusine se fecham, Ava saca uma garrafa de champanhe da bolsa.

— Quem quer um pouco? — ela oferece e entrega a garrafa a Ryder, que a abre, e Ava grita quando a rolha estoura.

Todos relaxam conjuntamente, dispostos demais a beber para esquecer um pouco do embaraço.

A limusine passa junto à beira do lago, e eu olho pela janela para observar a água. O sol está quase se pondo, e a luz alcança a superfície daquela maneira dourada que me lembra do acampamento de verão, da sensação no final de agosto, quando você sabe que tudo está acabando.

Dean descansa a mão casualmente na minha perna, como se pertencesse a ela. Ele e Ryder riem de alguma coisa, passando uma garrafinha de um para o outro, mas não estou ouvindo. Só consigo pensar naqueles dedos na minha pele, em como da primeira vez que ele colocou a mão ali eu fiquei elétrica. No entanto, agora não sinto nada.

Dean se inclina e beija a parte sensível ao redor da minha orelha. Seu hálito cheira a uísque e me causa arrepios. Não consigo evitar de olhar para alguns assentos à minha esquerda, onde Andrew, sentado com Danielle, tem o rosto quase colado no dela.

Hannah e Charlie ficaram do outro lado do meu assento. Quando Ava entrega a garrafa de champanhe para a amiga, Charlie segura a trança grossa de Hannah e a puxa de leve, como se nunca tivesse perdido o direito de tocá-la. Esse pequeno movimento me deixa muito brava. Hannah toma um gole e me passa a garrafa. Nossos olhares se encontram, e eu inclino a cabeça para o lado, tentando dizer-lhe com a minha expressão tudo o que há de tão bagunçado nesta situação. Como ela foi capaz de ter tanta razão a respeito de Andrew, mas estar tão enganada sobre isso?

Andrew ri de alguma coisa e depois beija o dorso da mão de Danielle. É como um efeito dominó em toda a limusine. Cecilia passa os braços ao redor do bíceps de Chase e aconchega o nariz no colarinho da camisa dele, e eu acabo me inclinando para mais perto de Dean, deixando a mão dele subir mais alto no meu joelho. Detesto estar reagindo da mesma maneira que Cecilia; somos apenas duas garotas que Andrew jogou fora.

— Estou bem animada com a noite de hoje — sussurro no ouvido de Dean, porque tento me convencer de que estou.

Se Andrew pode ter casos sem sentido, eu também posso. Não preciso gostar de Dean para transar com ele. Posso transar com Dean porque ele é um tesão, e é o baile de formatura, e tudo está perfeito. Por que eu desperdiçaria um momento como este?

— Eu também. — Os olhos dele brilham, como se Dean não tivesse certeza até este segundo de que eu seguiria em frente.

A limusine encosta diante do Walcott, e desembarcamos rápida e atabalhoadamente. Todo o lugar está iluminado com luzes cintilantes que entrecruzam o teto, como se o céu estivesse encantado. No salão de baile, as paredes foram decoradas com ondas gigantes de papelão pintadas com *glitter* azul, e há uma máquina de bolhas de sabão na entrada.

— Está fantástico! — Ava não se contém ao ver isso e rodopia, e todos a imitamos.

Há uma mesa de bufê, com grandes travessas de frango, salada e risoto que ninguém está tocando, e com uma vasilha de ponche da qual — se filmes de adolescentes forem confiáveis — eu deveria ficar bem longe. Sophie Piznarski, junto a uma mesa repleta de iguarias, segura uma cesta cheia de biscoitos, *brownies* e *muffins*, que ela oferece a todos que passam por lá. É como se o grêmio estudantil tivesse esquecido que todos nós estaríamos nervosos demais para comer. Mas talvez eu seja a única nervosa. Andrew, na certa, vai devorar três frangos inteiro e ainda sentirá fome.

Sophie estende a cesta para nós.

— Não se esqueçam de votar no rei e na rainha!

— E desde quando existe votação em uma monarquia? — pergunto.

Hannah dá risada, mas em seguida sua expressão volta a endurecer, como se ela não tivesse certeza de poder achar que sou engraçada agora.

Danielle nos faz parar junto à mesa, com seus olhos de raio *laser* deixando claro em quem devemos votar. Escrevo o nome de Hannah; um pedido de desculpas silencioso que ela não pode ver.

Os rapazes continuam andando e se sentam a uma das mesas na beira da pista de dança. É muito estranho ver Andrew e Dean juntos.

— Foi você que fez? — Danielle pergunta a Sophie, pegando um biscoito.

— Não, são do Green Mountain — ela responde.

Então, Danielle devolve o biscoito à cesta.

— Você não precisa comer. — Sophie faz uma careta.

Para ser gentil, apanho um *muffin* de mirtilo, mas sinto-me ansiosa demais para ter fome.

— Estou reservando espaço para um burrito do Taco Bell mais tarde. — Ava cambaleia sobre seus sapatos de salto alto. — Se eu beber mais coca-couve, acho que vomito.

— Ela só precisa caber no vestido o tempo suficiente para Ryder tirá-lo — Danielle diz.

Sophie põe a cesta de *muffins* na mesa.

— Ei, você e ele estão...

— Que nojo! — Ava exclama.

— Sim, eu diria que as probabilidades estão a favor de Ryder. — Danielle faz um ar de espanto.

— Olha, posso contar uma coisa a vocês? — Ava pergunta e baixa a voz, deixando escapar um sussurro conspiratório: — Ryder é muito ruim de cama. É como se ele imitasse todas aquelas coisas horríveis dos filmes pornô e não se importasse se estou a fim.

— Você vê filme pornô? — Fico admirada. Sinto medo até de procurar dicas de sexo no Google no meu celular. Talvez devesse ter pedido conselhos a Ava desde o início.

— Todo mundo vê, Collins. Às vezes, temos que fazer as coisas sozinhas.

— Eu não — Sophie reage.

— Bem, alguém devia dizer a Ryder para parar de usar os dentes — Ava afirma. — Vampiros são sexy só em filmes.

Todas nós rimos, mas não consigo deixar de me perguntar por que Ava não disse nada a ele. Mas acho que estou fazendo o mesmo com Dean. Por que é tão difícil ser honesta sobre o que você quer quando está nua?

— Com quem você está, Sophie? — Danielle indaga, como se já não soubesse. Prescott é um lugar pequeno demais para guardar segredo.

— Jarrod Price. Você está com Andrew, né?

— Sim. — Danielle quebra um pedaço de *muffin* de chocolate e o coloca na boca. — Sem ressentimentos?

Danielle fala com Sophie, mas seus olhos se voltam para mim por apenas um instante. Desvio o olhar.

— Meu lance com Andrew foi há séculos. — Sophie dá de ombros.

— E você, Keely, está com aquele cara... Dean, não é? Ele é bem bonitinho.

— Tão bonitinho! — Ava exclama.

— Garota de sorte... — Sophie olha por cima do meu ombro, para onde os rapazes estão.

Eu me viro para ver. Não há como negar que Dean fica muito bem sob as luzes piscantes. Ele tirou o paletó e arregaçou as mangas da camisa social branca, para que todos pudessem ver a pele bronzeada dos seus braços. Sei como isso deve parecer para Sophie. Por que ela acha que tenho muita sorte.

— Obrigada. — Tento parecer empolgada. Basicamente, tudo o que sinto é dor de estômago. Coloco o *muffin* na mesa.

— Ela vai ter ainda *mais sorte* mais tarde. — Danielle esboça um sorriso sacana. O brilho em seus olhos deixa claro que ela está tramando alguma coisa.

— Qual é, Danielle? — Hannah a repreende, o que me dá esperança de que ela não vai me odiar para sempre.

Danielle a ignora e se inclina para mais perto de Sophie.

— Nem todo mundo perde a virgindade no Walcott.

Pelo visto, eu devo guardar todos os segredos de Danielle, mas ela não consegue guardar os meus.

— Não acredito! — Sophie tapa a boca com as mãos. — Keely, isso é tão excitante! Você vai ter a melhor noite do mundo. A ocasião do baile é perfeita. Talvez não tanto quanto a noite de núpcias, mas é a segunda melhor opção, não é? Você ama Dean?

— Se eu o amo? — A pergunta é tão ridícula que quase dou risada.

Mas Sophie não está brincando. Ela me encara com seus grandes e sinceros olhos azuis. Quando não respondo imediatamente, Sophie pisca e pigarreia.

— Não tive a intenção de te pressionar. Tudo bem se você não... Eu só...

— Não, tá tudo certo. — Tento sorrir. — Eu não amo Dean. Só quero...

O quê? Quero apenas acabar logo com isso? Esquecer as coisas, esquecer Andrew por um tempo, usar Dean como uma distração? Quem me dera saber o que quero. Isso não tornaria tudo mais fácil? Gostaria de amá-lo. Se eu amasse Dean, então talvez pudesse esquecer por um segundo que Andrew ama Danielle.

— É a hora certa, não é? — É a melhor resposta que consigo dar.

— Não sei. — Sophie suspira. — Estou à espera do casamento.

— O quê? Você ainda é...

— Virgem? — Sophie termina. — Sim. Não é nada demais. Ainda não estou pronta. Prefiro esperar até saber que um cara me ama, sabe? Os caras da nossa escola não valem a pena.

— Mas e Andrew? — Volto a olhar por sobre o ombro e vejo que Andrew e Chase começaram a dançar, aos pulos, daquele jeito idiota que os caras fazem quando estão se exibindo.

Andrew percebe que estou olhando para ele e acena na nossa direção, para mim ou talvez para Sophie ou Danielle, e gesticula para nos juntarmos a eles. A alegria genuína em seu rosto me causa falta de ar.

— Andrew não me amava, Keely. Você devia saber disso melhor do que ninguém.

— Claro que ele te amava — afirmo, mas sabemos que não é verdade.

Lembro-me de todas as vezes que Andrew se queixou de Sophie para mim. Com certeza, eles não nasceram um para o outro. Talvez Sophie soubesse disso o tempo todo. Não lhe dei crédito suficiente.

— Está tudo bem, Keely — Sophie garante, sorrindo. — Andrew não era o cara certo. Na realidade, ele era um péssimo namorado. Sempre achei... quer dizer, nós terminamos porque ele simplesmente não...

De repente, Sophie para de falar e se vira para olhar para Danielle.

— Não importa, desculpe. Não devia estar estragando seu encontro desse jeito — prossegue, fica de pé e pega a alça da cesta de *muffins*. — Vou continuar distribuindo estes *muffins*, e você pode esquecer que eu disse alguma coisa.

— Porque ele simplesmente não... O quê? — Danielle não é de deixar que declarações fiquem pairando no ar.

Sophie suspira e olha para mim.

— Andrew não parava de falar de você, Keely. Era muito cansativo.

— Somos apenas amigos — afirmo imediatamente, com a frase saindo com a maior naturalidade.

Mas o que Sophie disse faz entrar em ignição algo em mim e, de repente, me sinto um fio quente.

— Sim. — Sophie pega um *muffin* de mirtilo e dá uma mordida. Um pouco de açúcar cristal cai e se espalha pela superfície da mesa. — Eu entendo isso agora.

# CAPÍTULO 30

**NÓS NOS DIRIGIMOS ATÉ A MESA PARA DEIXAR NOSSAS BOLSAS E** depois agarrar os rapazes, arrastando o resto deles para a pista. A música é animada e alegre e, apesar de tudo o que está acontecendo, o fato de que todos no círculo devem estar chateados com outra pessoa, nada disso importa. Essa pode ser a última vez que estamos todos juntos, um grupo grande e problemático, e creio que todos nós sentimos a força do tempo neste instante.

A música muda e fica mais lenta. Nós nos separamos para dançar com nossos pares. Eu envolvo os braços em torno do pescoço de Dean e sinto sua pele, úmida e pegajosa. Ele me passa a garrafinha, e tomo um gole rápido. Neste momento, já estou tão acostumada com o sabor do uísque que quase gosto. Ou talvez só esteja tentando me convencer disso.

Uma música rápida começa a tocar, e estamos todos juntos de novo. Jogo os braços no ar e fico girando, zonza e feliz. A música se torna mais lenta, e todos nos abraçamos, para ficarmos balançando para a frente e para trás, em um grande círculo. E então, antes que eu saiba o que está acontecendo, Chase abraça Danielle pelos ombros, e eles passam a dançar sozinhos. Espero que ela se afaste dele — afinal, Danielle não se afastou dele todos os dias desde o meu aniversário? —, mas ela não faz isso. Danielle está rindo e trazendo-o para mais perto.

É como se todos nós estivéssemos esperando para seguir o exemplo dela, porque, assim que Danielle aceita a dança com Chase, nós nos separamos em direções diferentes. Hannah ataca Dean e o puxa para si; e, antes que eu consiga mudar de ideia, pego Andrew. Aceno com a cabeça em agradecimento a Hannah, sabendo que ela está me fazendo esse favor de propósito. Ela também acena com a cabeça e, naquele momento, sei que ela *sabe*. Não preciso dizer-lhe que ela tem razão.

— Oi — digo, pondo as mãos sobre os ombros de Andrew.

— Oi. — Ele passa os braços em torno da parte inferior das minhas costas.

Tento manter uma distância respeitável entre nós, porque todo mundo está olhando, mas Andrew se aproxima. Assim, sou forçada a enlaçar o seu pescoço. Estamos nos tocando desde os nossos quadris até os nossos peitos. Sei que é errado estar tão perto, que só estou me torturando, mas parece certo estarmos encaixados assim, como se fôssemos peças correspondentes de um quebra-cabeça. Descanso a cabeça em seu peito, e gostaria de ser alta o suficiente para roçar os lábios na pele macia do pescoço dele. Andrew tem um cheiro familiar, como grama cortada. O mesmo cheiro que ele tinha quando estava sobre mim em sua cama, com seu corpo cobrindo o meu.

A música está tocando, lenta e suave, mas mal consigo ouvi-la. Tudo o que ouço é o meu coração batendo aos pulos. Sei que se eu recuasse a cabeça um pouco, poderia beijá-lo. Por isso, eu a mantenho cabeça presa em seu ombro, para não cair em tentação. De repente, sinto que estou prestes a chorar. Era muito mais fácil antes de me dar conta de que o amava. Quero retroceder algumas horas e me tornar aquela garota novamente.

— Você está se divertindo? — Andrew quer saber.

O som de sua voz está perto o bastante para causar cócegas no meu ouvido. Faço que sim com a cabeça e enterro o nariz no seu tórax. Tenho medo de que ele possa sentir o que estou sentindo, que consiga captar a verdade disso na minha expressão facial.

— Sentirei sua falta. — Afasto-me dele o suficiente para que possamos nos ver.

— Collins — Andrew diz baixinho, estendendo a mão até o meu rosto. Ele percebe que meus olhos estão lacrimejando. — Você está bem?

Sua expressão me faz querer contar tudo para ele.

— Eu...

As palavras ficam presas na minha garganta. Sei que são muito poderosas, que, embora sejam apenas palavras, o significado delas mudará tudo. Não posso verbalizá-las. Além disso, de que adiantaria?

— Keely... — O polegar de Andrew roça de leve a pele sensível do meu rosto.

É estranho ouvir o meu primeiro nome dito por ele. O som parece íntimo e pessoal, como se Andrew estivesse me vendo nua.

— Drew, eu... — Mas a música muda e se torna rápida e selvagem, com batidas violentas que parecem tapas. De repente, lembro-me de onde estamos, das pessoas que nos rodeiam. Parece que fui mergulhada na água fria do lago.

— Aquilo deixou você com ciúme? — Danielle pergunta a Andrew, dando um sorriso largo e puxando seu braço. — Se eu disser que Chase dança melhor do que você, vai ficar bravo?

Antes que Andrew possa responder, Ava chega voando em nossa direção, tropeçando no salto alto e me usando como apoio para não cair.

— Quem quer um pouco de champanhe? — Ela segura uma nova garrafa cheia. Não sei onde Ava a encontrou e como ela ainda não se meteu em apuros.

Sinto um braço enlaçar minha cintura e me viro. Dean está atrás de mim. Deixo-me me encostar nele, nervosa com o que ele pode ter visto entre mim e Andrew. Pergunto-me se Dean é capaz de dizer como me sinto. Se ele se importa.

— Ava, largue essa garrafa — Danielle ordena, contrariada. — Você está em um estado lastimável. Onde arranjou isso?

Ava toma um longo gole.

— Tirei do seu rabo.

Neste momento, a música para de tocar e ouvimos uma voz nos alto-falantes:

— Se todos se sentarem, vamos começar a cerimônia de coroação em alguns minutos.

Nosso diretor, o sr. Harrison, sobre uma plataforma elevada no outro lado do salão, segura uma pilha de envelopes brancos. Todos vamos para as nossas cadeiras. Acabo ficando entre Dean e Charlie. Inclino-me o mais perto possível de Dean e ignoro completamente Charlie quando ele me pergunta se posso lhe passar um refrigerante. Andrew se acomodou à minha frente, junto com Danielle. Então, concentro-me em observar Ava e Ryder, que se revezam com a garrafinha.

— Vocês conseguem me ouvir? — o sr. Harrison pergunta.

Há um murmúrio sem entusiasmo por parte do pessoal.

— Ah, vamos logo com isso — Danielle diz, aborrecida, e toma um gole do seu refrigerante. Ela coloca a garrafa na mesa e leva a mão ao cabelo para ajeitá-lo; desnecessariamente, pois ela ainda parece perfeita.

— Você parece estar muito confiante — a voz de Ava sai com chiados, como costuma acontecer quando as pessoas estão embriagadas.

— E estou. Quer dizer, é meio óbvio. — Por um instante, Danielle para de falar e depois olha para todos nós. — Sem querer ofender.

— Ah, é óbvio? — Ava quase grita.

Ela nunca foi boa em ficar quieta e, agora que tomou algumas taças de champanhe e sabe lá mais o que, está projetando sua voz plena de estrela de musicais. Ava cruza os braços, e os seus seios se erguem no curso da ação, ficando perigosamente perto de escapar de seu vestido sem alças.

— Fico feliz que seja tão óbvio pra você, Danielle. Não gostaria que nenhuma de nós tivesse muitas esperanças.

Tornamos a ouvir a voz amplificada do sr. Harrison:

— Tudo bem, o júri do baile está aberto apenas para os alunos do último ano. Lamento, alunos dos outros anos. Vocês terão sua oportunidade em outra ocasião.

— Ah, por favor, Ava. — Danielle aponta para o decote da amiga. — Você não deveria subir no palco, porque só vai se exibir para todos. Estou te poupando da humilhação. Como sempre.

— Qual é, pessoal? — Hannah murmura. — É só um baile idiota. Não é o Prêmio Nobel da Paz.

Ava permanece com uma expressão impassível, com o olhar fixo em Danielle do outro lado da mesa. Seus olhos brilham um pouco nos cantos, combinando com o *glitter* cintilante em suas pálpebras. Ela toma fôlego e, ao falar, sua voz é alta e tensa:

— Bem, não acho que elegeriam rainha do baile alguém que tem gosto de peixe podre.

Surpresa, Danielle a encara.

— O que você disse?!

Apesar do lábio inferior trêmulo, Ava mantém o olhar sobre Danielle sem piscar. Com as costas rígidas, Andrew continua virado para a frente, na direção do palco.

O sr. Harrison volta a falar:

— Posso conseguir uma grande salva de palmas para o pessoal do Walcott pela ajuda neste evento?

Os aplausos são fracos.

— E para o comitê organizador do baile por todo o seu trabalho. Vocês são demais! Parece mesmo que estamos no fundo do mar.

Dean se inclina para perto de mim, cutuca o meu ombro e sussurra no meu ouvido:

— Agora você entende por que isto é tão colegial? — Ele dá uma risada. — O que acha: *Atração Mortal* ou *Meninas Malvadas*? Deve depender da década em que se está...

— Nem tudo tem que ser uma referência cinematográfica — digo, de maneira mais agressiva do que pretendia. *Adoro* referências cinematográficas. Mas, às vezes, parece que elas são tudo o que Dean tem.

Ava prossegue:

— Eu disse que duvido que elegeriam a rainha do baile alguém que...

— Eu ouvi o que você disse, Ava. Só quero saber por que disse isso. Porra, por que você diria isso pra mim?

Algumas pessoas na mesa ao lado se viram em nossa direção. Danielle suspira e fala mais baixo:

— Acho que você já bebeu demais.

— Ah, olhe, você está me dizendo o que fazer de novo. — Ava sorri. — Surpresa, surpresa, surpresa.

— Dá um tempo, sim? Você está descontrolada.

— Sim, Majestade. — Ava faz uma reverência.

Desdenhoso, Dean bufa ao meu lado e tapa a boca, reprimindo uma risada.

O sr. Harrison volta a falar, e me viro para o palco.

— Tudo bem, então agora quero chamar a chefe do comitê de formatura. Ela tem alguns recados a dar a vocês. Então, aguentem firme. Sophie Piznarski!

Ao ver Sophie subir a escada e pegar o microfone, não consigo deixar de relembrar o que ela nos disse antes. Não acredito que não sabia que Sophie também é virgem.

Ava torna a falar:

— Posso tomar outro gole da minha bebida? — Ela levanta o copo e o inclina para a frente, para que um pouco de líquido ameace transbordar e cair na mesa. — Ou isso é contra as suas regras?

— Faça o que você quiser — Danielle replica. — Você já passou dos limites.

Ava bate o copo no tampo. Parece magoada, com os olhos esbugalhados e caídos como um cachorrinho que acabou de ser chutado. Novamente com o lábio inferior trêmulo, dá a impressão de estar contendo as lágrimas. E então respira fundo, pressionado os lábios em uma linha fixa. Semicerra os olhos, com a mágoa virando raiva.

— Eu escrevi tudo.

Danielle permanece imóvel, não dando nenhuma indicação de tê-la ouvido. Mas então eu a vejo cerrar o punho da mão que está sobre a mesa. Lentamente, ela se vira para Ava.

— Preciso falar com você. E *lá fora*, para não haver nenhuma testemunha quando eu te matar. — Rapidamente, Danielle fica de pé e agarra Ava pelo braço.

— Ai! — Ava tenta se livrar de Danielle, cujos dedos se fixaram na pele do seu braço como garras.

As duas desaparecem pela porta lateral. Olho para Hannah, esperando que ela saiba o que fazer.

— Acho que Danielle pode mesmo matá-la — afirmo. — Não devíamos...

Hannah segue meu olhar até a porta e, então, nós nos levantamos de repente e seguimos Danielle e Ava. Ao chegarmos lá fora, quase atropelamos Susie Palmer, que está encostada na parede, fumando. Sei que ela deve estar se escondendo de Ryder e Ava; do fato de que ela foi a primeira opção dele ontem à noite e agora não é mais. É mais fácil se esconder do que agir, como se você não se importasse.

— Elas desceram para o deque — ela informa, indicando com o cigarro.

— Obrigada — Hannah diz.

Então, seguimos na direção para lá.

A luz que brilha das janelas do Walcott dificulta a visão de qualquer coisa além, mas consigo distinguir a forma do lago, com suas águas escuras estendendo-se na nossa frente. Atravessamos o gramado e alcançamos alguns degraus que levam a um deque de madeira. Posso ouvir Ava e Danielle antes que consiga vê-las. Suas vozes estão altas e estridentes. Nós nos aproximamos, e seus contornos escuros e imprecisos aparecem.

Hannah estende um braço para me deter.

— Devemos deixá-las brigar. Elas têm muita coisa a resolver.
— Você sabia que foi a Ava quem escreveu tudo aquilo?
— Não tinha certeza, mas imaginei. — Hannah suspira.

Não sei por que isso nunca me ocorreu. Estava tão fixada nos rapazes, certa de que era deles a autoria daquelas palavras horríveis... Mas Ryder não tem o requinte nem a sutileza para infligir uma dor como essa; quando os rapazes machucam uma garota, eles querem o crédito. As garotas são melhores em golpes abaixo da superfície: mordidas que você não vê chegar até ser arrastado debaixo d'água. E Ava tem levado essas mordidas de Danielle há anos; era só uma questão de tempo até ela revidar. No entanto, meu coração fica partido ao ver a amizade delas transformada em algo tão medonho. Antes, Danielle e Ava eram unha e carne, e agora acabaram assim. Não posso deixar isso acontecer com a minha amiga.

— Sinto muito por Charlie, Hannah. Pelo que eu disse.

Hannah sempre me apoiou. Sempre foi uma bela e maravilhosa amiga. Preciso ser o mesmo para ela.

— Mas você tinha razão — Hannah diz, com a voz trêmula. — Sei que não devia, mas... ainda sinto algo por ele. Charlie passou na minha casa hoje de manhã e falou que queria vir comigo ao baile. Não pude dizer "não". Sou muito *fraca*.

— Não é, não. Você está apaixonada.

— Às vezes, acho que é a mesma coisa.

E então, porque Hannah está sendo tão honesta, sei que também tenho que ser.

— Acontece que você também tinha razão sobre Andrew.

Ainda que dizer isso me deixe triste, Hannah se alegra, como se eu tivesse lhe dado a melhor notícia. Acho que só preciso deixá-la feliz com isso.

Paramos à beira do deque, mas Danielle e Ava não nos notam.

Ava está chorando. Com uma mão, agita furiosamente o ar, enquanto com a outra segura o vestido.

— Tudo o que fiz foi tentar ser sua amiga. Por oito anos. Eu me esforcei tanto, mas tudo o que você fez foi me derrubar!

— Minha *amiga*, Ava? Se você tinha algum problema comigo, devia ter me dito. Amigas de verdade falam merda na sua cara, e não pelas costas.

— Amigas de verdade não falam merda uma da outra, Danielle. É isso o que você não entende. Você é muito cruel comigo. O tempo todo. Você deixou de ser minha amiga há anos. Simplesmente virou uma *vadia*!

— Ah, então agora eu também sou uma vadia? Por que você não escreve um bilhete sobre isso?

Danielle vasculha sua bolsa de lantejoulas cor de champanhe e tira uma caneta, jogando-a em Ava.

— Vejamos... Sou uma vadia, uma vagabunda... o que mais? Vamos, Ava. Não há como vencer, não é? Você é uma vagabunda se transa, uma provocadora se *quase* dá, uma puritana se não dá e uma vadia se se defende. Estou farta de insultos. Devíamos nos apoiar.

Ava estala a língua nos dentes e ri.

— Sério? Você me chama de vagabunda há anos.

— Não uso essa palavra. — Danielle cruza os braços.

Ava eleva a voz e começa a imitar Danielle:

— "Ora, Ava, o que você sabe sobre ser virgem?" "Ah, você vai transar com Ryder de novo?" "Pare de transar com tudo que se move, Ava. Você está passando vergonha."

— Você está passando vergonha agora.

— Eu não ligo mais — Ava diz com dificuldade, como se estivesse se esforçando para falar e respirar ao mesmo tempo. — Simplesmente não consegui me comunicar com você. Você não me vê como uma igual. Não sou apenas sua parceira estúpida. Às vezes, é a *minha* história. Não a sua.

— Ah, por favor... Não se martirize. Se você se sentia como uma parceira estúpida, podia ter feito algo a respeito.

— Eu fiz! — Ava grita. — Escrevi aqueles malditos bilhetes!

— E por que achou que isso mudaria as coisas? Imaginou que me chamar de vagabunda melhoraria milagrosamente as coisas pra você? Tudo o que conseguiu foi fazer com que idiotas como Ryder achem que têm razão, Ava. Você não se torna mais poderosa derrubando outras garotas.

Ava emite um som animalesco, como se alguém tivesse acabado de pisar em sua cauda.

— Você é muito hipócrita, Danielle! É assim que consegue o seu poder. Sei que sempre achou excitante me derrubar. Você é como um vampiro social. — Ela limpa o rosto. Seu coque desmontou e há grampos de cabelo em ângulos estranhos ao redor da base do seu pescoço. Ava começa a arrancá-los e jogá-los no chão. — Eu gosto de Chase. Gosto dele há anos. Você *sabia* disso. Mas de repente decidiu que tinha de transar com ele, e que isso era mais importante. Transou com ele naquela festa idiota e nem sequer gostava dele! Você deu o fora no cara logo depois de finalmente conseguir o que queria. Como acha que eu me senti?

Danielle suspira.

— Não dei o fora nele porque terminei com ele, Ava. Dei o fora nele porque *ele* terminou comigo. Chase transou comigo e depois contou pra todo mundo! E então eu devia esperar para ele me dizer que terminou? Por favor, não me diga que tudo isso tem a ver com Chase. Ele não merece. — Danielle balança a cabeça.

— Não tem nada a ver com Chase. Tem a ver com o fato de você pegar algo que sabia que eu queria, só porque sabia que podia. E você está fazendo tudo de novo com Andrew! Você só está aqui com ele por causa de Keely.

Eu me retraio ao ouvir aquilo.

Ava puxa o último grampo, e seu cabelo cai sobre os ombros em ondas roxas. Ela atira o grampo em Danielle.

— Não sei como você nunca transou com Charlie. Hannah teria pirado, e você teria adorado.

Danielle investe contra Ava, agarrando o colar em volta do pescoço dela. Quando Ava tenta se afastar, as contas do colar voam por toda a parte, espalhando-se e rolando pelo deque em todas as direções. Ava agarra uma alça do vestido de Danielle e a puxa, rasgando-a.

Danielle solta um grito.

— Parem! — eu ordeno.

Hannah e eu corremos na direção das duas. Agarramos seus braços, tentando afastá-las. Ava se vira para mim com um olhar selvagem, como se tivesse enlouquecido. Suas têmporas estão manchadas de maquiagem azul e reluzente, e as bochechas, cheias de rímel.

— Não preciso da sua ajuda! — Ava choraminga.

Ela se livra das minhas mãos e eu volto a segurá-la, tentando mantê-la firme e calma, mas Ava uiva e se debate como uma mulher possuída. Procuro segurá-la, mas Ava cambaleia sobre seus saltos altos. Então, de repente, cai para trás, afastando-se lentamente de mim. Ava estende o braço para a frente, procurando algo para se apoiar, mas tudo o que encontra é o ar. Na borda do deque, desequilibra-se e cai na água.

Ouve-se uma sonora pancada na água.

Danielle para de lutar com Hannah e se vira.

— Ah, qual é?! — ela exclama. — Deixa comigo. — E pula no lago atrás de Ava.

— Vou buscar um professor. — E me viro para retornar ao Walcott.

Começo a me deslocar na direção da outra extremidade do deque, mas escuto um suspiro atrás de mim e olho de volta para o lago. Danielle e Ava acabaram de irromper na superfície, e Hanna, ajoelhada, as puxa para cima. O lago é fundo o suficiente para que apenas suas cabeças apareçam, mas elas conseguem se manter flutuando. Hannah agarra Ava pelos ombros, e Danielle a ergue de baixo para cima, para recolocá-la no deque. Ali, Ava engasga e tosse. Em seguida, Hannah ajuda Danielle.

— Hannah!

Uma voz grita do alto dos degraus, e surge a figura de uma garota, com a silhueta escura contra as janelas brilhantes.

— Hannah! — ela torna a gritar, descendo a escada correndo na nossa direção.

Quando ela se aproxima, vejo que é Susie Palmer, com sua pele pálida luminescente ao luar. Ela estaca ao ver o nosso grupo, com Danielle e Ava deitadas no deque molhado, com seus vestidos como uma poça de sorvete derretido.

— Ei, Hannah? — Susie enfim nos alcança. — Estão procurando por você lá dentro. Chamaram seu nome, e ninguém conseguiu encontrá-la. Você devia dançar com Chase.

— O quê? — Hannah pergunta, confusa.

A frente do seu vestido está molhada. Isso aconteceu quando ela tirou Ava da água. Sua trança desmanchou e sua franja ficou achatada na testa. De tão agitada com o que aconteceu ela não entende o que Susie diz. Mas eu, sim. É óbvio. Deveria ter sido óbvio o tempo todo.

— Você é a rainha do baile.

# CAPÍTULO 31

**DE ALGUMA FORMA, TUDO FOI POR ÁGUA ABAIXO.**

Depois da dança de Chase e Hannah como rei e rainha, depois que Danielle e Ava finalmente voltaram para o salão, deixando o piso tão molhado que Edwin Chang escorregou e caiu, eu, exausta, me mantenho sentada à mesa, sem nenhuma disposição para dançar. Está ficando tarde. Algumas das ondas de papelão caíram das paredes e uma das máquinas de bolha de sabão não funcionou.

Dean está com Ryder em algum lugar, provavelmente lá fora fumando. Não me incomodo em procurá-lo. Suspiro e saio em busca de mais ponche. Àquela altura, quem se importa se está batizado?

— Baile de merda, hein? — Chase comenta, vindo atrás de mim.

— É. — Pego um copo da bebida e sirvo um para ele também. — Que tal Cecilia?

Chase toma um gole de ponche, que deixa uma fraca mancha vermelha no seu lábio superior.

— Ela é legal — ele responde, sem entusiasmo.

— E esse é o problema?

— Não gosto muito de garotas legais.

Nós dois nos viramos e olhamos para onde Danielle e Ava ainda estão sendo limpas e secas pelos acompanhantes.

— Cadê o seu par? — Chase pergunta.

— Sei lá. — Tomo outro gole. Por algum motivo, sinto vontade de ser honesta.

— Você não gosta muito dele.

Não é uma pergunta, mas uma afirmação.

— Foi bom ter alguém com quem vir.

— O que quer dizer, Collins? Você poderia ter vindo com qualquer um de nós.

— Como amigo, né? Afinal, nenhum de vocês deu em cima de mim algum dia. Não sou uma garota de verdade. Eu não conto.

— Qual é, Collins? Você é bem sexy. — Chase diz isso naturalmente, e me pega desprevenida.

— O quê?

— Acha mesmo que é por isso que nenhum cara nunca deu em cima de você?

— Bem... sim. Quer dizer, vocês falam sobre urinar, defecar e outras funções corporais estranhas na minha frente; então, com certeza, vocês não...

— Ninguém nunca deu em cima de você porque você estava com Reed.

Fico paralisada com suas palavras. Se Chase soubesse quanto eu gostaria que o que ele disse fosse verdade...

— Não estou com Reed. — Passo a mão pelo cabelo. — Você sabe que ele está com Danielle. E tipo com cinco milhões de outras garotas — afirmo num tom contrariado, e odeio como pareço ciumenta. Nunca deveria ser assim.

Chase só balança a cabeça.

— Sei que vocês não estão namorando, mas andam juntos. Vocês são um par. Ninguém queria atrapalhar isso. Além do mais, Andrew é territorial pra cacete.

— O quê? — Coloco meu copo na mesa. Um pouco da bebida espirra sobre a borda de plástico, deixando uma pequena mancha vermelha na toalha branca barata.

— Certa vez, na sexta série, Ryder comentou algo sobre como você estava "ficando gostosa". — Chase faz um gesto com as mãos na frente do peito para indicar o verdadeiro significado da fala de Ryder.

— Andrew deu um soco nele.

Eu me lembro disso. Lembro que Andrew foi suspenso por três dias. Ele me disse que Ryder o tinha empurrado primeiro. Uma história fácil de acreditar.

— Por isso que Ryder sempre fez questão de te tratar como um cara — Chase continua. — É por esse motivo que todos nós agimos assim. Todos gostamos de Reed. Então, vocês estavam fora dos limites. — Ele toma o resto do ponche de uma só vez e joga o copo vazio na lata de lixo ao nosso lado.

Não consigo evitar a pressão que começa a aumentar no meu peito, como se eu estivesse me expandido aos poucos de dentro para fora, enchendo-me de ar. As palavras de Chase ficam se repetindo na minha cabeça. *Vocês andam juntos. Vocês são um par. Vocês estavam fora dos limites.* Tem que significar alguma coisa, não tem? Por que Andrew alertaria os outros caras para se manterem longe se não sentia nada por mim? Se uma pequena parte dele não me quisesse?

Dou uma olhada nas pessoas atrás de Chase, procurando por Andrew, mas não o avisto. Viro-me para observar as mesas atrás de nós, dando uma busca rápida por uma cabeça cor de areia, mas ele não está em lugar nenhum.

Será que Andrew pode mesmo também gostar de mim?

— Mas pelo jeito você encontrou um namorado. — Chase dá de ombros. — Foi preciso um cara que não estudava com a gente pra pegar você, alguém que não conhece as regras.

Apanho o meu copo de ponche na mesa de novo, com a mão trêmula.

— E quais são as regras?

Chase abre um sorriso largo.

— É o código dos caras. — Ele se inclina para mim e baixa a voz como se estivesse me contando um segredo: — Nunca troque seus irmãos por uma vadia... Desculpe — ele diz, ao ver que me contraí. — Nunca deixe um cara entrar em uma briga sozinho e *nunca* dê em cima da irmã de outro cara. Você pode não ser irmã de verdade de Andrew, mas, em termos do código, você definitivamente conta.

E aí está. *Irmã*. A palavra desaba sobre mim. O balão em meu peito estoura e esvazia. Claro que é isso que Chase quis dizer. Ele ainda sorri para mim, como se estivesse orgulhoso de ter me incluído no código, como se eu devesse me sentir especial, e não como se o meu mundo inteiro tivesse se estilhaçado em milhões de pedaços diferentes, minha esperança explodindo com a Estrela da Morte.

Esmago o copo de plástico vazio e o atiro na lata de lixo.

— Tenho que ir — digo, de repente cheia de raiva, como se as minhas veias estalassem de eletricidade.

Tudo faz sentido. Eu talvez tivesse conhecido um cara antes, talvez não tivesse me mantido virgem por tanto tempo se Andrew não houvesse atrapalhado. E não porque ele sentia ciúme, porque também me ama. É só porque sou como sua irmã.

— Eu teria dado em cima de você, sabe? Só pra constar. Você é mesmo muito bonita. — Então, Chase sorri e se dirige até Danielle e Ava, e passa os braços em volta das duas.

Minhas mãos tremem. Preciso encontrar Andrew.

Desloco-me até a beira do salão, avançando através de uma multidão. O mundo inteiro gira em cores, com formas se movendo juntas dentro e fora de foco. Parece que estou bêbada. Mas é apenas a energia que se espalha por mim, borrando as bordas da minha visão. Não me lembro de ter estado tão alerta.

E então eu o vejo saindo do banheiro masculino e fico impressionada com quanto quero bater nele ou beijá-lo ou ambos, qualquer coisa apenas para tocá-lo, para liberar nele parte desta energia, para que Andrew possa se sentir tão vivo quanto eu.

Parto em sua direção. Quando Andrew me nota, abre um sorriso cativante, que logo desaparece quando voo para ele.

— Você disse para os caras não darem em cima de mim?!

— O quê?! — Surpreso, Andrew enruga a testa, e sua mão imediatamente se dirige ao cabelo, como eu sabia que faria, como sempre acontece.

— O que lhe deu o direito, Drew? Todo esse tempo achei que ninguém gostava de mim por minha causa, e o tempo todo foi por *sua* causa. Todas as festas em que você ficava com as garotas e eu tinha que dormir no sofá, sozinha e esquecida, porque todas as outras meninas estavam dando uns amassos, arrumando namorados e transando. Eu achava que tinha algo errado comigo, quando tudo era culpa sua!

— Collins, do que você está falando? — Andrew se inclina para mim com a voz baixa.

Tenho a vaga consciência de que ainda estamos no salão de baile, cercados por pessoas. Abby Feliciano se encontra a alguns metros à nossa esquerda, digitando algo no celular. Quando olho para ela, Abby dá uma risadinha e desvia o rosto. Mas não ligo.

— Seu hipócrita! — Golpeio o ombro dele. — Você pode transar com todas as garotas do mundo e eu não posso ficar com ninguém? É porque sou uma garota, Drew? Sou apenas uma flor delicada de que você precisa cuidar? Não preciso que me proteja. Nunca impedi que as garotas ficassem com você. Eu era a melhor parceira!

A Parceira e o Castrador. Somos como uma deprimente dupla do mal de super-heróis.

— Sei que você não é uma flor delicada. — Andrew estende o braço e coloca a mão no meu ombro, mas eu a repilo. — Sei lá, Collins, eu só não queria que partissem seu coração.

— O meu coração não é problema seu — digo e minha voz falha, porque claro que quero que seja. — Você deveria ter deixado que me magoassem. Faz parte da vida, não faz? Não pode me manter presa em uma torre, como a maldita Rapunzel!

Andrew dá um passo na minha direção, e eu dou um passo para trás, precisando me afastar dele antes que eu faça alguma besteira.

— Você não é meu irmão nem meu namorado.

— Keely, não tive a intenção... Eu conheço esses caras e ouço do jeito como eles falam, e não queria isso para você. Você merece mais: alguém que te ame — Andrew afirma, muito amável.

Isso acaba comigo.

— Bem, como vou encontrar isso se você não deixa ninguém chegar perto de mim?

— De qualquer forma, você encontrou alguém, não é? Onde está o seu namorado?

— Não sei.

Neste momento, Dean poderia estar bem atrás de mim e eu não notaria. Todo o meu foco está nesta conversa, nesta luta.

— Você também disse para ele se afastar?

— Claro que ele sumiu. — Andrew suspira e enfia as mãos nos bolsos. — Típico.

— Por que você o odeia?! — grito agora, e posso ver que Abby desistiu completamente de sua mensagem de texto para nos observar com muita atenção.

— Eu não odeio o sujeito. — Andrew faz um gesto negativo com a cabeça e tira as mãos dos bolsos. — Na verdade, quer saber? Odeio, sim. Tenho todo o direito. Você me usou pra ficar com esse James Dean. Disse o nome dele enquanto nos beijávamos. *Você* é a hipócrita, Collins. Fica com raiva de mim porque uso as garotas, porque fico com elas. Isso não significa nada. Você é a mestra em usar as pessoas. Nunca deu a mínima para os meus sentimentos.

— Olha só quem fala! — Jogo as minhas mãos para o ar. — Você transa com garotas há anos, jogando-as fora assim que algo melhor aparece.

— Não, isso nunca aconteceu! — Andrew grita.

— Está de brincadeira?! Você...

— Nunca transei com ninguém! — Ele olha rapidamente para trás, pega meu braço e me puxa mais para o canto, fora do alcance dos ouvidos alheios.

— Do que você está falando? — Liberto o meu braço.

— Eu nunca... — Andrew faz uma pausa. Sua voz está tão baixa que mal consigo ouvi-la por causa da batida da música. — Eu não transei... com ninguém. Nunca.

— Isso não é... — *Isso não é verdade*, quero dizer. Mas... Andrew nunca transou com Cecilia, ela mesma disse; nem com Sophie, porque ela está esperando até o casamento.

— Você é virgem? — Sinto-me tão pequena quanto a minha voz.

— Sim.

Tudo faz sentido agora; o motivo pelo qual Andrew tem agido com tanta cautela perto de mim. É porque, esse tempo todo, ele teve medo de que eu descobrisse a verdade.

— Você mentiu pra mim. Achei que... Você me fez acreditar que era algum tipo de especialista. Eu nunca teria...

— Por favor, Collins, isso não é justo. O que eu devia dizer? Você me procurou e estava tão vulnerável. Só queria ajudá-la. Eu me senti mal...

— Você se sentiu mal por mim. — As palavras dele me atingiram como um soco no estômago. Eu poderia ser mais patética? — Podia ter me dito a verdade, Andrew. Sinto-me uma idiota. Pedi a sua ajuda, queria o seu conselho, e você também não sabia nada.

— Não é fácil para os homens simplesmente... admitirem que não entendem da coisa. Nunca menti pra você. Só não a corrigi quando você supôs...

— Você facilitou bastante a suposição!

Penso em todas as vezes que ele me contou sobre suas "ficadas"; em por que nunca pedi esclarecimentos sobre o significado do termo; em quão conveniente isso deve ter sido para Andrew. "Ficar" pode significar muitas coisas diferentes: curtir uma pista de dança, uma punheta numa sala de cinema, ir quase até o fim na cama de alguém, mas mudar de ideia.

— Há expectativas quando se é homem, Collins. Há pressão. Os caras falam besteiras. E você sempre teve essas ideias a meu respeito: Andrew Baladeiro. Agora todo mundo formou essa imagem de mim, e não posso simplesmente... Estou só conversando, tá? É isso que você quer ouvir? Se as pessoas querem acreditar que sou um tremendo mulherengo, não vou corrigir ninguém. Não posso admitir para os outros caras que ainda não transei. Que quero que o sexo seja especial. Ninguém engole isso.

— Mas eu não sou qualquer pessoa. Eu sou *alguém*. Sou a sua pessoa mais importante.

Ah, não sou, não. Dou-me conta disso assim que verbalizo.

— Então você não transou com Danielle. — Não é uma pergunta, mas uma afirmação.

Andrew não fala nada. Então, deixo escapar a palavra não dita que paira entre nós:

— Ainda!

Ele coça a nuca e continua calado.

— Por quê? — pergunto.

— O quê?

— Você teve muitas oportunidades. Por que deixou Chase chegar primeiro?

Andrew leva muito tempo para responder. Mesmo agora é tudo muito difícil para ele aceitar.

— Não é uma corrida, Collins.

— Tem certeza?

Porque foi assim que me senti até agora: o colégio é uma grande competição, e eu estou perdendo.

Neste momento, sinto um braço pesado no ombro, o cheiro familiar da loção pós-barba e tabaco, que me deixava zonza não faz muito tempo, e sei que é Dean. Andrew fica tenso e se apruma um pouco mais. Eu me irrito, porque entrou em ação de novo o irmão superprotetor.

— Por que vocês dois estão brigando? — Dean quer saber.

A questão me deixa triste. Andrew e eu nos desintegramos tanto — nossa amizade está tão estremecida — que Dean supõe que se trata de uma briga. E ainda que Dean seja o motivo, a culpa é mesmo minha. Fui eu que não consegui ser honesta comigo mesma, nem com Dean. Fui eu que decidi arriscar minha amizade com Andrew, em vez de contar a verdade a Dean. Fui eu que estraguei tudo.

— Não estamos brigando. — Mesmo que Andrew tenha confessado seu segredo para mim, ele ainda não quer que ninguém saiba.

— Ah, graças a Deus — Dean afirma, sarcástico, e aconchega o rosto no meu pescoço, fazendo cócegas com seu nariz. — Está ficando muito chato aqui. Você não quer ir para o quarto?

Sei que preciso responder a Dean, mas não consigo desviar o olhar de Andrew. Ele está vermelho por causa da nossa discussão e respirando com dificuldade. Seu cabelo está espetado em todas as direções e, de repente, ele parece tão novinho como o menino a quem eu costumava contar tudo.

Quero muito confortá-lo, embora eu seja o motivo pelo qual ele está chateado. Meu desejo é deixar tudo para trás, ir embora deste salão de baile, largar Dean, sair de Prescott... e ficar com Andrew. Quero me agarrar a ele e mantê-lo junto de mim. Mas é tarde demais para isso.

De repente, descubro qual será o grande gesto de Andrew. Sei por que ele e Danielle reservaram um quarto esta noite. Ele dirá que a ama e depois vai transar com ela pela primeira vez. A primeira vez dele.

Então, tenho que deixá-lo partir.

Eu me viro e encaro Dean, colocando as mãos em ambos os lados do seu queixo e puxando seu rosto na direção do meu. E o beijo como se não houvesse mais ninguém por perto; como se já estivéssemos no quarto. Eu o beijo como se fosse uma promessa. Ao retroceder, vejo suas pupilas dilatadas.

— Sim, vamos para o quarto — digo com a voz rouca.

Dean começa a me levar embora e não me oponho, seguindo-o em direção à saída. Não quero me virar para ver Andrew, mas não consigo evitar e, no último instante, olho para trás, com medo de qual será sua expressão facial.

Mas Andrew não está mais lá. Não sei quando ele se foi. Talvez tenha sido há muito tempo.

# CAPÍTULO 32

**O QUARTO É MUITO BONITO. TUDO O QUE SE ESPERARIA DE UM** hotel antigo: vigas de madeira escura entrecruzando o teto, um tapete vermelho e uma poltrona de veludo, uma lareira com um brasão acima dela, como se não estivéssemos em Vermont, mas em algum castelo europeu longínquo. Melhor de tudo (embora não pareça assim agora), há uma cama com dossel gigante.

Dean se dirige diretamente para a cama e me leva junto. Os lençóis parecem feitos de manteiga, como se pudéssemos derreter neles. É como se estivéssemos em um filme. O momento perfeito, como eu queria que fosse. É exatamente a hora certa.

Sinto que vou vomitar.

Dean me beija e eu correspondo, mas em seguida me afasto e fico a cerca de meio metro de distância dele, para que haja um espaço respeitável entre nós na cama.

— Obrigada por vir comigo esta noite — digo, porque preciso preencher o silêncio.

— Tudo bem. — Então, Dean abre um sorriso, e posso perceber a piada se formando na sua cabeça. — Virei com você todas as noites.

Tento rir, mas me sinto um pouco tonta, e o som da risada não sai muito bem. Ainda consigo ouvir a música vindo do andar de baixo, mas tudo está abafado.

Dean estende o braço e pega minha mão. Lembro-me de quando essa sensação, de sua pele na minha, era a mais maravilhosa do mundo. Quero aquela sensação de novo.

— Você está se divertindo? — pergunto, tentando enrolar.

— Estou me divertindo agora, que estamos sozinhos. — Dean prende uma mecha de cabelo atrás da minha orelha, descansando a palma quente de sua mão no meu rosto. — É disso que se trata o baile, não é? Você e eu? Não tem a ver com aquela outra merda. Aquela outra merda é o que temos que lidar para chegar a isto.

— Aquela outra merda... são meus amigos.

— São, Keely? Tem certeza? Você é muito melhor que eles.

Às vezes, parece que Dean está me dizendo coisas que ele quer que sejam verdade, mas que de fato não são. O que me torna melhor do que as outras garotas da escola? *Por que eu, Dean?* Só porque sou desafio?

Uma imagem passa pela minha mente: Andrew e Danielle dançando no andar de baixo, abraçados, com as mãos dele segurando-a como se ele tivesse medo de que ela flutuasse para longe. É isso que Andrew quer. Então, isso é o que eu quero. Tem que ser.

E talvez seja melhor assim. Eu queria que a minha primeira vez fosse com alguém por quem eu não sentisse nada. Agora, aqui estamos nós. As garotas que têm razão são aquelas como Ava, que transam com quem bem entendem apenas porque querem. "Você não pode condenar uma garota por gostar de sexo só porque você não gosta", Andrew me disse certa vez. E ele está enganado, porque também gosto de sexo sem compromisso. E daí que ele está prestes a transar, se ele esperou pela garota que ama? Já esperei o suficiente.

Dean usa nossas mãos entrelaçadas para me puxar para mais perto na cama e eu não resisto, inclinando-me para beijá-lo como se fosse tudo o que desejo. Seu hálito tem gosto de champanhe e risoto, e o cheiro de sua loção pós-barba me envolve. Tento resgatar a sensação de frio na barriga que tive não faz muito tempo ao beijá-lo. Mas não a sinto. Sua língua é apenas uma língua: viscosa e molhada. Sua barba rala parece áspera no meu rosto.

É engraçado como as coisas rolam, como tudo virou de cabeça para baixo e, no final, ainda consigo o que queria: sexo com um cara que não tinha que significar nada. No fim das contas, *O Plano* não era uma ideia tão ruim; eu tinha apenas o cara errado em mente para executá-lo.

Dean aprofunda o beijo e me estreita mais nos braços, passando a mão pelo meu cabelo e puxando-o um pouco, só o suficiente para eu saber que ele está a fim. Meus olhos estão fechados, e eu me permito fazer de conta por um momento que ele é Andrew, permito-me imaginar a cor de mel do seu cabelo, seu punhado de sardas, seus olhos verdes. Não beijei Andrew desde que me dei conta de que o amo, e fico atordoada ao pensar nisso.

Dean move a mão pela lateral do meu pescoço e, depois, alcança o zíper nas minhas costas, tentando abri-lo. Estendo a mão para trás e o ajudo, porque também quero isso. Abro o zíper e fico de pé para que ele possa tirar o meu vestido verde. Nós o deixamos no chão. Dean desabotoa a camisa e a despe. Em seguida, arranca a camiseta. Então, observo os músculos bronzeados do seu peito. Eles serão meus se eu quiser, e eu os quero. Deslizo as mãos pelo tronco forte. Dean respira fundo quando alcanço o V do músculo acima do seu cinto. Ele é muito bonito, com seus cílios escuros, os contornos precisos das suas maçãs do rosto. Eu poderia chorar porque deveria querer tanto isso; qualquer garota iria querer.

Será que Andrew e Danielle já deixaram o salão de baile? Será que já foram para o quarto deles? Será que já estão na sua cama com dossel? Posso visualizar Andrew agora, puxando Danielle pelo corredor. Os dois eufóricos e sorridentes. Ele a encostando na parede porque não foi capaz de esperar até que chegassem ao quarto. Andrew sempre gostou de beijar as garotas encostadas na parede. Eu o vi fazer isso tantas vezes, em tantas festas. Então, por que não faria agora?

Posso imaginá-lo atrapalhado com a chave do quarto, com Danielle cacarejando, impaciente. Então, ela toma a chave da mão dele, abre a porta e o puxa para o escuro. Em seguida, tira toda a roupa de Andrew, deixando-o nu em pelo.

Pego a fivela do cinto de Dean e a abro. Então, ele arqueia os quadris e chuta a calça para algum canto do quarto. Agora, estamos apenas com as nossas roupas íntimas. Ele põe seu corpo sobre o meu e se deita, pressionando-o no colchão.

Lembro-me da última vez que fiquei nessa posição; um garoto em cima de mim, me pressionando em um colchão coberto de flores. Como me senti mais viva do que jamais imaginei com um garoto que era apenas um amigo, só um amigo.

Dean estende a mão e toca na minha calcinha. Eu me afasto dele.

— Vou pegar uma camisinha. — Eu me sento, atordoada com a pressa na coisa toda. Curvo-me para encontrar a minha bolsa.

— Você trouxe camisinha?

Alcanço minha bolsa e a remexo, xingando-me por não tê-la limpado antes de trazê-la ao baile. Ainda está cheia de lenços de papel velhos, embalagens de chiclete e canhotos de entradas de cinema de filmes a que assisti meses atrás. De alguma forma, a camisinha se perdeu na bagunça.

— Se você não achar, tudo bem, Keely, eu tenho um monte.

— Só um instante. — Viro a bolsa de cabeça para baixo na cama e tudo cai: um tubo de batom que minha mãe me fez trazer, meu celular, um par de óculos escuros rachados e um pequeno envelope quadrado. Estendo a mão até ele, mas ela para em outra coisa: um quadrado de papelão branco, áspero nas bordas. Eu o viro e perco o fôlego. É um cartão que não me lembro de ter recebido, que devia estar carregando na minha bolsa e nunca notei. Tem uma tartaruga ninja desenhada e um monte de corações idiotas de desenho animado. E então, na escrita rabiscada de Andrew: "Feliz aniversário. Eu te amo mais do que pizza".

É igualzinho ao cartão de Dia dos Namorados que Andrew mandou para Danielle há muito anos, no ensino fundamental. Aquele que ela não entendeu. O que esse negócio está fazendo aqui? Quando Andrew o colocou na minha bolsa? Por que não me disse nada? Ele fez esse cartão para mim?

— Você achou? — Dean surge atrás de mim e descansa a cabeça no meu ombro. — O que está olhando?

— Não é nada. — Fecho a mão em torno do cartão. Não quero que Dean veja, porque, mesmo que eu não o entenda, é maravilhoso, privado e meu.

*Eu te amo mais do que pizza.*

Não faz sentido. Nada disso faz sentido. Danielle não gosta de tartarugas ninjas, de pizza, de subir em árvores ou de andar de bicicleta. Ela não curte patinar no lago no inverno, deslizando colina abaixo em altíssima velocidade. Não é para ela que Andrew telefona quando está chateado, não é com ela que ele se deita na rede no quintal, olhando para as estrelas. Tudo bem, Andrew beijou Danielle na festa de Ano-Novo, mas não foi com ela que ele fez questão de passar a noite, não foi no quarto dela que ele acabou. As peças não se encaixam. Não consigo esquecer o jeito como Andrew me olhou quando me disse que estava apaixonado, o modo como segurou a minha mão, como pensei por um breve momento que talvez ele fosse dizer o meu nome.

— Tenho que ir. — Guardo tudo de novo na minha bolsa. Fico de pé e entro no círculo que meu vestido produziu no piso, puxando-o para cima tão rápido que já estou vestida antes que Dean faça um movimento para me deter. Se há uma chance, mesmo que pequena, de que Andrew também me ame, como posso passar esta noite sem descobrir?

— Que porra é essa?! — Dean pula da cama.

— Tenho que ir — repito, seguindo em direção à porta.

— Você não pode ir embora, Keely. Você prometeu.

— Bem, eu mudei de ideia.

— Não pode fazer isso.

— Na verdade, posso fazer o que eu quiser — afirmo, com a mão na maçaneta.

— Isso é besteira.

— Tudo isso é besteira. — E essa verdade me faz rir. — Você e as suas camisetas pretensiosas, sua moto e suas referências cinematográficas. É como se você não fosse uma pessoa real. Você só está tentando ser um cara descolado. Bem, não quero alguém descolado! Quero... — Lembro-me do que Hanna me disse no provador da loja. — Quero alguém cuja esquisitice combine com a minha esquisitice! — Abro a porta. De repente, paro, possuída pela necessidade de contar a verdade para Dean: — E, só pra constar, eu sou virgem.

E então, saio correndo e me dirijo ao elevador, porque preciso encontrá-lo. Tenho de perguntar a ele sobre esse cartão. Tenho de descobrir se é um erro, se é uma piada, se não significa nada. Estive tão concentrada em mim mesma, tão perto da situação, que fui capaz de captar a verdade nua e crua só agora. Porque a verdade é uma só: *Não quero transar com Dean.*

Assim que isso me ocorre, sinto-me subitamente livre, como se um peso enorme tivesse sido tirado dos meus ombros e eu pudesse flutuar. Sempre achei que Dean estava fora do meu alcance, que eu tinha que fingir ser uma versão melhor de mim mesma para impressioná-lo. Mas a compreensão que alcanço neste momento me faz rir de alívio: Dean não é bom demais para mim. *Eu* sou boa demais para ele. Não quero um cara com quem não possa ser eu mesma; que me deixou tão insegura que senti que era necessário mentir.

Ainda posso ser a ousada Keely — a mesma que quebra as regras, que bebe uísque e anda na garupa de motos — sem ele. Só tenho que deixar rolar, aprender a correr riscos, contar para Andrew como me sinto antes que seja tarde demais.

"Não é uma corrida", Andrew disse, e ele tem razão.

Exceto que agora, quando caio fora do elevador e corro pelo saguão para encontrá-lo, meio que é.

# CAPÍTULO 33

**DIGITO O NÚMERO DE ANDREW, MAS ELE NÃO ATENDE. OU CONTI**-nua no salão de baile, com a música muito alta, ou está com Danielle e resolveu me ignorar. Atravesso as portas duplas de carvalho, passo pelas ondas de papelão caídas e pela máquina de bolhas de sabão quebrada, e percebo que o salão está quase vazio. Talvez seja tarde demais.

Alguns professores ao lado da cabine do DJ ajudam a arrumar tudo. Vejo poucos casais sentados às mesas, com os sapatos nas mãos. Abby Feliciano perto do palco chora por algum motivo. Jarrod Price, junto à mesa do bufê, belisca os restos de uma bandeja de frango. Mas é só isso. Não avisto nenhuma das minhas amigas.

Consulto o celular. São onze e meia. Faz sentido que a maioria tenha ido embora.

Eu me viro e volto para o saguão, e ligo para Andrew mais uma vez por via das dúvidas, enquanto me aproximo da recepção do hotel. Novamente, ele não atende.

— Preciso de uma informação sobre um dos hóspedes — digo ao recepcionista.

O cara de meia-idade, com olheiras roxas debaixo dos olhos, me encara com uma expressão vazia e desinteressada.

— Não damos informações sobre hóspedes.

— Só preciso do número do quarto — explico. — Meus amigos estão hospedados em um dos quartos e não consigo encontrá-los.

— Você é parente?

— Não, mas...

O recepcionista me interrompe:

— Sendo assim, não posso lhe dar nenhuma informação.

— Sou basicamente uma parente. — Sei que ele não vai entender, pois, lógico, o homem não conhece os meandros das famílias Reed e Collins: a nossa história. — É uma emergência. Por favor.

— Uma emergência no baile de formatura? — Ele faz um ar de espanto e me olha de cima a baixo.

Não era para ser assim. Nos filmes, quando você percebe que está apaixonada, basta pegar um táxi, vencer o trânsito e chegar ao aeroporto a tempo: o poder do amor verdadeiro e tudo o mais. Eu não deveria ser barrada por um recepcionista. E se eu não conseguir falar com Andrew? Ou, pior, e se eu o encontrar e não rolar do jeito que espero? Sei que ele talvez ame Danielle, que talvez ainda queira ficar com ela sem ser interrompido. Mas nossa amizade já dançou. Se houver alguma chance de Andrew se sentir da mesma maneira que eu, tenho de dizer a ele. É o que uma Grifinória faria.

Eu me viro e volto na direção dos elevadores. Tudo bem. Se ninguém me diz o que preciso saber, eu mesma terei que encontrá-lo.

As portas do elevador se abrem diante de mim. Há doze andares; doze botões dourados brilhantes me provocando. Andrew pode estar em qualquer um desses andares. Xingo-me por não ter verificado com antecedência onde eles se hospedariam, por tentar agir com se eu não me importasse, como se fazer algumas perguntas pudesse revelar meus sentimentos.

O elevador fica impaciente comigo, e as portas se fecham e depois se reabrem, lembrando-me que devo apertar um botão ou dar o fora. Suspiro e volto para o corredor. Se houvesse alguma maneira de fazê-lo sair do quarto, forçá-lo a descer até o saguão e sem Danielle... Mas não há mesmo nada que possa afastar um rapaz do sexo, principalmente sexo com Danielle Oliver. Imagino que apenas uma ameaça de morte ou de incêndio.

E então uma ideia tão absurda, que quase engasgo, me ocorre.

Olho para a parede à minha frente: o belo papel de parede filigranado, as vigas de madeira escuras entrecruzadas logo abaixo do teto, e ali está ela, uma pequena caixa vermelha acima da minha cabeça com uma alavanca branca, com palavras pretas impressas: "Puxe para baixo em caso de emergência". Em caso de emergência. Bem, uma emergência como a minha na certa não era o que eles tinham em mente, mas dane-se.

Então, puxo para baixo.

O ar ao meu redor muda e fica parado. Prendo a respiração, ouvindo apenas as batidas fortes do meu coração. E aí, como um dragão adormecido despertado do seu sono, o prédio ganha vida. À minha volta, os alarmes começam a soar, agudos e estridentes, e, quando volto correndo para o saguão, tudo está um caos.

— Todos para fora! — o recepcionista grita. — Isso não é um treinamento!

Os professores saem do salão de baile, conduzindo os alunos pelo hall. Jarrod Price passa correndo por mim com a bandeja inteira cheia de frango. O sr. Harrison parece pálido, com o rosto tenso. Sinto uma onda de culpa pelo que fiz.

Sophie Piznarski está junto ao balcão da recepção, segurando os sapatos em uma mão. Ao me ver, ela se atira na minha direção.

— Keely! O que está acontecendo? O hotel está pegando fogo de verdade?

— Você viu Andrew? — E me dou conta de que essa não é uma resposta sensata.

— O quê? — De repente sua voz se eleva e vacila, como se ela fosse chorar: — Ele está bem?

— Não há fogo nenhum. — Rapidamente, examino a área atrás dela.

As pessoas descem correndo a escada principal. Jason Ryder desliza pelo corrimão, rindo, e dá para sacar que está bêbado. Ava o acompanha, usando o paletó do terno dele sobre o sutiã, com o seu cabelo roxo todo despenteado.

— Preciso ir, Sophie. Não há fogo nenhum! — repito, esperando que ela se acalme. — Ava! — exclamo, quase me chocando com ela.

— Todo mundo para fora! — O sr. Harrison nos conduz para as portas da frente.

A quantidade de gente ao nosso redor cresce, e somos empurrados para a saída. O ar noturno está quente e úmido, e as coisas parecem mais calmas agora que o som das sirenes se abafou. Procuro Andrew por toda parte, mas a multidão é grande e está muito escuro.

Avistamos Chase e vamos até ele.

— Cara! — Ryder balança a cabeça. — O baile estava tão quente que pegou fogo!

— Vocês estavam fumando no seu quarto? — Chase quer saber, e Ryder esboça um sorriso zombeteiro.

— Está todo mundo bem? — Ava grita.

— Estão todos bem — grito de volta. — Eu ativei o alarme.

Todos me encaram, boquiabertos.

— O quê? — Chase pergunta. — Por quê?

— Collins não quebra as regras — Ryder diz para Chase, falando sobre mim como se eu nem estivesse aqui.

— Onde está Danielle? — dirijo-me a Ava. — Você sabe em que quarto ela estava?

— Ela está presa? — Ava arregala os olhos.

— Danielle está bem! — garanto. — Não há nenhum incêndio.

A quantidade de pessoas ao nosso redor fica cada vez maior, e sei que Andrew tem que estar aqui fora em algum lugar, mas não consigo avistá-lo.

— Em que quarto Danielle e Andrew estavam, Ava?

— Não lembro. Mas posso mandar uma mensagem. — Ela abre a bolsa e começa a procurar o celular. — Droga! Esqueci que nossos celulares já eram depois que caímos no lago. Desculpe, Collins.

— 509 — Chase diz, de repente.

— O quê?! — Viro a cabeça para ele.

— Quarto 509, quinto andar — ele informa. — Ela me disse quando estávamos dançando — prossegue, parecendo um pouco culpado. — Foi como... Quase como se ela quisesse que eu me lembrasse do número, sabe? Danielle comentou que era o seu número favorito.

— 509 não é o número favorito de Danielle — Ava diz.

— 509 não é o número favorito de ninguém — retruco.

Então, Ava coloca as mãos nos quadris.

— Qual é, pessoal, sério? Danielle te disse o número do quarto, Chase, porque queria que você fosse ficar com ela. Danielle e Andrew nem se gostam. Vocês são todos uns idiotas! — Ava joga uma mecha de cabelo roxo atrás do ombro.

Por um momento, todos nos entreolhamos e uma onda de entendimento nos atravessa. Pela primeira vez, tudo fica muito claro, todas as peças finalmente se encaixam em seus devidos lugares.

— Preciso voltar pra dentro. — Aponto para o hotel. — Tenho que encontrar Andrew.

E saio correndo de volta para as portas principais.

— Keely está correndo de volta para um prédio em chamas por causa dele! — Ava grita atrás de mim. — Isso é que é amor de verdade!

E então ouço Chase:

— Não há incêndio algum!

E depois Ryder:

— Onde está esse cara?

Abro caminho através dos dois desengonçados porteiros adolescentes, que tentam proteger as portas.

— Você não poder entrar no prédio! — um deles grita quando passo, mas eu o ignoro e continuo avante.

Agora, sei para onde tenho que ir: até a escada e subir cinco andares por ela. O recepcionista, no meio do saguão, direciona as pessoas para a saída. Quando ele me vê passar com toda pressa, trocamos olhares — *ele sabe* que fui eu que ativei o alarme. Ele não faz ideia de que sou Keely Collins, que ativar alarmes não é da minha natureza. Para esse homem, eu sou outra pessoa, alguém mais selvagem, mais livre e mais viva, e meio que gosto disso.

Corro o mais rápido que posso em direção à escada dos fundos, com uma cãibra me ameaçando. Ouço passos atrás de mim e me viro, esperando ver o recepcionista, mas fico surpresa ao deparar com Chase.

— Não posso deixar que você seja a única capaz de um gesto heroico. — Ele dá um sorriso largo. — Talvez agora Danielle me perdoe.

Uma porta de vaivém surge no nosso caminho.

— Espere, Chase, devemos nos separar. Eu subo por aqui, e você, pelo outro lado.

Chase assente com a cabeça e segue na outra direção, saudando-me antes de desaparecer pela porta de vaivém.

— Vá buscar a sua garota! — grito para ele.

Em seguida, começo a subir. É um deslocamento mais lento, porque as escadas são velhas e sinuosas. Enfim, chego ao quinto andar e abro a porta para o corredor. Está vazio. Apenas luzes piscando e alarmes estridentes. Por um minuto, encosto-me na parede para recuperar o fôlego. Se Andrew não estiver no quinto andar, terei de voltar para fora. Mais cedo ou mais tarde, eu o encontrarei, assim que os alarmes pararem de tocar e o caos arrefecer. Afasto-me da parede e me dirijo de volta para a escada.

Então lá está ele, no outro lado do corredor.

— Collins! — Andrew grita, por cima do som do alarme. — Temos que sair daqui!

— Onde está Danielle? — Fico esperando que ela apareça atrás dele.

— Lá fora — Andrew responde. — Vim aqui pra te achar. Ava disse que você ia para o quinto andar. Há um incêndio!

Ele se projeta para a frente e pega a minha mão, como que para me conduzir para um lugar seguro.

— Está tudo bem! — Entrelaço os meus dedos nos dele. — Não há nenhum incêndio!

— O quê?

Não sei se Andrew não conseguiu me ouvir ou se está apenas confuso com o que eu disse.

— Não há nenhum incêndio! Fui eu que ativei o alarme.

Andrew ainda corre pelo corredor rumo à escada dos fundos, puxando-me consigo, e então para de repente, e eu bato nas costas dele.

— Você ativou o alarme? Por que diabos...

— Você voltou por mim... — eu o interrompo.

— Claro que voltei por você.

E aí, antes que Andrew possa dizer mais alguma coisa, antes que eu possa pensar, dou um beijo nele. Pego-o desprevenido, porque Andrew leva cerca de três segundos para reagir. Mas então ele corresponde, puxando-me com força contra seu peito, passando os braços em torno de mim.

Os alarmes ainda devem estar tocando, mas não consigo ouvi-los, porque o som do meu coração aos pulos não permite. Dou alguns passos à frente e o empurro até apoiar suas costas na parede. Em seguida, pressiono o corpo de Andrew contra ela. Ele pega no meu cabelo e me aproxima mais pela nuca. Nós nos beijamos como se o mundo fosse acabar, e não me importo, porque eu poderia continuar a beijá-lo pelo resto da minha vida. Quando temos que nos separar para respirar, vejo seus olhos se abrindo pestanejando.

— O que você está fazendo? — Andrew pergunta.

Nossos rostos estão tão próximos agora que não precisamos mais gritar. Posso ouvi-lo por cima dos alarmes, posso sentir seus lábios roçarem os meus quando ele faz a pergunta:

— Por que ativou a alarme, Keely?

— Eu precisava te encontrar. — Abraço-o com mais força. Agora que o tenho, não vou deixá-lo ir embora. — Estava te procurando.

Andrew sorri e sinto seu sorriso contra o meu.

— Essa é a minha frase.

— Eu sei. Mas é verdade. Eu estava com Dean e...

Ao ouvir o nome, Andrew ergue a cabeça abruptamente, olhando para ambos os lados do corredor.

— Ele te machucou? Onde está o sujeito?

— Estou bem, Drew, está tudo em ordem. Mas eu estava com ele e simplesmente... Eu queria que fosse você. Queria mesmo que ele fosse você. Acho... quer dizer, a coisa é...

É incrível como é difícil dizer as palavras, mesmo agora.

— Diga — Andrew pede e volta a me beijar rapidamente, com a esperança brilhando em seus olhos me dando coragem. — Vamos, Keely, diga.

— "Euteamomaisdoquepizza" — as palavras escapam de mim tão rápido que se fundem. — "Eu te amo mais do que pizza" — repito, mais devagar desta vez. — Achei seu bilhete. É verdade? — Sinto falta de ar.

— Você está brincando?! Keely, estou perdidamente apaixonado por você. — Ele se inclina, e nossos narizes se tocam. — Sou apaixonado por você desde o ensino fundamental.

Pela primeira vez na vida, sinto-me real e verdadeiramente viva. Eu o beijo de novo. Somos apenas nós dois, as duas únicas pessoas no mundo inteiro. Depois de um minuto, porém, afasto-me, lembrando que isso não é verdade.

— Mas você ama Danielle, Andrew. Você me disse. Deu para ela aquele cartão de Dia dos Namorados, lembra?

— Sabe quantas vezes você me rejeitou? — Andrew balança a cabeça. — Quantas vezes comecei a te falar a verdade e você fez piada, como se namorar comigo fosse a coisa mais ridícula do mundo?

Quero discordar dele, mas sei que é verdade.

— Então comecei a dizer isso antes que você pudesse falar primeiro. Se eu conseguisse me convencer de que era verdade, poderia concordar que era ridículo. Aí, quem sabe eu pudesse te esquecer...

— Que bom que isso não aconteceu.

— Fiz esse cartão de Dia dos Namorados pra você no ensino fundamental. Eu ia te contar como me sentia. Mas então você fez outro comentário idiota, do tipo que você não gostava de mim, e eu perdi a coragem. Dei o cartão pra Danielle porque era o que todo mundo estava fazendo.

— Sinto muito, Drew. Tenho sido idiota demais.

— Tem mesmo. — Andrew dá um sorriso largo. — Mas eu também tenho bancado o babaca. — Ele me acaricia o rosto. — Quando você me perguntou por quem eu estava apaixonado, achei que soubesse que era por você. Achei que estivesse tentando me dizer que também me amava. Mas aí você voltou a me rejeitar, e não consegui lidar com isso. Eu te disse que era Danielle, porque era fácil. Sabia que você odiaria isso. E me senti muito idiota, sem saber como consertar a mancada. Escrevi esse cartão pra você no seu aniversário, e você nunca comentou nada.

— Eu não vi...

— Devia ter te dado um toque... Isso podia ter nos poupado muito tempo.

— Tem razão. Nós dois somos idiotas demais. — Volto a beijá-lo.

— Tem certeza de que não há nenhum incêndio?

— Nenhum.

— Ótimo. — Andrew agarra a minha cintura e nos faz girar, de modo que as minhas costas fiquem encostadas na parede. Então, ele me pressiona contra ela, cobrindo meu corpo com o dele.

Neste momento, alguém grita do corredor:

— Ei!

Andrew se afasta de mim para ver quem é. Imediatamente, sinto a falta da sensação dos seus lábios nos meus, e me pergunto se toda vez que não estivermos nos beijando, daqui até o fim dos meus dias, sentirei essa falta.

— Lá está ela! — É o recepcionista correndo na nossa direção, junto com Leroy, o tio de Andrew, que usa o seu uniforme completo de bombeiro.

Antes de sequer raciocinar, agarro a mão de Andrew e começamos a correr para o outro lado do corredor. Abro a porta da escada dos fundos e passamos a descê-la, feito loucos, tentando não cair e nos matar. Ao chegarmos ao primeiro andar, continuamos em frente, fazendo curvas, atravessando corredores, até despistá-los. Há tantas portas que me pergunto se mesmo o recepcionista conhece todos os cantos e recantos escondidos. Os alarmes continuam tocando ao nosso redor, e as luzes ainda piscam.

— Aqui! — Andrew diz, depois de fazer uma curva fechada à esquerda e abrir uma porta que dá em um depósito debaixo da escada.

Eu o sigo e ele fecha a porta atrás de nós. Imediatamente, o som dos alarmes é interrompido.

Está escuro como breu aqui dentro. Eu devia estar preocupada com aranhas, ratos ou algo assim, mas não estou, porque os braços de Andrew estão ao meu redor. Então, voltamos a nos beijar. Ele me ama, e isso é o que importa.

— Vou perder meu emprego por causa disso — Andrew diz, sorrindo.

— Vale a pena — sussurro.

— Sim, vale a pena.

Andrew me beija de novo. Em seguida, desfaço o nó da sua gravata para poder abrir os botões da sua camisa. Ele procura o zíper nas costas do meu vestido. Guio sua mão, e ele puxa o zíper para baixo. O meu vestido cai no chão. Depois, desafivelo seu cinto e, então, Andrew baixa o zíper da sua braguilha. O som ressoa no depósito silencioso. Não posso ver Andrew, mas posso senti-lo. Sinto as suas mãos tirando a minha calcinha e, em seguida, ele me toca em um lugar que nunca foi tocado antes. Andrew move seus dedos ali, e fico ofegante. Então, estendo minha mão até sua cueca para acariciá-lo.

De repente entendo que é assim que deveria ser: o desejo entre as minhas pernas, a necessidade urgente no meu peito, a sensação no meu estômago como champanhe borbulhante. Foi isso que em nenhum momento experimentei com Dean, lá em cima, naquela bela suíte, na cama com dossel, onde tudo deveria ser perfeito.

Alcanço a minha bolsa e pego uma camisinha. A mesma que eu planejei usar antes. Atrapalhada, no escuro, entrego a embalagem para Andrew e ouço quando ele a rasga e tira o preservativo.

— Tem certeza? — ele pergunta, com seu sussurro fazendo cócegas no meu ouvido.

— Sim. — Na verdade, tenho certeza de que posso morrer se ele não continuar.

— Eu te amo muito.

— Eu também. — E assim perco a minha virgindade na noite do baile de formatura.

Não é perfeito, porque como eu poderia esperar que fosse? Eis o que compreendi a respeito dos momentos: você não consegue planejá-los. Os melhores são sempre os que nos pegam de surpresa.

# CAPÍTULO 34

**O QUE EU NÃO SABIA É QUE ATIVAR UM ALARME DE INCÊNDIO É** uma contravenção. Significa que a ocorrência ficaria no meu atestado de antecedentes, e eu poderia realmente acabar na cadeia.

Felizmente, isso não aconteceu.

O que aconteceu foi o seguinte: quando eu e Andrew saímos do depósito, fomos levados para a delegacia. O tio de Andrew telefonou para os pais dele, que depois telefonaram para os meus pais. Logo, todos estavam na delegacia conosco, tirados da cama de pijamas e roupões de banho, e todos com algo a dizer. Os meus pais nunca ficaram tão bravos comigo (não só pelo alarme, mas também pelo quarto do hotel, pelo uísque e por toda a coisa de resistência à autoridade). Quando eles se cansam de gritar, os pais de Andrew assumem a tarefa. No fim, sou multada em setecentos dólares, o que significa que terei de trabalhar durante meses na videolocadora para pagar o prejuízo. Eu diria que passar todo o verão com Dean é a pior coisa que eu poderia imaginar, mas é melhor do que ir para a prisão.

Andrew se sente animado por eu ser oficialmente uma criminosa. Quando acordo na manhã seguinte ao baile, sua picape está na entrada da garagem. Eu deveria ficar de castigo até a formatura, mas meus pais me deram cinco minutos para conversar com ele. Secretamente, acho que a exceção é porque eles estão muito entusiasmados por estarmos juntos. Preciso lembrar a minha mãe de que somos jovens demais para que sejam feitas piadas sobre nossos bebês.

Ao abrir a porta da picape de Andrew, imediatamente sinto o cheiro de pizza. Ele está com aqueles óculos — que *adoro* — e, quando o vejo, de repente fico tímida, lembrando tudo o que aconteceu entre nós. O engraçado é que não me sinto diferente depois de transar com Andrew. No fim das contas, perder a virgindade é meio como fazer aniversário. Ninguém pode dizer, apenas olhando para você, se você tem dezessete ou dezoito anos, se já transou com uma pessoa, com dez ou com ninguém. Eu achava que transar me mudaria magicamente, mas Andrew não me transformou na garota que sou agora. Fiz isso sozinha.

— Trouxe o café da manhã. — Andrew segura uma caixa de pizza.

— Sabe que horas são? — respondo, mas me inclino na sua direção e abro a caixa.

Brindo com a minha fatia de pizza de *pepperoni* batendo na dele.

— Devia ter pedido pizza de cogumelos? Ouvi dizer que agora você gosta.

— Cala a boca! — Eu o empurro com o ombro.

Andrew dá um sorriso largo adorável.

— Sabe, nunca imaginaria que, de nós dois, a criminosa seria você.

— Você ainda tem tempo — digo, meu sorriso combinando com o dele. — Não se exclua.

— Tem razão. Tenho muito tempo neste verão para aprontar algo, agora que estou desempregado.

— Mas você não ativou o alarme! Seu tio não pode culpá-lo por algo que *eu* fiz.

— Sou um acessório do crime. Um cúmplice, lembra?

— Por falar em acessórios, alguma chance de você conseguir um uniforme de bombeiro? — Sorrio, maliciosa.

— Se queria que eu fizesse uma dança sexy pra você usando uniforme, deveria ter pensado nisso antes de deixar puto todo o Corpo de Bombeiros de Prescott. — Então, Andrew pega um *pepperoni* da sua fatia e coloca na boca. — Estou pensando em dizer aos meus pais que, na verdade, não sou vegano. Parece o momento certo, sabe, enquanto todos estão tão bravos com você.

Rio, inclinando-me para beijá-lo.

— Acho que o amor nos impele a fazer coisas loucas.

Ao ouvir a palavra *amor*, o sorriso de Andrew fica ainda mais largo e vejo suas bochechas avermelharem. Ainda não parece de verdade. A gente se ama. Ele é meu e eu sou dele. Isso vale mais que tudo.

A formatura chega uma semana depois, e é realizada no campo da escola, sob uma grande tenda branca. Hannah, Andrew e eu vamos juntos, amontoados no Jeep dela com as embalagens velhas e os sacos de lixo, como sempre. Tive medo de que as coisas pudessem ficar estranhas entre nós três, agora que dois de nós estamos namorando, mas a verdade é que, como Hannah diz, nada mudou. "Você e Andrew estão namorando desde a sexta série", ela me disse, afastando minhas preocupações quando perguntei.

Oficialmente, Hannah e Charlie estão juntos de novo, o que não me alegra, mas sei que é minha atribuição como sua melhor amiga apoiá-la, custe o que custar. É grande a probabilidade de ele voltar a partir o coração dela. Cabe a mim apenas estar ao lado de Hannah quando isso acontecer.

Quando chegamos ao campo, ficamos com nossos pais por algum tempo, tirando tantas fotos que parece que o baile de formatura está se repetindo. Mas agora não me importo; essa cerimônia é algo para recordar. Neste exato momento, sinto-me mais feliz do que nunca.

Quero me olhar no espelho antes do início da cerimônia. Assim, vou até a escola, passo pela sala de uso múltiplo e chego ao banheiro feminino. Está tudo vazio e silencioso, mais silencioso do que nunca. Tenho a impressão de que esta pode ser a última vez que estarei dentro deste prédio, vendo este piso de linóleo brilhante e os azulejos azuis e brancos nas paredes.

Nunca mais voltarei aqui, não se puder evitar. Mas ainda parece triste de certa forma.

Abro a porta de vaivém do banheiro e paro, surpresa. Danielle está sentada na borda da pia, com o rosto manchado de rímel. Quando me vê, ela rapidamente enxuga as lágrimas.

— Desculpe. — Deixo a porta bater no meu traseiro. Por um instante, hesito, tentando decidir se devo deixá-la em paz ou fazer o que vim fazer.

— Vai entrar ou vai sair, Collins? — ela pergunta, sem emoção.

Dou alguns passos hesitantes para a frente.

— Está tudo bem?

— Claro que não.

Eu me viro.

— Olha, se você não quer falar comigo, vou te deixar em paz. — Torno a abrir a porta, para sair.

— Não — Danielle diz, baixinho. — Espere.

É perturbador percebê-la tão vulnerável, como uma garotinha, como alguém que não tem controle total de todas as situações. Fecho a porta mais uma vez.

— Vou sentir falta deste lugar, Collins.

— Sério? Eu mal posso esperar pra me mandar.

Mas entendo o que ela quer dizer. A escola sempre pareceu mais gentil para Danielle, com todos torcendo por ela, sempre ao seu lado. Mas talvez não tenha sido bem assim. Quem sabe Danielle apenas fosse melhor em lidar com as dificuldades...

— Você sabia que foi Ava quem escreveu os bilhetes? — Ela brinca com a borla na frente do seu capelo de formatura.

Aproximo-me dela e me sento ao seu lado sobre a pia, sentindo a água se infiltrar no fundo da minha beca. Surpreende-me que ela ainda esteja chateada com o que Ava fez; não porque seja algo idiota estar chateada, mas porque Danielle sempre pareceu muito forte.

— Eu teria te contado, Danielle.

— Não teria, não.

Dou-me conta de que Danielle tem razão. Eu não iria querer me envolver. É mais provável que eu contasse para Hannah, esperando que ela fizesse a coisa certa.

— Você teria acreditado em mim, Danielle?

— Creio que não. Você nunca gostou muito de mim.

— Não é verdade — digo, sentindo-me na defensiva.

Ela me encara.

— Não é nada do outro mundo. Também nunca gostei muito de você.

Suas palavras deveriam machucar, mas, de alguma forma, em vez de me sentir insultada, fico aliviada. É legal se expor, ser capaz de parar de fingir.

— Não é nada contra você, Collins. Nós duas simplesmente não gostamos das mesmas coisas. Sempre que abro a boca, percebo seu aborrecimento ou impaciência. Você acha que sou uma babaca só porque gosto de fazer o cabelo, me maquiar, me arrumar e paquerar os garotos. — Danielle não parece zangada ou agressiva. Está apenas sendo bastante realista.

— Não te acho uma babaca. Acho que você é... — Faço uma pausa antes de proferir a palavra, nervosa por temer que ela ria ou a jogue de volta na minha cara. — ...intimidante — digo por fim.

— É tão colegial, não é?

— O quê?

— Fingir gostar das pessoas com quem saímos. Sair com pessoas de quem não gostamos porque deveríamos gostar.

— Bem, não há muita gente na escola para escolher.

— Mas eu gosto de Sophie muito mais do que de você. Sem querer ofender. No entanto, por alguma razão, saio com você muito mais. Porque há quatro de nós. É assim que as coisas são. Nem sei como tudo começou. Hannah, eu acho. E Andrew. Eles gostaram de você. Então, também tive que gostar. Mas tudo o que você fez foi agir como se fosse muito mais descolada do que eu, porque você andava de skate, gostava de filmes antigos e era amiga dos caras. E então, uau, esse cara gostoso da faculdade ficou a fim de você, e isso te deixou ainda mais descolada. O que te torna tão especial?

— Mas você é Danielle Oliver, porra! — protesto, achando difícil de acreditar nela. — *Você* é mais descolada do que *todo mundo*!

Ela ri, soluçando um pouco. Até assim, mesmo chorando e sentindo pena de si mesma, Danielle ainda parece incrível.

— Eu sei. — Danielle umedece o polegar com a língua e limpa o rímel debaixo dos olhos. — Você sabe. — Ela examina as manchas nos dedos.

— Alguns amigos também sabem. — Dou risada.

— Já que estamos tendo esta conversa superfranca, quero dizer que achei que poderia ter sido você que escreveu os bilhetes.

— O quê?! Eu jamais teria feito isso!

— Tá, mas eu não tinha percebido ainda que você é péssima mentirosa. Assim, não poderia ter se safado.

Dou risada e jogo um pouco de água em Danielle.

— Ei! Estou com a beca de formatura! — Mas ela também ri.

O clima entre nós está leve agora. É como se tivéssemos passado todo o ensino médio em uma bolha que finalmente estourou. Se eu quiser respostas, este é o momento de perguntar.

— Então, você gostou mesmo de Andrew?

Ainda que ele seja meu agora, ainda que eu tenha certeza disso, o aperto no peito não se desfez. Percebo que isso é o que o amor é: essa dor constante pelo resto da minha vida por medo de que alguém ou alguma coisa possa tirá-lo de mim.

— Claro que não. Gosto de Chase tipo há dez anos, Collins. Achei que isso fosse óbvio. — Ela tira o capelo de formatura, mira-se no espelho e ergue a mão para arrumar os fios de cabelo desgarrados na testa. — Andrew estava com tanto ciúme do seu garoto da faculdade que ficou a ponto de explodir. Então, eu saquei que ele e eu poderíamos nos ajudar. Sou uma vadia manipuladora, lembra?

— Você não é uma vadia — digo, de coração.

Nossos olhares se encontram no espelho, e Danielle sorri.

— Acha que vamos manter a amizade depois da formatura?

— Não — afirmo, parecendo libertador finalmente dizer a verdade. — E tudo bem.

Danielle suspira. Sei que ela pensa em Ava.

— Vocês vão fazer as pazes.

— Sei que preciso ser mais legal com ela. — Danielle olha para as mãos, para as unhas ainda brilhantes e pintadas de preto. — Acho que talvez sejamos mais malvadas com as pessoas que mais amamos porque queremos acreditar que elas vão nos amar aconteça o que acontecer.

Antes de parar para pensar, pego a mão de Danielle e a aperto.

— Ava ainda te ama. Dê tempo ao tempo.

— Obrigada. — Ela sorri, e é um sorriso de verdade, do tipo que brilha através dos olhos.

— Devemos voltar para o campo, encarar o nosso futuro e coisa e tal.

A gente se levanta da pia e sai do banheiro, ainda de mãos dadas, e volta para o campo para encontrar o pessoal. Ao chegarmos à grande tenda branca, repleta de cadeiras, Danielle aperta mais uma vez a minha mão e depois a larga, indo na direção de onde Chase e Ava estão. Chase passa um braço em torno de Danielle, puxando-a para si, e vejo uma expressão de mágoa em Ava antes de ela dar um sorriso resignado. Espero que algum dia elas façam as pazes, mas talvez isso não aconteça. É possível que algumas amizades se destinem apenas ao colégio. É provável que Danielle e Ava não combinem mais, não falem mais a mesma língua.

Aceno para eles e vou até onde estão Andrew e Hannah, e os puxo para um abraço apertado, apenas nós três.

— Vou sentir saudade disto — digo quando a marcha de formatura começa a tocar.

Sei que não é o fim, ainda não. Temos pela frente todo o verão antes de seguirmos em direções diferentes. Andrew e eu temos dois meses antes de o nosso relacionamento passar a ser de longa distância. Mas nunca seremos exatamente os mesmos que somos agora. Nunca mais vamos ter dezoito anos, com um verão antes da faculdade, quando somos livres e otimistas, quando nos sentimos apaixonados pela primeira vez e o mundo está estendido diante de nós, intocado e fugidio.

Não sei o que o futuro reserva. Não imagino se Andrew e eu ficaremos juntos para sempre, se ele será o meu melhor amigo para o resto da vida, minha pessoa favorita, minha pessoa mais importante. Espero que sim. Espero comer pizza com ele até estarmos velhos demais para mastigar. Mas tenho consciência de que não posso planejar tudo neste exato momento. Não posso procurar respostas em um livro, não consigo mapear tudo antes de acontecer.

Às vezes, a vida não é perfeita. Não é um filme. Não posso dirigi-la, não posso editar as cenas de que não gosto. A vida é confusa, complicada e cheia de mal-entendidos. E tudo bem. Aconteça o que acontecer, mal posso esperar.

Estou mais do que pronta.

# AGRADECIMENTOS

**QUANDO EU ERA CRIANÇA, A MINHA IMAGEM IDEAL DE UMA ESCRI-**tora era esta: eu, sozinha em uma cabana, em uma ilha, em uma praia ou no alto de uma montanha cercada por árvores. E, embora parte disso tenha se tornado realidade (escrevi em várias ilhas diferentes), a verdade é que escrever não é algo que a gente faz sozinho. Há muitas pessoas que me ajudaram e encorajaram ao longo de cada passo do caminho.

Primeiro, devo agradecer aos meus pais, que sempre apoiaram o meu amor pelas artes (quer isso significasse me levar a ensaios, me encher de pilhas de livros todo Natal ou me incentivar a escrever nas manhãs de fim de semana em vez de assistir a desenhos animados). Sou grata porque a frase "sinto-me entediada" sempre suscitou sugestões de como ocupar o meu tempo com arte e música. Obrigada por entenderem que eu nunca seguiria um caminho tradicional e por cultivarem minha criatividade. Ao meu pai, por inspirar em mim o amor por histórias, lendo para mim todas as noites antes de dormir. À minha mãe, que, quando eu me sentia de baixo-astral em relação à música, dizia "Acho que você deve ser escritora", e mudou o rumo da minha vida.

Um muitíssimo obrigada a Shirin Yim Bridges. Comecei seu curso com uma ideia para uma história e agora posso compartilhá-la com o mundo.

Ao meu grupo de escritoras e escritores e ao restante da turma de Richmond: Amanda, Jessica, Sara, Joey, Irene, Remi e Erich. Agradeço não só pela brilhante competência literária de vocês, mas por me deixarem enviar mensagens de texto sem parar sobre as minhas ansiedades e, em geral, pela mágica amizade unicórnio de vocês.

Às outras escritoras que leram meus primeiros rascunhos e me ajudaram a dar forma a esta história: Cassia, Cady, Jenn, Julie e Marjorie. Vocês estiveram com Keely e Andrew desde o início. E ao restante do Exército de Shirin, obrigada pela companhia, pelo apoio e pelas doses de conhaque até tarde da noite.

Obrigada, Jody Gehrman, Sabrina Lotfi e Renée Price, pelas leituras beta e pelo encorajamento entusiástico. Vocês foram as fadas madrinhas deste livro e o prepararam para o baile.

Tenho muita sorte de ter tantos amigos incríveis. Ao Doobs: com uma amizade como a sua, eu desempenho o papel certo. Ao meu clube do livro mágico, agradeço por vocês serem rainhas engraçadas, inteligentes e feministas, que estão sempre prontas com uma referência a Harry Potter. Amor eterno ao 4th Floor South, aos Gauchos e a todo o pessoal da Bae Area! Vocês são minha família, e sou muito grata por ter tantas risadas na minha vida. Se, no colégio, eu — que era solitária, insegura e temerosa do futuro — pudesse ter previsto o porvir, teria ficado muito orgulhosa. Sei que seremos amigos para sempre, e mal posso esperar para comer pizza com vocês até estarmos velhos demais para mastigar. Se este livro vender bem, prometo comprar a região.

E, claro, meu muito obrigado à minha incrível agente, Taylor Haggerty, e ao restante da equipe da Root Literary (um agradecimento especial a Melanie Figueroa por me tirar da lama!). Agradeço à minha fantástica editora, Julie Rosenberg, e a todo o pessoal da Razorbill, por acreditarem neste livro e tornarem os meus sonhos realidade. Obrigada a Heather Baror-Shapiro, por levar este livro ao exterior, e a Mary Pender-Coplan, pelo filme. Agradeço à minha designer, Maggie Edkins, e à minha ilustradora, Carolina Melis, pela bela capa. Meu agradecimento às equipes de marketing e publicidade da Penguin por tudo o que vocês vêm fazendo para compartilhar minha história.

Por último, mas certamente não menos importante, obrigada aos leitores. Sem vocês, nada disso faria sentido.

**ASSINE NOSSA NEWSLETTER E RECEBA INFORMAÇÕES DE TODOS OS LANÇAMENTOS**

**www.faroeditorial.com.br**

### CAMPANHA

Há um grande número de pessoas vivendo com HIV e hepatites virais que não se trata. Gratuito e sigiloso, fazer o teste de HIV e hepatite é mais rápido do que ler um livro.

**FAÇA O TESTE. NÃO FIQUE NA DÚVIDA!**

ESTA OBRA FOI IMPRESSA
EM OUTUBRO DE 2020